CHICHOT
LOSU

HANKA LEMAŃSKA

CHICHOT LOSU

ZYSK I S-KA
WYDAWNICTWO

Projekt okładki
Agnieszka Herman

Redaktor techniczny
Teodor Jeske-Choiński

Zdjęcie na okładce
Wojciech Wojciechowski i Olga Kamińska
www.fotokultura.pl

Dziękujemy Wojciechowi Wojciechowskiemu oraz Oldze
Kamińskiej (www.fotokultura.pl) za udostępnienie zdjęć
na okładkę.

ISBN 978-83-7506-653-1

Zysk i S-ka Wydawnictwo
ul. Wielka 10, 61-774 Poznań
tel. 61 853 27 51, 61 853 27 67
dział handlowy, tel./faks 61 855 06 90
sklep@zysk.com.pl
www.zysk.com.p

Zastanawiam się, co by się stało, co mogłoby się stać, gdybym tamtego wieczoru nie odebrała telefonu. Mogło mnie nie być w domu. Mogłam wyjechać albo umówić się z dziewczynami. Cokolwiek. Nie wyjechałam, odwołałam wieczorne spotkanie. Padałam na nos, bolała mnie głowa i marzyłam tylko o jednym — zasnąć. Gdybym wtedy nie zasnęła, być może dalszy ciąg tej historii potoczyłby się zupełnie inaczej.

Koło dwunastej obudził mnie jazgotliwy dźwięk telefonu. Odruchowo sięgnęłam po słuchawkę i być może był to najbardziej istotny gest w moim życiu.

— Joanna, przepraszam, wiem, że cię budzę, ale zrozum, to naprawdę wyjątkowa sytuacja — usłyszałam po drugiej stronie głos Elżbiety.

— Stało się coś? — zapytałam sennie.

— Ja wiem, że to o co cię poproszę... Zrozumiem, jeśli mi odmówisz... — Elżbieta była wyraźnie skrępowana.

— No, wyduśże wreszcie o co ci chodzi. Kobieto, jest po dwunastej, o tej porze ludzie śpią — zaczęłam się niecierpliwić.

Jeśli Elżbieta zdecydowała się już dzwonić do mnie o północy, to przynajmniej mogłaby w miarę sprawnie wyartykułować swoją prośbę. Mogę zrozumieć, że ma do rozwiązania niecierpiący zwłoki problem, w którego rozwiązywaniu z niewiadomych powodów muszę uczestniczyć, ale koniec końców to mój sen i mój wypoczynek. A ja chcę spać.

— Czy mogłabyś zostać przez trzy dni z moimi dziećmi? Pani Aniela trafiła dziś do szpitala. Wiesz, pani, która zajmuje się dziećmi. Lekarze mówią, że to zawał. Rano wyjeżdżam, szef wysyła mnie do Katowic. Nie mam nikogo, kogo mogłabym o to poprosić. Zrozum, stoję pod ścianą. Muszę jechać. Po prostu muszę. Jeśli odmówisz, wyleją mnie z roboty.

Czy ona zwariowała? Ja i dzieci? Ależ mnie boli głowa! Dlaczego ona chce, żebym zajmowała się jej dziećmi? Dlaczego ja? Nie znam się na dzieciach. Nie cierpię dzieci. Nawet znajomych z dziećmi unikam jak ognia. Dzieci oznaczają przecieranie zupek, pieluchy i dziecięcy egoizm. Rodzinne wyprawy na lody, lepkie ręce i brud. Bałagan. Nie cierpię bałaganu, brudu i lepkich rąk.

— Właściwie to one nie wymagają specjalnej opieki. Łukasz do piątej jest w przedszkolu. Aśka, no wiesz, ona sama sobie radzi. Chodzi tylko o to, żeby ktoś był z nimi wieczorem i rano pomógł im się zebrać. To tylko trzy dni. Proszę — Elka dalej jęczała do słuchawki. — Słuchaj, one są naprawdę mało kłopotliwe.

Milczałam. Usiłowałam co prawda myśleć, ale w zamroczonej bólem i snem głowie miałam pustkę.

Elżbieta mówi, że są mało kłopotliwe. Może i tak, może w porównaniu z innymi… Nie znam innych, więc nie mam porównania. Poza tym nie wyobrażam sobie, żeby czyjekolwiek dzieci mogły być mało kłopotliwe. Sam fakt przebywania z dzieckiem pod jednym dachem powoduje kłopoty.

A z drugiej strony, o ile wiem, ona naprawdę nikogo nie ma. Poznałyśmy się jakieś trzy lata temu przy okazji realizacji któregoś z firmowych projektów i jakoś tak od razu się polubiłyśmy. Od tego czasu przyjaźnimy się ze sobą. Może inaczej — dla Elżbiety to przyjaźń, dla mnie znajomość. Chyba nie mam przyjaciół. Nie mam czasu na przyjaciół. O znajomych dziewczynach mówię „przyjaciółki", ale naszym związkom do przyjaźni daleko. Tak samo jest z Elką. Dzwonimy do siebie od czasu do czasu, a właściwie głównie Elka dzwoni do mnie. Czasem spotykamy się gdzieś na mieście, ale rzadko, bo ona ma dzieci, a ja dla odmiany dużo pracuję. Rozmawiamy wtedy trochę o pracy, trochę o życiu, Elżbieta opowiada o dzieciach, plotkujemy o wspólnych znajomych.

Zdaje się, że jej mąż wyjechał do Stanów zaraz po urodzeniu się Łukasza. Potem zginął albo zaginął, już nie pamiętam. Kiedyś mi o tym opowiadała, ale pewnie nie słuchałam zbyt uważnie. Jej rodzice chyba nie żyją. Jakaś ciotka pod Szczecinem? Wspominała mi też coś o ciotce. Może to nie ona, może to ktoś inny miał tam ciotkę. Sama już nie wiem.

— No więc zgodzisz się? Proszę, to dla mnie ważne. Przecież to tylko trzy dni... — usłyszałam błagalny głos Elki.

Głowa zaraz mi pęknie. Brałam co prawda proszek przeciwbólowy, ale widać nie pomógł. Wziąć jeszcze jeden? Nie wiem, może dwa proszki to za dużo. Aha, dzieci Elki... Co się robi z jej dziećmi?

— Właściwie co miałabym z nimi robić? — niechże ona wreszcie skończy, chcę dalej spać!

— Niewiele. Odebrać Łukasza o piątej z przedszkola, potem go wykąpać, dopilnować, żeby po dobranocce poszedł spać. Asia zajmie się sobą. Rano trzeba ich obudzić, wyprawić z domu. W czwartek wieczorem będę z powrotem. Joanna, proszę...

— Elka, nie wiem, czy będę umiała.

Najchętniej odpowiedziałabym, że mowy nie ma, w żadnym wypadku, nigdy, za nic, absolutnie wykluczone. Tylko że kogo ona znajdzie do opieki nad dziećmi w środku nocy? Nikogo. No tak, ale dlaczego ja? Bo się przyjaźnimy? Przecież ja ich nie znam, tych jej dzieci. Tyle, co z opowiadań. No nie, kiedyś je widziałam. W życiu nie spędziłam więcej niż pół godziny sam na sam z żadnym dzieckiem. A ona mi mówi o trzech dniach. Ale ona naprawdę nikogo nie ma. Cholera!

— No dobrze, niech ci będzie. Gdzie to przedszkole? — zapytałam z westchnieniem.

— Tuż obok nas, na podwórku. On jest w trzeciej grupie, w pięciolatkach. Rano powiem wychowaw-

8

czyni, że odbierzesz go ty, a nie pani Aniela. Klucze zostawię ci w przedszkolu.

Dobrze, że ten dzieciak ma jakieś nazwisko. Mam nadzieję, że w przeciwieństwie do mnie jego wychowawczyni odróżnia go od całej reszty. Bo ja nawet nie jestem pewna, jak on wygląda. Zwyczajnie nie pamiętam. Mogłabym przez pomyłkę odebrać niewłaściwego.

— Łukasz na śniadanie jada płatki z mlekiem. Aha, Aśce trzeba przypomnieć, żeby nakarmiła kota. Karma dla kota jest w…

Masz ci los, jeszcze kot na dodatek! Ale się wpakowałam! Nie znoszę kotów może nawet bardziej niż dzieci. Rozumiem, że ktoś może chcieć mieć psa. Sama bym chciała, gdyby nie ten mój wariacki tryb życia. Albo późno wracam, albo dla odmiany wyjeżdżam na szkolenia. Ale kot? Jak w ogóle można chcieć mieć kota?

— I niech Aśka robi sobie rano kanapki do szkoły, bo ciągle o tym zapomina. A na obiad…

Niechże ona wreszcie przestanie mówić! Chcę już zasnąć. Reszta potoku słów Elżbiety ginie w sennych majakach.

Rano obudziłam się nieco spóźniona, ale przynajmniej wolna od bólu głowy. Tyle dobrego. Szybko przebiegłam w myślach plan dnia. Narada, prezentacja u klienta, spotkanie z szefem. Aha, odebrać Łukasza. Żebym tylko nie zapomniała.

W ciągu dnia z trudem udało mi się wyrwać chwilę na szybką kawę. Siedziałam w firmowej kuchence nad parującą filiżanką, gdy w drzwiach stanął mój kumpel, współpracownik i zaciekły adwersarz w kwestiach dotyczących projektów szkoleń prowadzonych przez naszą firmę. Czasem również rywal.

Lubię Marcina. W zasadzie jest w porządku, chociaż denerwuje mnie jego nieustanne udowadnianie, że jest lepszy ode mnie, tylko dlatego, że jest facetem.

A może to ja usiłuję udowodnić, że nie jestem od niego gorsza? Od żadnego z nich?

— Coś taka zamyślona? — zapytał.

Ale on wielki! Oparty o framugę zasłaniał sobą całe drzwi.

— Nic, tak sobie — zaczęłam bez przekonania. — Bo mi się sytuacja rodzinna zmienia. Na trzy dni mi się zmienia i myślę, jak sobie z tym poradzę.

— Wychodzisz za mąż na trzy dni? To do ciebie podobne — zauważył nieco ironicznie.

— Chciałam zauważyć, że za mąż to można co najwyżej za trzy dni, a nie na, ale nie. Zostaję zastępczą matką.

Marcin aż zagwizdał z podziwu.

— No, no… Ty i dzieci! Nigdy bym cię o to nie posądził.

— Sama bym się o to nie posądziła, ale widzisz, Marcinku, przeznaczenie. Widać los tak chce. Dobrze, że tylko na trzy dni, więcej w żaden sposób bym nie zniosła.

— I co zamierzasz z nimi robić?

— Generalnie zadbać, żeby się nie pozabijały. Bladego pojęcia nie mam, co się robi z dziećmi. Karmi? Przewija?

— A duże one, te dzieci? — dopytywał się coraz bardziej zaintrygowany Marcin.

— Łukasz chyba coś koło pięciu, a Aśka... Bo ja wiem? Taka raczej niska i z piegami. Chuda. Podstawówka, ale nie wiem, która klasa. A może już gimnazjum? Ze dwa razy w życiu je widziałam. Przemęczę się jakoś przez te trzy dni i więcej się nie spotkamy. Chyba, że na ich weselu.

Marcin pokiwał głową ze zrozumieniem. Swoją drogą ciekawe, czy on sam ma dzieci. Nie wygląda na dzieci, ale też przyznaję, że nigdy o tym nie rozmawialiśmy. Dziwne, prawda?

Ludzie pracują razem od jakiegoś czasu i prawie nic o sobie nie wiedzą. To znaczy coś wiem, na przykład to, że Marcin jest świetnym fachowcem. Powiem więcej, jest jednym z najlepszych fachowców, jakich znam. Jest prawie tak dobry jak ja. Jeszcze szczypta perfekcjonizmu i nieco mniej bałaganiarstwa, bo Marcin jest niepoprawnym bałaganiarzem, i zdołałby mi dorównać, więc lepiej nie. Niech zostanie, jak jest.

Lubię swoją pracę. Może nie tyle firmę, w której pracuję, nie współpracowników, bo tych, co może wydawać się niemal nieprawdopodobne, znam prawie wyłącznie służbowo, nie szefa nieustannie usiłującego wycisnąć z nas ostatnie krople krwi, szefa, którego poza robotą nikt i nic nie obchodzi, ale samą pracę.

Lubię zajmować się projektami szkoleń, lubię rozmowy z klientami, lubię prowadzić warsztaty, lubię ciągłe wyjazdy i nieustanne poznawanie nowych ludzi. Lubię koncentrację i pośpiech, gdy robota wydaje się prawie niewykonalna i lubię oczarowywać prowadzoną przez siebie grupę, którą z zasady i założenia i tak mam oczarować. To zabawne patrzeć, jak grupa poważnych dyrektorów z rosnącym zapałem angażuje się w zabawy dobrze znane siedmiolatkom, tak, jakby ktoś pozwolił przez chwilę każdemu z nich znów być małym chłopcem. Miło jest zamieniać ich początkowy sceptycyzm w narastający stopniowo coraz to większy entuzjazm. Na warsztatach nikogo nie obchodzi, kim jestem ani jakie problemy ze sobą przywiozłam. Mam być kompetentna, błyskotliwa i budzić sympatię. Każda godzina pracy zamienia się w spektakl, a wyzwanie jest tym większe, że toczące się wypadki raz po raz odbiegają od założonego scenariusza. Muszę być skoncentrowana i czujna. Lubię tę mobilizację i dreszczyk emocji. Wygrana, sukces, to nowe zlecenia dla firmy, a więc i praca dla mnie. Nie ukrywam, że dobrze poprowadzone szkolenie daje swego rodzaju poczucie mocy pozwalające ładować baterie na przyszłość. Od tego uczucia można się uzależnić. W dodatku nieźle za to płacą. Na tyle dobrze, że pozwala mi to żyć na godziwym poziomie. W przyszłości może własna firma? Jeszcze nie wiem, nie zdecydowałam. Tu, gdzie teraz jestem, jestem również po to, by nauczyć się jak najwięcej. I to mój dodatkowy zysk.

Telefon szefa przerwał moje dywagacje. Miałam meldować się zaraz, natychmiast, najlepiej pół godziny temu, przynieść w zębach materiały do projektu i nastawić na intensywną pracę. Nastawiłam się.

Nie powiem, trochę mi w tym nastawianiu przeszkodził telefon od Marka.

— To jak? W sobotę? — zapytał.

Marek to mój... Bo ja wiem? Sama nie wiem, jak go określić — stały facet? Narzeczony? Wieloletni partner? No, w każdym razie ktoś, z kim spotykam się od dobrych pięciu lat.

— W sobotę, jak zwykle — potwierdziłam.

Takie telefony to rytuał. Marek dzwoni koło wtorku, umawiamy się na sobotę, spędzamy wspólnie sobotni wieczór, rozstajemy się w niedzielę rano. Koło wtorku Marek ponownie dzwoni, żeby potwierdzić nasze sobotnie spotkanie. Właściwie niczego mi w tym związku nie brakuje, chociaż ostatnio raz czy dwa przemknęła mi przez głowę myśl o tym, co dalej.

Głupia myśl, przyznaję. Przecież póki co jest dobrze tak, jak jest. Tylko czasem mi tak jakoś... O ile dobrze pamiętam, pomyślałam coś o rutynie w długofalowych związkach. Że to normalne. I że do pewnego stopnia nasz związek, o ile można to nazwać związkiem, od samego początku wyglądał właściwie tak samo. Znaczy był przesiąknięty rutyną.

Marek to dobre kolacje w dobrych knajpach, wspólne pogadanie o znajomych, wymiana informacji na tematy zawodowe. Po prostu jesteśmy razem. Od dawna wszyscy traktują nas jak parę, więc najpewniej jesteśmy parą.

Marek to najbliższa mi osoba w tym wielkim, obcym mieście. Marek i dziewczyny. Rodzice daleko, rodzeństwa nie posiadam. Dobrze, bo przynajmniej z rodzeństwem nie muszę rywalizować.

O przyszłości z Markiem nie rozmawiamy, bo i po co. Wiadomo, że oboje chcemy osiągnąć jak najwięcej, dopóki to jeszcze możliwe. Dopóki jesteśmy jeszcze młodzi, nieuwikłani w żadne pozazawodowe obowiązki. Co tu ukrywać, oboje wysoko mierzymy. Oboje nastawieni jesteśmy na sukces i oboje gotowi jesteśmy dać z siebie wszystko. Mamy dla siebie mało czasu, ale w tej sytuacji to normalne. Z góry ustalony rytm naszych spotkań daje mi swego rodzaju poczucie bezpieczeństwa. Poza tym Marek mnie nie ogranicza i nie stwarza problemów. Nigdy nie pyta, z kim i jak spędzam pozostałe wieczory.

No, może z tym spędzaniem to trochę przesadziłam. Rzadko kiedy mam dosyć siły, by spotkać się z dziewczynami, a po przeczytaniu dwóch stron książki po prostu zasypiam. Myślę, że z Markiem jest dokładnie tak samo.

*

Od kilku godzin pracowaliśmy sobie z szefem nad wyraz intensywnie i z obopólnym zadowoleniem, gdy niechcący spojrzałam na zegarek. Rany boskie, szósta! O piątej miałam odebrać dziecko z przedszkola! Co oni robią, jak się nie odbierze na czas? Oddają do przechowalni? Trzeba zapłacić karę? Nie zapytałam Elki, idiotka jedna, przecież wiadomo było, że coś może mi wypaść! Teraz nie ma już czasu na pytanie, natychmiast muszę gnać po tego jej dzieciaka.

Szef był wyraźnie zaskoczony, kiedy zaczęłam nieskładnie mówić coś o dziecku do odebrania z przedszkola, że właściwie to godzinę temu i że naprawdę muszę. Pracujemy razem od kilku lat i jeszcze nigdy się nie zdarzyło, żebym w połowie rzucała rozpoczętą robotę.

Dobrze, że po szóstej korki w tym mieście są mniejsze. Jechałam zdecydowanie za szybko, a mimo to dotarcie do przedszkola zajęło mi prawie pół godziny. Na szczęście budynek przedszkolny wyraźnie odróżniał się od otoczenia. Przynajmniej nie musiałam tracić już czasu na poszukiwanie.

Światła w całym gmachu były pogaszone, tylko w jednym okienku przy wejściu paliła się lampka.

Na progu przywitała mnie bezbarwna kobieca postać w szarym ubraniu.

Pani po Łukasza? Czy pani nie wie, która godzina? Dzieci odbiera się do piątej, to nie przechowalnia! Jak tak można! Ludzie serca nie mają!

Nawet nie miałam ochoty jej przepraszać. W końcu wiadomo, że ludzie pracują i każdemu może coś wypaść. A zresztą, nie zamierzałam wdawać się w dyskusję. Od razu widać, że ta kobieta i tak niczego nie rozumie. Nie dość, że z dobrego serca zgodziłam się wziąć na siebie zajmowanie się dwójką obcych dzieciaków przez najbliższe trzy dni, to teraz jeszcze ktoś ma do mnie pretensje.

Jeden z tych dzieciaków siedział właśnie najspokojniej na ławeczce w holu, jakby nie zdawał sobie sprawy, że to przez niego to całe zamieszanie. No, może nie całkiem najspokojniej.

Pyzata buzia nosiła wyraźne ślady łez. Na niego pewnie też ta wstrętna baba nakrzyczała.

Ależ on jest nieziemsko brudny! Czy Elka naprawdę nie mogła go rano ubrać w coś czystego? Dobrze, że zapadał już zmierzch, inaczej wstydziłabym się iść z nim przez podwórko.

Podeszłam do niego trochę niepewnie i usiłowałam wziąć go za rękę. Mały zaczął mi się wyrywać.

— Hej, Łukasz, to ja, Joanna. Mama pewnie ci mówiła, że dzisiaj to ja przyjdę po ciebie i że spędzimy razem najbliższe trzy dni? — ze wszystkich sił starałam się być sympatyczna.

Miałam przeczucie, że jeśli się od razu nie dogadamy, to najbliższe trzy doby zamienią się w koszmar.

— Mama mówiła, że przyjdzie po mnie ciocia i że ona ma na imię tak jak ty, ale to nie możesz być ty, bo ona miała być miła, a ty nie jesteś — stwierdził mały.

No nie! Nie dość, że mam się nim zająć, to jeszcze będzie mnie oceniał! Będzie mi mówił, że nie jestem miła! Jakim prawem takie pięcioletnie coś pozwala sobie mówić cokolwiek do mnie na mój temat?! Ocenia mnie i to negatywnie, bezczelny bachor.

— Nie jestem niczyją ciocią — zaprotestowałam.

16

— A poza tym, miła czy niemiła, idziemy! — Skoro nie da się polubownic, to trudno. Muszę od początku postawić granice, bo inaczej gotów mi wejść na głowę. Ciekawe, czy jego siostra jest taka sama, równie pyskata i arogancka?

I na dodatek ten cholerny kot w perspektywie! Co będzie, jeśli okaże się, że mam alergię na koty?

— Niech go pani przynajmniej ubierze w kurtkę, przecież to marzec! I kapcie niech mu pani zdejmie! Niech założy buty! I niech pani weźmie klucze! — pokrzykiwała za nami ta bezbarwna.

Cofnęliśmy się od wyjścia. No tak, podobno się spóźniłam, a ona nawet nie zadbała, żeby dzieciak się przebrał. Gdyby wypełniała swoje obowiązki jak należy, to teraz wszyscy stracilibyśmy o wiele mniej czasu. Łukasz jest chyba opóźniony, bo sznurówki butów za nic nie chcą poddać się jego palcom. Ciekawe, Elka nic nie mówiła. Może się wstydzi?

Podczas, gdy mały szamotał się z kurtką, przyglądałam mu się z zaciekawieniem.

Nie był podobny do drobnej, chudej Elżbiety. Dobrze zbudowany, wręcz masywny, duże, niebieskie oczy, strzecha jasnych włosów.

Tylko piegi ma Elki. I zadarty nos. Nie jest ładny. I też chyba nie jest sympatyczny. No cóż, widać mamy ze sobą coś wspólnego.

W milczeniu szliśmy obok siebie przez podwórko. Byłam u nich raz czy dwa i na szczęście zapamiętałam lokalizację bloku.

Zaraz, które piętro? Chyba czwarte. Na wszelki wypadek wolałam nie pytać Łukasza.

Drzwi otworzyła nam miniaturowa kopia Elżbiety.

Zanim zdążyłam otworzyć usta, Łukasz dał wyraz swojemu niezadowoleniu.

— Aśka, zobacz, ona dopiero teraz po mnie przyszła!

— Nie jestem żadna ona — powiedziałam. — Mam na imię Joanna, a spóźniłam się, bo miałam coś ważnego do zrobienia w pracy. Nie mogę tak po prostu zostawić swojej roboty i wyjść — próbowałam się usprawiedliwiać, bo nie wiedzieć czemu zrobiło mi się głupio przed tą smarkatą.

Przez przedpokój przebiegła ruda smuga.

— To Platon — odezwała się w końcu Aśka.

Domyśliłam się, że chodzi o kota. Jeszcze przez chwilę wszyscy staliśmy w milczeniu.

— Może napije się pani herbaty — zaproponowała w końcu Aśka, przerywając niezręczną ciszę. — Pewnie po całym dniu jest pani zmęczona.

— Nie pani, mówcie mi po imieniu — nie da się ukryć, poczułam się zaskoczona. Nie jestem przyzwyczajona do czyjegoś zainteresowania i troski, powodowanej choćby tylko względami dobrego wychowania. Nie ukrywam, że zrobiło mi się z tym dziwnie.

— Mama mówiła, że pani dużo pracuje. W jakiejś ważnej firmie. — Aśka robiła, co tylko mogła, żebyśmy wszyscy poczuli się bardziej normalnie.

18

Znowu zrobiło mi się głupio. Z nas dwóch to przecież ja jestem dorosła i to mnie powinna przypaść w udziale ta rola. Ale z drugiej strony to przecież ja tu jestem gościem — próbowałam usprawiedliwiać się sama przed sobą.

— Tak, to prawda, rzeczywiście dużo pracuję.

Co ja mówię? Przecież ja właściwie tylko pracuję, ale co ją to może obchodzić. Taka smarkata nie rozumie praw rządzących światem dorosłych.

— Wasza mama mówiła, że po dobranocce macie iść spać — zaczęłam, próbując narzucić jakieś ramy temu, co się tu dzieje.

— Ja nie, tylko Łukasz — uśmiechnęła się po raz pierwszy Aśka. — Ja jestem za stara na chodzenie spać po dobranocce. To może pomogę przy kolacji? — zaproponowała niespodziewanie. Jak dla mnie niespodziewanie, bo myślałam, że dzieci to stworzenia wymagające nieustannej obsługi. I uwagi.

Wspólne przygotowywanie kolacji okazało się kompletnym niewypałem. Miotałam się bezradnie po obcej kuchni i gdyby nie mała, wszyscy poszlibyśmy spać głodni.

Muszę przyznać, że Aśka znakomicie radzi sobie w roli gospodyni. Zdecydowanie lepiej niż ja. Ale trudno się dziwić, była w końcu na swoim terenie.

Jeszcze gorzej szło mi przygotowywanie Łukasza do snu. Mały wyszedł z wanny równie brudny jak wtedy, gdy kazałam mu iść się umyć. Po jego kąpieli łazienka była dokumentnie zalana wodą. Ciekawa byłam, czy nie przeciekło do sąsiadów, ale jakoś nikt nie zgłosił się ze skargą. Może co wieczór mają potop i już się przyzwyczaili?

Po kąpieli Łukasz bardzo stanowczo domagał się czytania bajki na dobranoc, a co gorsza to właśnie mnie przypadła rola osoby czytającej. Podobno Elżbieta czyta mu co wieczór. Po godzinnym maltretowaniu „Kubusia Puchatka" czułam się zupełnie wykończona, szczególnie, że mały nieustannie o coś pytał. Jakby nie miał nic lepszego do roboty i nie mógł od razu zasnąć!

Jeden wieczór z potworami wystarczył, żebym zaczęła odczuwać podziw dla Elki. Ja tu tylko na trzy dni, a już pierwszego mam dosyć nieustannej krzątaniny i zamętu. Do tego ten przerażający bałagan.

Mimo starań Aśki po pokoju dzieciaków i kuchni poniewierało się mnóstwo różnych drobiazgów, a pomiędzy nimi przechadzał się wielki, rudy kot. To nie na moje nerwy, ten nieustanny ruch i gwar. U siebie mam ciszę, nikt niczego nie rozrzuca, każdy przedmiot ma swoje od dawna ustalone miejsce. Nie wyobrażam sobie, jak można żyć, mając nie dwoje, a na przykład czworo dzieci. Przecież to istne samobójstwo.

Kiedy w końcu udało mi się zaszyć w pokoju Elżbiety, nie mogłam zasnąć ze zmęczenia.

Rudy kocur ułożył się w nogach łóżka i przyjaźnie pomrukiwał. Byłoby to nawet całkiem miłe, gdyby nie niezaprzeczalny fakt, że nie lubię kotów. Tak przynajmniej sądziłam do dzisiaj.

*

Budzik zadzwonił o szóstej. Dłuższą chwilę trwało, zanim zorientowałam się, gdzie jestem i co tu robię. W to ostatnie najtrudniej mi było uwierzyć. Ja i dzieci! Jak nic, trzy dni wyjęte z życia. No, zakładając, że zgodnie z umową Elka wróci jutro wieczorem, to w zasadzie dwa i trzy czwarte. Tak brzmiało to znacznie lepiej.

Usiadłam na łóżku. Podstawa to stworzenie właściwego planu działania — pomyślałam. Jeśli stworzę odpowiedni plan, to jego realizacja nie powinna nastręczyć już większych trudności. Najpierw chyba trzeba ich obudzić. Jak się budzi dzieci? Potrząsa? Polewa wodą? Prosi? Zielonego pojęcia nie mam. A potem co? Dać śniadanie? Same sobie zrobią? Elka wspominała, że Aśka ma sobie robić kanapki do szkoły. Najpierw sprawdzić, czy w domu jest chleb. Gdzie oni trzymają chleb? Byłam w trakcie przeszukiwania kuchni, gdy przez otwarte drzwi wtoczyło się rude zwierzę.

Platon podszedł do mnie i otarł się o moje nogi. Nie wiadomo dlaczego zaczął miarowo mruczeć. Zupełnie bez powodu. Zabawne. Może też powinnam sprawić sobie kota? Mój własny kot w moim własnym domu… To mogłoby być interesujące. Ciekawe, zawsze sądziłam, że nie lubię kotów… No tak, świetny pomysł, tylko kto się nim zajmie w czasie moich wyjazdów? Już wiem, Elka — w rewanżu. Niech odpracuje, należy mi się to jej odpracowanie. Koniec końców, jeden kot przez kilka dni, nawet parę razy pod rząd, tylko do pewnego stopnia równoważy dwójkę jej dzieciaków.

Chleba oczywiście nie było. Może powinnam wysłać do sklepu Łukasza? W końcu to mężczyzna. A może tacy mali nie chodzą sami do sklepu? Jeszcze go ktoś porwie i Elżbieta będzie miała pretensje. Chociaż nie, sądząc po wystroju mieszkania, dla okupu raczej go nie porwą. Owszem, dużo kwiatów, książek też u nich nie brakuje, ale poza tym szczerze mówiąc, niewiele tu jest. Wyposażenie na poziomie minimum, meble pamiętające lepsze czasy. Za parę lat może nawet awansują do roli antyków, ale na razie robią wrażenie... No cóż, nie robią specjalnego wrażenia. Tak więc dla okupu to raczej nie. Ale pozostają jeszcze zboczeńcy różnej maści. Jest jednak szósta rano. O szóstej rano chyba nawet zboczeńcy śpią w najlepsze. Nie to, co ja — pomyślałam smętnie.

Moje radosne rozważania przerwał dźwięk budzika w pokoju dzieciaków. Po chwili zza drzwi wysunęła się potargana głowa.

— Cześć — powiedziała Aśka. — Chyba nie ma chleba, zaraz pójdę do sklepu. — Łukasz rano jada płatki, trzeba je tylko zalać mlekiem — rzuciła w drodze do łazienki.

No tak, znaleźć płatki. Zakładam, że powinny być gdzieś pod ręką. Rzeczywiście, stały w pierwszej z brzegu szafce.

Nasypałam trochę do miseczki i zalałam mlekiem. Nie wyglądało to apetycznie. Takie płatki podawało się kiedyś z truskawkami i miodem i miało to być dobre na coś, ale na co, już nie pamiętam. Nie wykluczam, że na cerę. I pomyśleć, że Elżbieta karmi tym pięciolatka. Pewnie chodzi o inwestycję na przyszłość. Wiem, wiem, tenis od drugiego roku życia, języki obce... Fakt, cera też ważna. Za parę lat przyda mu się jak znalazł. Truskawki o tej porze roku prawie nieosiągalne, a o miodzie ani Elka, ani Aśka nic nie wspomniały. Może małym lepiej robi na cerę bez miodu? Albo on ma alergię na miód? Z dziećmi nigdy nic nie wiadomo.

Śniadanie było już gotowe i nie pozostawało mi nic innego, jak tylko budzić Łukasza. Mały miarowo posapywał przez sen. Nie był ładny, ale uśpiony wyglądał jakoś sympatyczniej. Śpiące dzieci są jednak dużo przyjemniejsze od nieśpiących — pomyślałam. Może dlatego że mniej się ruszają i nic nie mówią?

Podeszłam do niego i delikatnie potrząsnęłam go za ramię. Mruknął coś, odwrócił się na drugi bok i spał dalej.

— Łukasz, wstawaj, spóźnię się do pracy. No, dalej.
— Potrząsnęłam nim znowu, teraz już nieco brutalniej.
— Wstawaj i zacznij się ubierać. I nie zapomnij umyć zębów.

Mały usiadł na łóżku, przecierając zaspane oczy.
— Nie mogę się ubrać. Nie przygotowałaś mi ubrania — powiedział z wyrzutem.

Masz ci los! Sam sobie nie może przygotować? Otworzyłam pierwszą z brzegu szafkę.

Jakieś bardzo kolorowe bluzki to chyba nie jego? Jest jeszcze jakaś spódnica. Nie, to raczej szafa Aśki. W następnej znalazłam kolekcję miniaturowych męskich ubrań. Co ja mam mu dać? Wczoraj w przedszkolu wyglądał jak ostatnia fleja. Jest! Aksamitny garniturek, do tego biała, starannie wyprasowana przez Elkę koszula. Może być. Przynajmniej nikt mi nie zarzuci, że nie dbam o tymczasowo powierzone mi potomstwo mojej przyjaciółki.

Łukasz popatrzył na mnie ze zdziwieniem.

— Nie patrz, tylko się ubieraj! Mamy mało czasu. Już ci mówiłam, że jeśli będziesz się guzdrał, spóźnię się do pracy.

Mały posłusznie sięgnął po ubranie. Po dłuższej chwili pojawił się w kuchni. Zabawnie wyglądał elegancko ubrany, ale za to bosy i z potarganą czupryną.

— Łukasz, pospiesz się, śniadanie czeka.

Usiadł przy stole i wlepił wzrok w stojący przed nim talerz.

— Co to jest? Nie będę tego jadł! Obrzydliwie wygląda — stwierdził.

— Wszystkie dzieci na całym świecie jadają to na śniadanie. Lekarze mówią, że mali chłopcy powinni rozpoczynać dzień od takich płatów z mlekiem. Wiesz, robią się od tego duzi i silni — starałam się brzmieć wiarygodnie.

— Od takich płatków? — Aśka z torbą pełną świeżych bułek wyrosła jak spod ziemi.

— Coś z nimi nie tak? — nie czułam się już taka pewna siebie.

— Jak by ci to powiedzieć? Łukasz jada rano płatki czekoladowe zalane ciepłym mlekiem. O, popatrz, są w tej szafce — wskazała ręką.

— A ja mu dałam co? Przyznaję, o podgrzaniu mleka nie pomyślałam.

— Płatki owsiane. One są do gotowania. Gotuje się je razem z mlekiem. Inaczej chyba nikt tego nie zje.

Aśka szybko wylała zawartość talerza do zlewu i równie szybko na kuchence pojawił się garnek z mlekiem.

— Zrobić ci kanapki? — zapytała i ku mojemu zdumieniu jej pytanie było skierowane do mnie.

*

Jakimś cudem spóźniłam się do pracy tylko pół godziny. Pierwszy raz w życiu spóźniłam się do pracy. Na szczęście nie było szefa. Współpracownicy przyglądali mi się ze zdumieniem, ktoś pozwolił sobie nawet na komentarz, że chyba nieźle wczoraj zabalowałam, tylko Marcin ze zrozumieniem pokiwał głową.

Znowu musiałam wcześniej wyjść z firmy. Projekt szkolenia dotyczącego zarządzania jakością dla jednego z naszych najlepszych klientów musi poczekać do jutra.

Odbierając Łukasza, zrozumiałam, o czym myślała Aśka, sugerując mi rano, że może mały powinien włożyć na siebie coś innego niż to, co dla niego przygotowałam. Niekoniecznie aksamitny garniturek. On nie wyglądał jak fleja, on wyglądał jak dwie fleje, jak cały batalion flej razem wziętych!

Jego aksamitne ubranko powinno natychmiast trafić do pralni. A swoją drogą, skoro Elka ma córkę, która tak dobrze sobie radzi, wszystko wie i wszystko potrafi przewidzieć, to po kiego diabła wmanewrowała mnie w opiekę nad dzieciakami? Mała spokojnie nawet mną mogłaby się zaopiekować.

Wieczór upłynął nam pod hasłem poszukiwania pluszowego słonia, który zaginął gdzieś w ogólnym bałaganie. Okazało się, że Łukasz bez niego nie zasypia.

Mały ryczał, a my obie systematycznie przeszukiwałyśmy mieszkanie kawałek po kawałku. Na moją propozycję, że może wsiądę w samochód i pojadę kupić mu innego, oboje popatrzyli na mnie z niemym oburzeniem.

W mieszkaniu robił się coraz większy bajzel, a mnie nie starczało już energii, żeby zabrać się za sprzątnie. Opieka nad dwójką słodkich maleństw to jednak piekielnie wyczerpujące zajęcie.

Na domiar szczęścia zadzwoniła moja matka. Oczywiście z pretensjami, że się nie odzywam, a ona nie może mnie znaleźć. Właściwie to nawet nie z pretensjami. Ten jej niepokój w głosie… Natychmiast poczułam się winna. I to bardzo. Że dzwoniła dziś rano do pracy, ale mnie nie zastała, domowy telefon nie odpowiada, aż do teraz nie chciała mi robić kłopotu, dzwoniąc na komórkę, bo mogłam się zdenerwować, że coś się u nich stało, a przecież ona nie chce mnie martwić. Wystarczy, że oni się martwią. Oboje się martwią, że za dużo pracuję. Mogłabym czasem wpaść, przecież nie pokazałam się od świąt. Ojciec pyta, co u mnie.

— Mamo, po prostu nie ma mnie w domu. Nocuję u koleżanki, to wszystko. Jutro wracam do siebie.

— Przeniosłaś się do koleżanki? Coś się stało? Miałaś awarię w domu?

— Nic się nie stało, co się miało stać? Przez kilka dni zajmuję się jej dziećmi, prosiła mnie o to, bo musiała wyjechać. Nie wiem, kiedy do was wpadnę. Przyjazd do was to cała wyprawa. Wiesz, że muszę mieć przynajmniej trzy wolne dni. Nie, nie mam teraz czasu, może w przyszłym miesiącu. Powiedz ojcu, że wszystko w porządku. Dużo pracuję, ale jak tylko trochę się obrobię, to pewnie do was zajrzę. Tak, mamo, obiecuję, tym razem przyjadę na pewno.

— Tak rzadko cię widujemy, córeczko — poskarżyła się matka płaczliwym tonem.

To prawda, mam dla nich mało czasu. Rzadko kiedy bywam w domu rodziców, a za to często zapominam zadzwonić. Jak zwykle obiecałam, że przyjadę, jak zwykle nie umawiając się na konkretny termin. Jak zwykle obiecałam również częściej dzwonić i jak zwykle wiedziałam, że i tej obietnicy nie dotrzymam.

*

Następnego dnia wstałam o piątej rano, czyli o godzinę wcześniej. Całkiem bez sensu, bo sklepy i tak czynne dopiero od szóstej, ale wolałam uniknąć porannego wysyłania Aśki po zakupy. Wczoraj spóźniła się do szkoły. Ma spory kawałek do tego swojego gimnazjum.

Czułam, jak narasta mój podziw dla Elki. Zupełnie nie potrafiłam sobie wyobrazić, jakim cudem ona ze wszystkim daje sobie radę. Praca, dom, dwoje dzieci. Czasem nawet jakieś rozrywki. Fakt, na co dzień ma panią Anielę. A ja nie i zapewne właśnie na tym polega zasadnicza różnica.

Tym razem nie spóźniłam się do pracy. Nauczona wczorajszym doświadczeniem wyekwipowałam Łukasza do przedszkola w powycieranych dżinsach i bluzie. I tak będą do prania. Nawet o podgrzaniu mleka pamiętałam. Byłam z siebie bardzo dumna. Opiekuję się dwójką dzieci i proszę! Nic się nie dzieje. Nic złego. Znakomicie daję sobie radę. Wszystko chodzi jak w zegarku. Tak jak sądziłam, grunt, to dobra organizacja.

Byłam z siebie dumna, ale nie zmieniało to faktu, że na powrót Elki czekałam jak na zbawienie. Powinna być koło ósmej, tak przynajmniej mówiła, kiedy wczoraj wieczorem rozmawiałyśmy przez telefon. Zważywszy na perspektywę jej powrotu, a tym samym uwolnienia się od działań o charakterze opiekuńczym, dzień zapowiadałby się całkiem miło, gdyby nie paskudna zawierucha, która po kilku słonecznych dniach rozpętała się za oknem. Za chwilę pierwszy dzień wiosny, a tu proszę! Pogoda zrobiła się jak w styczniu, nie przymierzając. Zastanawiałam się, czy w taki dzień jak dzisiaj przedszkole wypuszcza dzieci na wybieg? Bo jeśli tak, to Łukasz może się przeziębić.

Dzień przebiegł w zasadzie bez większych wstrząsów, a za to wieczorem Łukasz odmówił położenia się spać o zwykłej porze. Tłumaczył, że czeka na mamę.

Około dziewiątej zaczęłam już być wściekła. Elki nie było, a poczta głosowa na jej komórce nieustannie sugerowała nagranie wiadomości. Nie chcę nagrywać żadnej wiadomości, ja chcę, żeby Elka w końcu wróciła! Do cholery, przecież pewne normy obowiązują! Z Katowic wyjechała o czasie, nie powiem, nawet zadzwoniła, wyjeżdżając. A dalej co? Wpadła do kogoś po drodze? Postanowiła odwiedzić gacha i zapomniała mnie o tym poinformować? Jak długo mamy jeszcze na nią czekać?

O dziesiątej mały przelewał mi się przez ręce. Mimo jego protestów położyłam go w pokoju Elżbiety, obiecując, że obudzimy go razem z mamą zaraz po jej przyjeździe.

Aśka też była niespokojna. W milczeniu stała przy oknie, wpatrując się w szalejącą zamieć. To dziecko w ogóle mało mówi, nie wiem, może wszystkie nastolatki są takie albo ona tylko ze mną nie rozmawia. Z innymi rozmawia, a ze mną nie. Skąd ja mam to wiedzieć? Nie znam się na dzieciach. Aśka nie trzaska drzwiami, nie widać, żeby się jakoś specjalnie przeciwko czemukolwiek buntowała. Taka cicha i bez wyrazu. Pomocna, nie powiem, ale chyba nieśmiała i wycofana. Ja w jej wieku… No, krótko mówiąc, rodzice mieli ze mną krzyż pański. Może Elka też z nią ma, a Aśka tylko przy obcych taka cicha? W sumie z nich dwojga wolę Łukasza. Ten przynajmniej głośno protestuje za każdym razem, gdy coś mu nie odpowiada.

A ja, naiwna, zawsze sądziłam, że im cichsze i mniej zauważalne dziecko, tym lepiej. Ale sądziłam też, że nie cierpię kotów. Ciekawe, człowiek przez całe życie dowiaduje się o sobie czegoś nowego.

O trzeciej nad ranem bardzo stanowczym tonem kazałam Aśce położyć się spać. Trudno, pojadę do pracy bezpośrednio od nich z domu.

Byłam wściekła, a jednocześnie gdzieś z tyłu głowy, poza wściekłością czaił się niepokój. To do Elki niepodobne — tak sobie po prostu nie wrócić, nie dając znaku życia. A może źle ją oceniłam? Może ona tylko robi takie dobre wrażenie, a w gruncie rzeczy jest nieodpowiedzialną babą? Może skorzystała z okazji, z darmowej opieki nad potworami i teraz gdzieś baluje? Wyłączyła komórkę, żebym nie mogła jej dopaść? Może ona po prostu taka jest? Wiem o niej tyle, ile sama mi opowiedziała, a i tak nie wszystko z tego pamiętam. A może miała gdzieś stłuczkę? Może ukradli jej telefon? Może… Do cholery, nikt nie najął mnie do zgadywania, gdzie podziała się szanowna mamusia! Nie jestem jasnowidzem, wróżką też nie. Mam własne życie i w myśl naszej umowy od wczoraj od dwudziestej miałam być wolna. Niech ja ją tylko dopadnę! Nigdy więcej, nigdy więcej w życiu nie zrobię nikomu uprzejmości. Nawet najmniejszej. Kretynka, zgodziłam się i teraz mam. Proszę bardzo, mam na własne życzenie! Zachciało mi się być przyzwoitym człowiekiem. Samarytanka, cholera jasna…

Nie położyłam się już spać. Robiłam sobie kawę za kawą i byłam coraz bardziej niespokojna. Jutro będę miała dzień do luftu przez tę idiotkę.

Rano było jeszcze gorzej. Aśka odmówiła pójścia do szkoły, twierdząc, że będzie czekała na mamę. W porządku, poradzi sobie, nie muszę jej pilnować.

Łukasz z trudem dał mi się namówić na pójście do przedszkola. Mazał się nieustannie przez cały poranek.

Komórka Elki nadal reagowała tak samo: „Nie mogę teraz odebrać telefonu, proszę, zostaw wiadomość". Czy ta kretynka nie zdaje sobie sprawy, że jej dzieci są przerażone? Jak ona może? A tak ciepło zawsze o nich mówiła. No tak, mówić to co innego, a jak co do czego przychodzi, to proszę bardzo... Sympatyczna mamusia, nie ma co.

Co godzina dzwoniłam z pracy do Aśki. Mała najwyraźniej była przerażona. W pracy u Elki też niczego nie wiedzieli. Od wczoraj nie dawała znaku życia.

Znów musiałam urwać się z roboty, żeby możliwie jak najwcześniej odebrać Łukasza. Mały rozryczał się w progu, kiedy tylko okazało się, że matki nadal nie ma. Wybadałam dokładnie Aśkę, ale mała uparcie twierdziła, że matce nic podobnego nigdy się nie zdarzyło. Zakładałam, że mogę jej ufać.

Całkiem bez sensu wysłałam Aśkę na oglądanie kreskówek razem z Łukaszem i usiadłam przy telefonie.

Najbliższa komenda policji odmówiła przyjęcia zgłoszenia o zaginięciu Elżbiety. Stwierdzili, że to jeszcze za wcześnie. Kazali spokojnie czekać. Proszę bardzo, ja sobie mogę spokojnie czekać. Powiedzmy, że względnie spokojnie, zanim mnie szlag nie trafi, ale w przypadku dzieciaków to niewykonalne. Aśka jeszcze bardziej milcząca niż zwykle, zaryczany Łukasz...

Zaraz, jutro sobota, przecież jak zwykle mam spotkać się z Markiem. Teoretycznie nie ma cudów, Elka powinna się do jutra pojawić. Chyba ją zabiję! A jeśli się nie pojawi? Mam iść na randkę w towarzystwie dwóch piegowatych przyzwoitek? Spędzić noc z facetem w mojej kawalerce razem z potworami?

I co, może Platona też powinniśmy zabrać, żeby nie czuł się osamotniony?

Jasna cholera!

Na wszelki wypadek postanowiłam zadzwonić do Marka.

— Słuchaj, muszę odwołać nasze jutrzejsze spotkanie — zaczęłam. — Bo widzisz, wyszło tak, że ktoś nawalił i mam coś ważnego i nie mogę.

— Coś z pracą? — zaniepokoił się.

— Nie, z pracą nie, tylko... No, długa historia. Została z dwójką dzieci koleżanki i ona nie wróciła, to znaczy do tej pory nie wróciła i jeśli nie wróci, to ja ich nie mogę zostawić.

— Jak to, nie wróciła? Jak to, nie wróci?! To co ty masz za koleżanki? Jak to, nie możesz ich zostawić? Oczywiście, że możesz. Sama sobie będzie winna, jeśli coś się stanie.

— Marek, zrozum, nie mogę. Pierwszy raz nie mogę. Oni to okropnie przeżywają. Sama zaczynam się bać, że coś mogło się jej przytrafić.

— Nic się nie stało. Co się mogło stać? Marsjanie ją porwali? Zrobiła sobie wolne i tyle. Przez ciebie odłożyłem do poniedziałku służbowy wyjazd, a ty mi teraz mówisz, że nie możesz.

— Marek, zrozum moją sytuację…

— Tu nie ma nic do rozumienia, tu trzeba umieć podejmować decyzje. To jak, tam gdzie zwykle?

— Marek, nie. Zadzwonię do ciebie, jak tylko się coś wyjaśni.

Chyba się na mnie wściekł, bo bez pożegnania odłożył słuchawkę.

No, ładnie. Ale mi Elka narobiła bigosu! Nie dość, że haruję przy jej bachorach, to jeszcze przez swoje fanaberie skomplikowała mi życie osobiste. Marek pewnie się obraził. Nic dziwnego, pokrzyżowałam mu plany. No ale jak on sobie to wyobraża? Że ze złości na Elżbietę zostawię ryczącego Łukasza i radośnie, w podskokach pognam na randkę z szanownym panem? A jeśli naprawdę coś się stało? Nawet słowem się nie zająknął na temat ewentualnej pomocy. Może zadzwoni wieczorem, gdy mu trochę minie złość. To w gruncie rzeczy całkiem przyzwoity facet. Był zaskoczony i tyle. Coś takiego zdarzyło się po raz pierwszy. Nic, może mu przejdzie. Oby, bo sama przed sobą muszę się przyznać, że czułabym się o niebo pewniej, gdyby był tu teraz razem ze mną. A może to ja oczekuję zbyt dużo? Ale skąd on ma o tym wiedzieć? Powinien zgadnąć? Bzdura. Ani słowem nie wspomniałam, że w tej sytuacji czegokolwiek od niego oczekuję. Zaskoczył mnie swoim atakiem, bo nie da się ukryć, że to, co powiedział, odebrałam jako atak. A przecież sama nawet nie napomknęłam, że przydałaby mi się jego pomoc. Nawet niekoniecznie pomoc. Zwykłe ludzkie zainteresowanie w zupełności mogłoby wystarczyć.

Może jestem przewrażliwiona? Może faceci tak mają?

Z trudem udało mi się zagonić dzieciaki do łóżek. Łukasz długo nie mógł zasnąć i nawet czytanie „Puchatka" niewiele pomagało.

Sama położyłam się koło pierwszej i zanim udało mi się na dobre zasnąć z pokoju dzieci dobiegł krzyk.

To mały krzyczał przez sen. Resztę nocy spędziłam przy jego łóżku.

*

Dzwonek do drzwi zadzwonił o ósmej rano. Elżbieta? Zgubiła klucze? Nic, ważne, że jest.

Zaraz ją zabiję. Jak mogła mnie tak wystawić? Powlokłam się do drzwi.

Otworzyłam i oniemiałam. Zamiast Elżbiety w progu stał obcy mężczyzna w mundurze. Policjant?

— Sierżant Andrzej Jakubczyk — przedstawił się.

Moja pierwsza myśl dotyczyła moich wykroczeń

drogowych, bo żadne inne popełnione ostatnio przestępstwo nie przychodziło mi do głowy. No tak, ale zapewne parę wykroczeń by się znalazło.

— Czy tu mieszka pani Elżbieta Nowacka?

— Owszem, ale chwilowo nie ma jej w domu.

— Czy zastałem może męża pani Elżbiety albo kogoś z rodziny?

— Męża nie, wyjechał do Stanów jakieś cztery lata temu, może pięć i nikt nie wie, czy i kiedy wróci. Są tylko dzieci, ale jeszcze śpią. Mam je obudzić? — zapytałam.

— Nie, proszę ich nie budzić. Czy mogę wejść do mieszkania? Chciałbym wiedzieć, kim pani jest dla pani Elżbiety.

— Tak, proszę wejść, oczywiście. Jestem jej koleżanką. Może bardziej przyjaciółką. Opiekuję się dziećmi podczas jej nieobecności. We wtorek wyjechała służbowo do Katowic, miała wrócić w czwartek wieczorem, ale nie pojawiła się do tej pory. Wczoraj próbowałam nawet zgłosić to na komendzie, ale powiedziano mi, że musi upłynąć czterdzieści osiem godzin od momentu zaginięcia i…. — wyrzuciłam z siebie jednym tchem.

— Pani Elżbieta nie żyje. Zginęła w czwartek wieczorem w wypadku samochodowym pod Warszawą. Jej samochód wpadł w poślizg i uderzył w drzewo.

Poczułam, że świat wali mi się na głowę. Dalej niewiele pamiętam. Za mną ktoś krzyczał. Aśka i Łukasz stali w drzwiach pokoju.

Wszyscy płakaliśmy. Łukasz zanosił się szlochem, po twarzy Aśki ciekły łzy.

Potem zapadła cisza.

*

Sierżant poprosił o ponowne spotkanie wieczorem Należało zastanowić się, gdzie w tej sytuacji umieścić dzieciaki.

Przecież nie mogą zostać same, bez opieki, ktoś musi się nimi zająć. Trzeba na spokojnie podjąć decyzję, tak jakby w tej sytuacji można było cokolwiek zrobić na spokojnie.

Wszyscy czuliśmy się okropnie. Aśka chwilami sprawiała wrażenie, jakby nie wierzyła w to, co się stało. Mnie też wydawało się to niemożliwe. Ludzie nie giną ot tak, po prostu. Nie Elżbieta.

To musi okazać się pomyłką. Po prostu musi.

Łukasz chyba nie do końca zdawał sobie sprawę z sytuacji. Płakał, wołał mamę, mówił, że mama zaraz wróci. Cały dzień spędził na moich kolanach. Nie miałam sumienia nieustannie powtarzać mu, że mamy już nie ma, więc milczałam.

Wieczorem zgodnie z umową pojawił się sierżant. Spłakane i wymęczone dzieciaki udało mi się zapakować do łóżka już o siódmej. Na szczęście nie obudził ich dzwonek do drzwi.

— Będę z panią szczery. Istnieją dwie możliwości. Albo trafią na izbę dziecka a potem do domu dziecka, a to im raczej nie posłuży, albo też na razie zdecyduje się pani z nimi zostać — powiedział. — Może uda się odnaleźć jakąś rodzinę.

— One nikogo nie mają. Poza ojcem, ale o nim nic nie wiadomo.

— Może jakaś babcia, ciotka?

— Z tego co wiem, Elżbieta nie miała nikogo. Chociaż nie, coś kiedyś wspominała o ciotce, ale nie jestem tego pewna. Niezbyt uważnie słuchałam. Więc zostaje tylko ojciec, może jeszcze jego rodzice.

— Tym gorzej. Policja wspólnie z Interpolem rozpocznie poszukiwania ich ojca, ale sama pani rozumie, to może trwać latami. Czy orientuje się pani, gdzie przebywał ostatnio?

— Nie mam pojęcia. Wiem, że w Stanach i że od dwóch, może trzech lat się nie odzywał. Bardziej od trzech niż dwóch.

Sierżant pokiwał głową.

— Tak bywa. Co robimy w tej sytuacji?

Sama chciałam to wiedzieć. Na stałe nie mogę się nimi zająć, to oczywiste. Mam swoje życie, swoją pracę i swoje plany. Nie sądzę, by ktoś oczekiwał ode mnie takiej decyzji.

Ale odesłać je teraz, zaraz, natychmiast po tym, jak straciły matkę? To byłoby nieludzkie.

Może coś się wyjaśni, może policja odnajdzie jakąś rodzinę. Może…

Przez parę dni, może tydzień mogą jeszcze zostać ze mną. A co z pracą? Nic. To znaczy tak samo. Poradziłam sobie przez prawie tydzień, poradzę sobie przez kolejny. Do tego czasu policja na pewno coś wymyśli.

Nie oszukuj się, idiotko! Policja niczego nie wymyśli, policja nie jest od wymyślania. Co najwyżej znajdą jakąś rodzinę, a i wtedy nie wiadomo, czy ta rodzina w ogóle zechce je przyjąć do siebie. Czy zechce się nimi zająć.

Może nie zechcieć, ma prawo. To przecież tylko kwestia sumienia. A co z moim sumieniem?

Otóż niestety posiadam i tylko dlatego nie zdecyduję się na natychmiastowe umieszczenie ich w izbie dziecka. Należy dać losowi szansę.

— Damy losowi szansę — powiedziałam. — Na razie zostaną ze mną.

— Rozumiem, że jest pani zdecydowana zająć się nimi? — sierżant o dziwo nie sprawiał wrażenia zaskoczonego.

— Przez jakiś czas tak, ale obawiam się, że jeśli nikogo nie znajdziecie, czeka je dom dziecka. Nie jestem w stanie stworzyć im odpowiednich warunków, nie mam takich możliwości. Dużo pracuję, często wyjeżdżam, sam pan rozumie.

Sierżant popatrzył na mnie uważnie.

— Musi pani podpisać zobowiązanie. Oświadczenie, że zajmie się pani dziećmi do wyjaśnienia sprawy.

Kiwnęłam głową.

— I jeszcze jedno. Czeka panią wizyta w zespole do spraw nieletnich. Psycholog musi stwierdzić, czy nadaje się pani do opieki nad dziećmi. Zadzwonię w poniedziałek i podam termin.

Ładnie, nie ma co. Elka miała do mnie wystarczająco dużo zaufania, żeby powierzyć mi swoje dzieci, a policja domaga się fachowej ekspertyzy. Pogratulować. Potencjalnych rodziców w rodzinach patologicznych też badają?

Sierżant widocznie przejrzał moje myśli.

— Przykro mi, wiem, że to skomplikuje pani życie, ale taka jest procedura. I jeszcze jedno. W takich sytuacjach zajmuje się tym rodzina, ale tu... Chodzi o pogrzeb. Mówię o tym trochę na wyrost, bo upłynie jeszcze sporo czasu, zanim będzie to możliwe, ale chciałbym wiedzieć, czy i w tej sprawie... No, rozumie pani. Jeśli ona nikogo nie miała...

Jasne, pogrzeb. Formalności. Czy zabrać dzieci na pogrzeb? To przecież ich matka.

— Tak, oczywiście — zgodziłam się natychmiast. Do czego ja się jeszcze zobowiążę? Zadzwonić do Elki do pracy. Wypytać Aśkę o rodzinę. Znajome? Przyjaciółki? Jakiś facet? Może miała jakiegoś faceta. Trzeba ich wszystkich zawiadomić. Może ktoś mi pomoże, do cholery!

Łukasz znowu obudził się z krzykiem w środku nocy i za nic nie dawał się uspokoić. Zdesperowana, przeniosłam go nad ranem do swojego łóżka. Do łóżka Elżbiety.

Mały budził się co chwila, wołał mamę, a nawet gdy przysypiał, rzucał się przez sen i popłakiwał.

Poranek był gorszy od nocy. Wszyscy milczeliśmy. Tylko Aśka od czasu do czasu wybiegała z pokoju.

Najwyraźniej nie chciała przy mnie płakać. Zwykłe, codzienne czynności zdawały się wymagać nadludzkiego wysiłku, a czas wlókł się w nieskończoność.

Wieczorem zdecydowałam się porozmawiać z Aśką.

— Słuchaj, pomyśl, kogo powinnyśmy zawiadomić. Zadzwonię rano do mamy do pracy, ale zastanów się, kogo jeszcze. Macie jakąś rodzinę?

— Nie, tylko koleżanki mamy. Ciotki, ale przyszywane. Z rodziny nie mamy nikogo. To znaczy jest kuzynka, córka siostry babci ze strony ojca. Ta babcia nie żyje i jej siostra też, ale żyje jej córka. Byłam u niej, kiedy byłam mała. Jeszcze tata był z nami, a Łukasza nie było wtedy na świecie. Ale to daleko, gdzieś pod granicą. Nie pamiętam, jak nazywa się ta miejscowość. Chyba jakoś na M. Ona ma na nazwisko Wilczyńska, ta kuzynka. Irena Wilczyńska. Nie mam adresu. Może mama... — zamilkła na chwilę. — Może będzie w mamy notesie. Nie zabrała go ze sobą, widziałam, że leży w sypialni.

W notesie Elżbiety było niewiele telefonów, przy których nie figurowałaby nazwa żadnej firmy.

— Mama nie miała wielu znajomych. Nie miała czasu. Wiesz, praca i my... — najwyraźniej Aśka starała się tłumaczyć matkę. — Rzadko gdzieś wychodziła. Najczęściej, żeby spotkać się z tobą.

Raz na dwa, trzy miesiące — pomyślałam. Jak ona mogła to znieść?

Po dłuższych poszukiwaniach znalazłam w notesie Elżbiety adres kuzynki. Michałowice? Gdzie to jest? Aśka mówiła, że gdzieś pod granicą. Pod którą granicą? Nie ma problemu, sprawdzę później w atlasie. Niestety, obok adresu nie figurował żaden numer telefonu.

W poniedziałek rano, po mojej kolejnej nieprzespanej nocy, Aśka poszła do szkoły, odprowadziłam Łukasza do przedszkola, a sama udałam się do pracy i to wcale nie po to, żeby pracować. Miałam tysiąc spraw do załatwienia. Na szczęście szefa miało nie być w firmie przez cały dzień.

Najpilniejszą sprawą wydał mi się telefon do sierżanta i poinformowanie go o odnalezionym adresie kuzynki Elżbiety. W końcu policji łatwiej będzie ją odszukać. O wiele łatwiej niż mnie.

— Wilczyńska, powiada pani? Irena Wilczyńska, Michałowice? — po drugiej stronie słuchawki sierżant, jak sądzę, notował przekazywane przeze mnie informacje. — Oczywiście, wyślemy tam kogoś. Tak, będę z panią w kontakcie. Aha, w zespole do spraw nieletnich będzie na panią jutro czekała komisarz Majewska. O dwunastej.

Świetna pora, w sam raz dla mnie — pomyślałam — ale nijak się z tego nie wymigam. Coś wymyślę na użytek szefa, nie mam innego wyjścia, nie cierpię łgać, ale trudno.

Zadzwoniłam do firmy Elżbiety. Wszyscy byli w szoku. W takim samym szoku, jak ja przedwczoraj. Dziewczyny, z których kilka znałam z racji obowiązków zawodowych, obiecały pomóc w załatwianiu formalności związanych z pogrzebem. Jedna z nich, Justyna, zaproponowała nawet, że zabierze Łukasza w następny weekend, żebym, jak to określiła, złapała oddech.

W pierwszej chwili byłam gotowa entuzjastycznie przyjąć jej propozycję, ale po namyśle odmówiłam. Pomyślałam, że mały może poczuć się niepotrzebny, albo co, z takimi małymi nic nie wiadomo. Poza tym nie chciałam nawet na te dwa dni rozdzielać go z siostrą, choć perspektywa odespania kilku ostatnich nocy wydała mi się ze wszech miar kusząca. Może kiedy indziej.

Marek. No tak, zapomniałam o Marku. Gdybym oddała na weekend Łukasza, mogłabym spotkać się z Markiem. Marek nie dzwonił od naszej piątkowej rozmowy. Pewnie jeszcze mu nie przeszło. Może to ja powinnam do niego zadzwonić?

Zrobię to, jak tylko pozałatwiam wszystkie ważne sprawy — pomyślałam. Chyba usprawiedliwiałam się sama przed sobą, bo tak naprawdę, to sama nie wiedziałam, czy mam ochotę do niego dzwonić. Bałam się kolejnego ataku gniewu Marka, powodowanego niezaprzeczalnym faktem, że znów nie mam dla niego czasu, że zajmuję się cudzymi sprawami zamiast myśleć o sobie, to znaczy o nas, to znaczy o nim. Że znów mu komplikuję życie.

Praca szła mi niesporo, szczególnie, że koło drugiej zadzwonił sierżant Jakubczyk.

— Tak, Wilczyńska… — zaczął. — Ona nie weźmie dzieci. Sama ma czworo. Powiedziała, że pomyśli, porozmawia z mężem, ale jak dla mnie, to nie wezmą. Wilczyński pracuje dorywczo w tartaku, ona w domu z dziećmi. Mają trochę ziemi, ale mało. Tam bieda aż piszczy, ledwo im starcza na własne.

— Myśli pan, że powinnam do nich pojechać z dzieciakami?

— Nie wiem, czy to ma sens. Ale jeśli pani chce... Podać dokładny adres? Wie pani, jak tam dojechać?

Poprosiłam o wszelkie przydatne informacje, skrupulatnie je zanotowałam i dopiero wówczas dotarło do mnie, co właściwie powiedział Jakubczyk.

Jego zdaniem Wilczyńscy nie wezmą dzieci. Jedyna istniejąca rodzina nie będzie ich chciała. To kto ma chcieć się nimi zająć? Obcy ludzie? Skoro nikt ich nie chce, to pozostaje tylko dom dziecka. Zaraz, chwileczkę, a może oni jeszcze znajdą kogoś z rodziny? Od śmierci Elżbiety minęło dopiero kilka dni. My wiemy od soboty. Dziś jest poniedziałek. Trzeba dać policji trochę czasu, a tym samym możliwość wykazania się operatywnością. W końcu płacimy na nich podatki.

A może Interpol odnajdzie zagubionego pośród amerykańskich prerii ojca dzieciaków? Swoją drogą kawał gbura z faceta. Zostawić kobietę z dwójką małych dzieci i tak sobie w świat... Wolność wybrał, patafian jeden. On wybrał wolność, a ja mam niezły pasztet. Tak, jakbym co najmniej osobiście się do powstania tego pasztetu przyczyniła. A tu nic, nawet faceta na oczy w życiu nie widziałam.

Koło piątej moja komórka natarczywym głosem po raz kolejny tego dnia dała znać o sobie.

Tym razem to Agata. Agata to jedna z moich dziewczyn, wiecznie zapracowana pani doktor, uczestniczka wieczornych wypadów, specjalistka od genetyki i naszego babskiego gadania. Głównie o facetach i to głównie, niestety, w kontekście zawodowym. Bo my wszystkie w zasadzie mamy wyłącznie kontekst zawodowy. Rozmawiamy o tym, że faceci rywalizują, że nie dopuszczają. Że poza pracą są do niczego. Agata wie o tym bardziej od nas, bo choć w pracy otoczona jest samymi mężczyznami, to poza pracą nieodmiennie pozostaje sama. Jeśli się nawet jakiś facet pojawia na chwilę w jej życiu, to trwa to nie dłużej niż mgnienie. Każdy z nich natychmiast opuszcza pole, bo mianowicie Agata jest za inteligentna. Wiadomo, doktoratów z genetyki nie rozdają na każdym rogu ulicy.

Nie raz już jej wszystkie tłumaczyłyśmy, że może powinna bardziej się ze swoim rozumem kamuflować, nie manifestować, jaka jest bystra i zaradna. Agata nawet wiertarkę potrafi obsłużyć. Zreperuje cieknący kran i załatwi wszystko, co trzeba załatwić. Tłumaczyłyśmy i nic. Niech no się tylko jakiś pojawi na horyzoncie, Agata natychmiast otacza go łabędzim puchem i umila mu życie do wymiotów.

Żaden mężczyzna nie jest w stanie tego wytrzymać. Tak sobie czasem myślę, że może nie tylko o jej intelekt chodzi. Mam na ten temat swoją prywatną teorię. W myśl mojej teorii Agata, mimo swojego doktoratu, wiertarki i ładnej buzi nie lubi siebie. Sądzi, że jest do niczego. Uważa, że ona musi sobic na faceta zasłużyć. Zapracować. No i próbuje sobie zasłużyć. Efekty bywają widoczne prawie natychmiast. Facet ucieka, a Agata po raz kolejny dostaje informację, że się nie nadaje. W związku z powyższym pisze kolejny artykuł do prasy fachowej, rozpoczyna kolejny etap badań i czeka na kolejną okazję, by jakiegoś osobnika płci męskiej otoczyć puchem. Kobiet na szczęście puchem nie otacza, więc nam jakoś udaje się z nią przeżyć.

— No jak, aktualne? — zaczęła Agata bez zbędnych wstępów.

Co aktualne? Czy ja się z nimi gdzieś umówiłam? Kiedy? Ależ mi się miesza w głowie od tego wszystkiego.

— Dzwonię do ciebie, żeby zapytać, czy aktualne dzisiejsze wyjście? Ostatnio spotykałyśmy się bez ciebie, bo miałaś migrenę. Pamiętasz? W ubiegły poniedziałek.

Rzeczywiście, wszystko to prawda. Odwołałam spotkanie. Dziś znowu mamy poniedziałek i jak zwykle miałyśmy się spotkać. To przecież było tydzień temu! A mnie się wydaje, jakby wieki już minęły od tamtego wieczoru.

— Agata, nie. Nieaktualne i być może w najbliższej przyszłości też nie, no, przynajmniej przez tydzień czy dwa… Widzisz, trochę mną życie zakręciło.

— Co jest? — zapytała. — Jesteś w ciąży?! — ucieszyła się, zanim zdążyłam cokolwiek odpowiedzieć. — Co na to Marek? Oczywiście zachwycony?

Fantastycznie, nie ma to jak mieć genetyka w najbliższym otoczeniu.

— Żadna ciąża, ja i ciąża! — parsknęłam oburzona.

— Wpakowałam się w taką jedną historię i trochę mi się wszystko skomplikowało.

— Mogę jakoś pomóc? Spotkajmy się, to pogadamy. Nie martw się, wspólnie z dziewczynami coś wymyślimy. Tylko musisz nam powiedzieć, o co chodzi.

Dwie pozostałe dziewczyny to Anka i Ulka. Kolejne zapracowane młode zdolne.

— Powiedzieć powiem, ale teraz pracuję. Przynajmniej usiłuję pracować.

— To może wpadniemy do ciebie wieczorem?

— Wpaść w zasadzie możecie, tylko że ja na razie mieszkam gdzie indziej.

— Przeprowadziłaś się? Do Marka?

— Nie do Marka. Posłuchaj… — zaczęłam.

— Nowy facet? Tak nagle? Co na to Marek?

— Nie jest zachwycony — odpowiedziałam, mając na myśli Łukasza.

— Nie żartuj, nikt na jego miejscu nie byłby zachwycony. Pytałam, czy wie.

— Do pewnego momentu, ale więcej nie zdołałam mu przekazać, bo się na mnie obraził.

— Chyba go rozumiem — powiedziała z głębokim westchnieniem.

— Nie ma go co rozumieć — byłam zła. — To mnie powinno się rozumieć. Zresztą, jak poznasz fakty, to sama ocenisz. Zapisz adres. Agata, przygotuj dziew-

46

czyny, tam jest dwoje dzieci. Resztę wytłumaczę wam na miejscu.

— Facet z dwójką dzieci? No, nie. Joanna, to skok na głęboką wodę. Przemyślałaś wszystkie za i przeciw? Problemy z akceptacją i tak dalej. Wchodzisz na ich terytorium. Zajmujesz miejsce matki. To może być naprawdę trudne. Mam znajomą, psychologa, ona się specjalizuje w takich historiach, więc jeśli chcesz, to wszystko ci załatwię. Może nawet uda się wybłagać szybszy termin. Bez fachowego prowadzenia masz szanse popełnić mnóstwo błędów, które będą się potem mściły latami. To niekorzystnie wpłynie na wasz związek, a jeśli chodzi o dzieci, to zanim się obejrzysz, nadejdzie okres dojrzewania i wtedy…

— Agata! Stop! Spóźnię się po dziecko do przedszkola. Pogadamy wieczorem. Pa.

— Do przedszkola? Bardzo poważnie się zaangażowałaś! W ciągu tygodnia… Nic na to nie wskazywało… Kto by pomyślał?

— Agata!!!

— No dobrze, do wieczora, pa.

Uff!!!

Wieczorem wpadły wszystkie trzy. Uprzedziłam dzieciaki, że pojawią się moje znajome, ale zarówno Aśce, jak i Łukaszowi zdawało się być wszystko jedno. Grzecznie się przywitali i poszli do siebie.

— Gdzie ten facet? Musi w nim coś być, skoro zostawiłaś dla niego Marka. W dodatku tak nagle… — dziewczyny były mocno podekscytowane.

— W Ameryce. Nikt nie wie, gdzie. Niestety — odpowiedziałam zrezygnowanym głosem.

— Jak to?

— Skoro jest w Ameryce, to dlaczego trzyma tu dzieci? I na dodatek z tobą?

— Zdecydowałaś się na dzieci bez faceta?

Nie ja jedna — pomyślałam. Nie miałam innego wyjścia, musiałam od początku opowiedzieć im całą historię.

— I co zamierzasz zrobić? — zapytała Anka.

Wszystkie nagle bardzo spoważniały, a całe ich podekscytowanie związane z hipotetycznym faktem posiadania przeze mnie nowego faceta minęło im bez śladu.

— Dać policji szansę na znalezienie ich rodziny. Pojechać do Michałowic, może ta kuzynka da się przekonać. Nie chciałabym, żeby trafiły do domu dziecka. Czekać. Sama nie wiem, co jeszcze.

— A jeśli się nie doczekasz? Myślałaś o tym?

— Do pewnego stopnia. Nie mogę zostać z nimi na stałe. Po prostu nie mogę. Mam pracę, często wyjeżdżam. Mam różne plany, jest Marek. On by tego nie zaakceptował. Naprawdę nie mogę. Nie dojrzałam do posiadania dzieci. Nigdy nie chciałam mieć dzieci. Może kiedyś, ale jeszcze nie teraz. I inaczej to sobie wyobrażałam. Same wiecie — zakończyłam swój wywód.

Wiedziały. Kiwały głowami ze zrozumieniem. Obiecały pomóc. Poszły.

Położyłam Łukasza spać ze świadomością, że najpóźniej o pierwszej czeka mnie pobudka. Jaki ma sens kładzcnie go u nich w pokoju, skoro potem i tak muszę za chwilę przenosić go do sypialni Elżbiety? Mój kręgosłup kiedyś tego nie wytrzyma.

Aśka już czekała na mnie w kuchni.

— Joanna, co z nami będzie? — zapytała.

— Na razie zostaniecie ze mną, a później, kiedy znajdzie się rodzina, albo kiedy odnajdą waszego tatę, to wówczas…. — starałam się brzmieć przekonująco.

— Ty wiesz, że my nie mamy rodziny. Poza tą kuzynką taty. Rodzice mamy nie żyją. Babcia umarła w ubiegłym roku, chorowała na raka. Dziadek już dawno. Joanna… — Aśka popatrzyła na mnie z lękiem. — Co będzie, jeśli ona nas nie zechce?

— Dlaczego ma was nie zechcieć? Fajne z was dzieciaki. A poza tym, jest jeszcze wasz tata.

Aśka ze smutkiem pokręciła głową.

— Ja trochę pamiętam. Nie wszystko, ale trochę tak. Miałam osiem, prawie dziewięć lat, kiedy on wyjechał. Mama i on… Bardzo się kłócili, wiesz? Tata miał ciągle do mamy o coś pretensje. Właściwie bez przerwy. Ona się broniła, ale to nie pomagało. Dopiero jak ojciec wyjechał, zrobił się spokój.

Nie bardzo wiedziałam, co powinnam jej odpowiedzieć.

— Asiu, tak bywa, że dorośli nie potrafią się ze sobą porozumieć. To źle, ale tak bywa. Teraz, kiedy mama… Teraz, kiedy nie ma mamy, ojciec wróci i zajmie się wami. Ich kłótnie i nieporozumienia dotyczyły tylko ich samych. Tata was kocha. Na pewno was kocha. Wróci i wszystko będzie dobrze.

— Nie. Gdyby naprawdę nas kochał, to nie zniknąłby tak bez śladu. Rozumiem, że między nim a mamą było źle. To przykre, ale rozumiem. A my? Co z nami? Dlaczego przestał się do nas odzywać?

— A na początku? Odzywał się na początku? — zapytałam.

— Najpierw kilka razy dzwonił, później przysyłał kartki. Już nie pamiętam, skąd. Kiedyś je podarłam, bo było mi przykro, kiedy na nie patrzyłam. A potem przestał pisać, nie dzwonił. Nawet zaczęłam myśleć, że tak jest dobrze, że już nigdy nie będą się kłócili.

— Nie tęskniłaś?

Aśka kiwnęła głową. A potem zaczęła płakać. Najpierw po policzkach spłynęły jej dwie łzy, które za chwilę zamieniły się w cały strumień.

Czułam się zupełnie bezradna. Chciałam ją pocieszyć, ale żadne mądre słowa nie przychodziły mi do głowy. Zresztą, w czym słowa mogły pomóc? Miałam jej powiedzieć, żeby się nie martwiła? Że będzie dobrze? Obie wiedziałyśmy, że nie będzie.

I żadna z nas nie miała na to wpływu.

— Asiu… — zaczęłam.

Mała nawet nie spojrzała na mnie. Podeszłam więc do niej i delikatnie poklepałam ją po plecach. A potem mocno objęłam.

*

We wtorek rano Marek zadzwonił, jak gdyby nic się nie stało.

— Jak tam? Wróciła? — zapytał niefrasobliwym tonem. — To jak? W sobotę, tam gdzie zwykle?

— Nie wróciła. Zginęła w wypadku samochodowym. W piątek pogrzeb — zignorowałam drugą część jego pytania.

Złośliwie pomyślałam, że zaraz powie, że w takim razie nic nie stoi na przeszkodzie, żebyśmy mogli spotkać się w sobotę. Tam, gdzie zwykle, o tej samej porze.

I nawet nie bardzo się myliłam.

— No ale w sobotę jesteś wolna — stwierdził.

— Nie, jadę do Michałowic. Nie jestem wolna, wyjeżdżam. Marek, powinniśmy się spotkać i poważnie porozmawiać.

— Oczywiście, przy okazji porozmawiamy. Masz szkolenie? — zainteresował się nagle. — Co jest w tych Michałowicach? Szkolisz kadrę kierowniczą? Jaka to firma?

— Tam nie ma żadnej firmy. I kadry kierowniczej pewnie też nie. Tam jest kobieta z czwórką dzieci i pracującym dorywczo mężem. Nie jadę na szkolenie. Mam tam coś do załatwienia i chciałabym się z tobą spotkać. Najlepiej przed wyjazdem. Chcę z tobą porozmawiać. Jesteś mi potrzebny, rozumiesz?

— Nie, przed sobotą nie mogę. Skoro to nic ważnego, to odłóż wyjazd.

— Nie powiedziałam ci, że to nic ważnego. Wręcz przeciwnie. To bardzo ważne. Nawet nie wiesz, jak bardzo. I dlatego nie zrezygnuję z wyjazdu.

— Skoro nie jest to szkolenie, to wszystko inne można odłożyć. Pojedziesz za tydzień, albo kiedyś. A może po prostu zadzwoń. Większość spraw można przecież załatwić przez telefon.

— Ci ludzie nie mają telefonu. Nie wiem, może ich nie stać na telefon. Teraz to i tak wszystko jedno.

— Nie stać ich na telefon? Kto to jest? Jaką ty właściwie możesz mieć do nich sprawę?

— Już ci mówiłam, do kogo jadę. Czy znajdziesz czas, żeby spotkać się ze mną przed sobotą?

— Nie wiem, może w piątek wieczorem. Chociaż nie, w piątek jestem zajęty. Czwartek? Czwartek po pracy, odpowiada ci?

Czwartek? — pomyślałam. Przecież w piątek jest pogrzeb, nie mogę zostawić dzieciaków samych w domu w czwartek wieczorem!

— Czy nie mógłbyś wyjść w czwartek na chwilę z pracy? Moglibyśmy spotkać się na mieście... Proszę — było mi już wszystko jedno, byleby tylko się z nim zobaczyć, wyjaśnić całą sytuację i chwilę spokojnie porozmawiać.

— Joanna, to do ciebie niepodobne. Ale skoro tak bardzo ci zależy. Zdzwonimy się może w czwartek rano, co?

W porządku, możemy się zdzwonić. Poczułam, że ogarnia mnie złość. Do cholery, człowieku, dlaczego ciebie nie interesuje nic poza pracą! Czy mam szkolenie? Co to za firma? A jakie to ma znaczenie? Dlaczego nie zapytasz, co jest aż tak ważne, że po całym tygodniu pracy chce mi się gnać na drugi koniec Polski? No, dobrze. To nie jest drugi koniec Polski, ale wystarczająco daleko.

Tak, jakbym cię w ogóle nie obchodziła. Obchodzą cię tylko te rytualne soboty i żeby było bez komplikacji. A ja od tygodnia powoduję komplikacje, nieustanne komplikacje i masz mi to za złe. Zaczynam się zastanawiać, czy myśmy się umówili na dyspozycyjność w związku? Moją dyspozycyjność? Jesteśmy razem od pięciu lat, a ja niczego nie zauważyłam. Może kiedyś było inaczej? A może kiedyś mi to nie przeszkadzało?

Może nie tylko jemu było wygodnie w takim układzie, może mnie również?

*

Spotkanie z policyjną panią psycholog nie należało do przyjemności. Owszem, pani komisarz była niezwykle miła, tyle tylko, że przez cały czas czułam się jak osoba usiłująca popełnić przestępstwo. Wiem, taka jest procedura. No i co z tego, że wiem? Wcale nie było mi przez to łatwiej. A może to kwestia mojego przewrażliwienia? Koniec końców zostałam uznana za osobę nadającą się do tymczasowej opieki nad dziećmi. Swoją drogą, to bardzo interesujące, że jak człowiek stara się o własne, to nikt mu nie musi dawać pozwolenia, nie pisze żadnych oświadczeń, a może powinien, a gdy ja chcę zatrzymać dzieciaki na jakiś czas, to od razu tyle zachodu. Mogę już sobie wyobrazić, co się dzieje w przypadku adopcji.

Szefa nie było, gdy wychodziłam, nie miałam więc okazji uprzedzić go o swojej nieobecności. Ale niestety, zdołał wrócić ze spotkania dłuższą chwilę przed moim pojawieniem się w firmie. Co więcej, zaraz po powrocie poprosił o spotkanie. Z kim? Ze mną, oczywiście. Jakże by inaczej!

— Byłaś na spotkaniu? Nic nie mówiłaś, że masz się dzisiaj spotkać z klientem — powitał mnie nieomalże w progu.

— Nie byłam na spotkaniu, musiałam po prostu wyjść.

— Wolałbym, żebyś nie załatwiała spraw osobistych w godzinach pracy — stwierdził lodowatym tonem.

— Przepraszam. Słuchaj, muszę w piątek wziąć wolny dzień. Idę na pogrzeb.

— Rozumiem. Dobrze, o ile nie masz nic pilnego zaplanowanego na piątek.

Człowieku, przecież to pogrzeb! Ktoś umarł, rozumiesz! A ty mi mówisz, że mogę wziąć wolny dzień, o ile nie mam nic pilnego zaplanowanego na piątek! Czy może być coś ważniejszego niż śmierć? Idiotyczne pytanie. A szef łaskawie daje mi w piątek wolny dzień, o ile niczego przez to nie zawalę.

Tak to już z tym moim szefem jest. Niby porządny facet, a nawet nie zapytał, czyj to pogrzeb. Tak, wiem, zasada obowiązująca w naszej firmie głosi, że sprawy osobiste zostawiamy przed wejściem. O sprawach osobistych u nas się po prostu nie rozmawia, a już na pewno nie z szefem. Z kolegami też raczej nie, a tak się przy tym składa, że w miejscu pracy otaczają mnie prawie sami faceci. Owszem, są dwie dziewczyny, ale w innych działach i tak naprawdę mamy ze sobą mocno ograniczony kontakt.

W rezultacie z kolegami rozmawiam o sprawach zawodowych, a z obiema dziewczynami co najwyżej wymieniamy pozdrowienia. Na co dzień w zasadzie mi to nie przeszkadza, ale tym razem zrobiło mi się przykro. Szczególnie, że nie należę do osób, które nawalają z robotą. Wręcz przeciwnie. Jestem jedną z lepszych. Gdyby nie Marcin, byłabym najlepsza, może nawet jestem, a i tak ciągle muszę się z nim mierzyć. Więc skoro jestem dobra w tym, co robię, skoro jestem odpowiedzialna i można na mnie polegać, to jeśli wyszłam z firmy w godzinach pracy, to do cholery, dlatego, że musiałam.

O planowanym urwaniu się w czwartek rano na spotkanie z Markiem wolałam nawet nie wspominać. Na szczęście o jedenastej mam spotkanie na mieście. Cała nadzieja w tym, że uda mi się jakoś połączyć oba wyjścia.

Jakby było mało kłopotów, po moim powrocie z Łukaszem do domu okazało się, że nie ma Aśki. Co więcej, w mieszkaniu nie dawało się zauważyć żadnych śladów jej bytności. Tak, jakby w ogóle nie wróciła ze szkoły.

— O — zdziwił się Łukasz — Asia gdzieś poszła?

— Pewnie do koleżanki. Łukasz, gdzie ona ma koleżanki? Gdzie one mieszkają? Często się z nimi spotyka? — byłam mocno zaniepokojona. Może iść, gdzie chce, proszę bardzo, jeśli przez to poczuje się choć trochę lepiej, nie mam nic przeciwko temu. Sama w jej wieku miałam mnóstwo koleżanek. Ale dlaczego do pioruna nie zostawiła mi żadnej wiadomości?

— Koleżanki? — mały zamyślił się głęboko. — Ma Kaśkę i Magdę, i Alę, i nie wiem. I nie wiem, gdzie mieszkają. One tu do nas czasem przychodzą, ale nie bardzo często, bo spotykają się w szkole.

Masz ci los! To co ja mam teraz zrobić? Niepokój mnie zabije! Mogło się znowu coś stać.

Jestem za nich odpowiedzialna, nawet podpisałam odpowiedni papier na tę okoliczność.

Zaraz, dopiero szósta. Pewnie za chwilę wróci. W końcu, ile można siedzieć u koleżanek. O pół do ósmej byłam gotowa dzwonić na policję. Na szczęście za piętnaście ósma Aśka stanęła w drzwiach.

— Aśka, gdzieś ty była? Osiwieję przez ciebie! Możesz mi to wyjaśnić? — nie da się ukryć, że prócz wściekłości odczułam ulgę.

— Przepraszam, najpierw nie pomyślałam, a później zadzwoniłam do domu i zostawiłam wiadomość na sekretarce. Byłam u pani Anieli w szpitalu.

Racja! Pani Aniela, pomoc Elżbiety, domowy anioł, ucieleśnienie wszelakich cnót opiekuńczych. Pani Aniela przeszła zawał i jest w szpitalu. To z jej powodu znalazłam się w tym domu. Powiedzmy, że pośrednio z jej powodu. A na pomysł odsłuchania domowej sekretarki po prostu nie wpadłam.

— Jak ona się czuje?

— Już lepiej. Nie ma już zagrożenia i przenieśli ją na zwykłą salę. Wcześniej była na reanimacyjnej.

— Posłuchaj, wszystko rozumiem, ale dlaczego po prostu nie zadzwoniłaś do mnie na komórkę?

Aśka popatrzyła na mnie ze zdumieniem.

— Nie dałaś mi swojego numeru.

Z wrażenia aż usiadłam na kuchennym stołku. Rzeczywiście, nie dałam jej numeru komórki. Co więcej, nie zostawiłam swojego numeru w przedszkolu. A gdyby coś stało się z Łukaszem? Nic dziwnego, że policja nie miała pewności, czy można mi powierzyć dzieci. Sama zaczynam się nad tym poważnie zastanawiać. Aśka zachowała się bystrze. Zapomniała o napisaniu kartki, trudno, to się może zdarzyć, ale zostawiła wiadomość na sekretarce. Gdyby nie moja wrodzona tępota, nie musiałabym przechodzić przez taki stres. Dobrze, że chociaż Łukasz w miarę naturalnie przyjął nieobecność siostry i że nie zdołałam zarazić go swoją paniką.

Poczułam nagle, że rzeczywistość mnie przerasta. Wydarzenia toczące się w zawrotnym tempie, konieczność pamiętania o niezliczonej ilości drobiazgów i przytłaczającej liczbie rzeczy ważnych, narastający bałagan w domu, którego nie mam czasu posprzątać, gotowanie, choć wcale nie lubię gotować i pobudki w środku nocy. To jednak dla mnie za dużo.

*

Czwartkowy poranek znów przywitał nas śnieżycą. Tak samo jak tydzień temu. Tydzień temu zginęła Elżbieta.

Od tygodnia mój świat stał na głowie.

Marek o dziwo pamiętał o spotkaniu i nawet sam do mnie w tej sprawie zadzwonił. Niestety, moje wcześniejsze plany uległy pewnej komplikacji. Ktoś jak zwykle z czymś nawalił, prezentację trzeba było kończyć w ostatniej chwili i w efekcie okazało się, że mam dla niego pół godziny po spotkaniu z klientem. Tylko pół godziny na wyjaśnienie sytuacji, pół godziny na to, żeby sprawić, że zobaczy to, co się wokół mnie dzieje moimi oczami. Pół godziny, żeby zrozumiał. Oczywiście nie zrozumiał.

— Coś wybierasz, moja droga, i tym czymś nie jestem ja. Trudno, mogę to zrozumieć, ale mojej aprobaty nie oczekuj. To jakaś kompletnie nieodpowiedzialna historia. Im szybciej trafią do domu dziecka, tym lepiej dla wszystkich — powiedział.

— Marek, zrozum, potrzebuję czasu. Wszyscy potrzebujemy czasu. To nieprawdopodobne, żeby nie mieli nikogo, żadnej rodziny. Policja na pewno kogoś znajdzie. Ojciec… Interpol szuka ich ojca. Zobaczysz, to kwestia tygodnia, może dwóch.

— Sama siebie oszukujesz. Nikogo nie znajdą, poza tym to może trwać latami. I co, zamierzasz latami się nimi zajmować? Życia ci nie szkoda? A poza tym, godząc się na opiekę nad nimi, stwarzasz im złudzenia.

Pozwalasz im myśleć, że zostaną z tobą na zawsze. A to przecież niemożliwe.

Poczułam złość.

— Dlaczego uważasz, że to niemożliwe? A gdyby tak się stało? — zapytałam.

Dotychczas w ogóle o tym nie myślałam, ale słowa Marka sprawiły, że taka możliwość stała się całkiem realna.

— Chyba żartujesz? A co z twoimi planami? Co z pracą? Co z karierą? Pomyślałaś o nas?

Jakbym słyszała samą siebie. Dokładnie to samo mówiłam dziewczynom nie dalej niż dzień czy dwa temu.

— Nie wiem. Nic nie wiem. Wiem, że jutro jest pogrzeb Elżbiety i wszyscy musimy przez to jakoś przejść. Przede wszystkim oni. Nie wiem, co dalej. Chciałam tylko, żebyś zrozumiał.

I wtedy uświadomiłam sobie własne kłamstwo. Wcale nie chodziło mi o to, żeby zrozumiał. Nie tylko o to. Ja chcę, żeby on przy mnie był. Żeby się o mnie troszczył. Chcę istnieć w jego świadomości jako ktoś więcej niż dziewczyna na sobotni wieczór. Chcę być dla niego ważna. Wszystko jedno, robiąca karierę i posiadająca coraz to wyższy status finansowy czy przyszywająca guziki do dziecięcej koszuli. Ja.

Przez chwilę w mojej głowie istniała dojmująca świadomość, że akurat właśnie na to nie mogę liczyć. Zrobiło mi się smutno. Na szczęście była to tylko pojedyncza myśl, całkiem odizolowana od moich przeko-

nań na temat Marka i naszego związku, więc szybko
udało mi się jej pozbyć.

*

Zabrałam dzieci na pogrzeb. Nie wyobrażałam sobie,
że mogę ich nie zabrać. Były jedynymi osobami z rodziny Elżbiety uczestniczącymi w ceremonii. Oprócz
nas tylko kilka koleżanek z jej pracy i sąsiedzi. Dzieci
sprawiały wrażenie odrętwiałych.

Przez cały dzień padał śnieg z deszczem. Typowa mar-
cowa pogoda. Dopiero pod wieczór zaświeciło słońce.

*

W sobotę rano zapakowałam dzieciaki do samochodu
i wyruszyliśmy do Michałowic.

Droga do Białegostoku dłużyła mi się niemiłosier-
nie. Aśka siedziała zatopiona w myślach, Łukasz gapił
się przez okno.

— Po co my tam jedziemy? — zapytał po upływie
dobrej godziny od wyjazdu z Warszawy.

— No wiesz, to wasza rodzina. Myślę, że powinni-
ście ich poznać — odpowiedziałam.

— Masz nadzieję, że nas przygarną i że będziesz
w końcu miała święty spokój — bardziej stwierdziła
niż zapytała Aśka.

Trafiła w dziesiątkę. Nie wiedziałam, co powinnam
odpowiedzieć. Co się mówi w takiej chwili? Powinnam
ją okłamać? Przyznać rację?

— Nie wiem. To nie kwestia spokoju, tylko… Sama rozumiesz, nie możemy zostać na zawsze razem — za wszelką cenę starałam się zachować rzeczowy ton głosu.

— Dlaczego? Jesteś fajna. Jak dla mnie, to możesz z nami mieszkać. Mnie nie przeszkadzasz — stwierdził Łukasz.

O Boże, nie! Robiłam wszystko, żeby się nie rozpłakać.

— I Platon cię lubi — dodał po chwili namysłu. — On nie wszystkich lubi, naprawdę. Koty nie wszystkich lubią, bo one już takie są. Tylko musiałabyś wcześniej wracać z pracy... Bo nie lubię czekać z panią Zosią, jak już wszyscy wyjdą z przedszkola. Nudzę się — zakończył swój wywód.

Aha, pani Zosia to ta bezbarwna, która nawrzeszczała na mnie pierwszego dnia. Nic dziwnego, że Łukasz nie lubi czekać na mnie w jej towarzystwie, choć trzeba przyznać, że przestała ostatnio zgłaszać pretensje, że późno go odbieram. W przedszkolu już wszyscy wiedzą o tym, co się stało. Łukasz im powiedział. Może dlatego pani Zosia nie wrzeszczy?

Za Białymstokiem brukowana droga zrobiła się kręta i wyboista. Miejscami wiodła przez las. Kilometrami nie mijaliśmy żadnej osady. Drzewa pokrywał świeży śnieg.

Było bajkowo pięknie i gdyby nie świadomość, w jakich okolicznościach odbywamy eskapadę do Michałowic, to można byłoby uznać, że szczęśliwa rodzina wybrała się tu na wycieczkę. Takie nostalgiczne pożegnanie zimy.

Szkoda, że to nie tak — pomyślałam.

Dom Wilczyńskich stał na skraju miasteczka. Oto-
czenie sprawiało miłe i schludne wrażenie, choć sama
chałupa stanowiła raczej zabytek kultury materialnej
tego regionu.

Drewniane bale, postrzępiona papa pokrywająca
dach.

Rzut oka wystarczył, by ulotniła się cała moja nadzieja na pozostawienie tu dzieci.

Wilczyńscy sprawiali wrażenie zaskoczonych naszym przyjazdem, mimo że, teoretycznie, zostali uprze-
dzeni przez sierżanta Jakubczyka. Nieważne, pewnie
informacja ugrzęzła gdzieś po drodze.

Wilczyński, niski, mrukliwy mężczyzna z twarzą
okoloną brodą, szybko pożegnał się z nami i gdzieś
wyszedł.

— Pewno ma coś do załatwienia w tartaku — uspra-
wiedliwiała go żona, sympatyczna, ciepła kobieta,
z której twarzy nie schodził uśmiech. Wokół niej nieustannie kręciła się czwórka dzieci, z których najstarsze
było niewiele większe od Łukasza.

— Rafałek ma osiem lat — powiedziała Irena, patrząc z dumą na najstarszego synka. — Chodzi już do
szkoły.

Osiem lat? Przy Łukaszu wygląda jak jego rówie-
śnik. Może tylko buzię ma ciut poważniejszą. To by
oznaczało, że z mojego Łukasza niczego sobie facet.
Mojego Łukasza?! No, cóż…

Sama Irena sprawiała wrażenie mocno dojrzałej kobiety. Ile ona może mieć lat?

Trzydzieści? Góra trzydzieści, czyli tyle, co ja. Tylko że ja nie mam na głowie ciągłego borykania się z biedą, o której aż nadto dobitnie świadczy wyposażenie domu, ani czwórki rozwrzeszczanych dzieciaków. Asia i Łukasz jacyś spokojniejsi, bardziej stonowani, bo ja wiem? Inni.

— Chce pani ich u nas zostawić? — zapytała wprost Wilczyńska, gdy tylko dzieciaki, przełamawszy pierwsze lody, poszły bawić się w sąsiednim pokoju pod opieką Aśki. — Nie weźmiemy. Sumienie gryzie, bo to rodzina, ale nie. Nie damy rady. Na swoje ledwie starcza. Gdyby z pracą było inaczej, to wtedy tak, dlaczego nie. Czworo czy sześcioro, to za jedno. Asia miałaby tu szkołę, jest liceum. Ale tak… Proszę zrozumieć, ciężko mi to mówić, ale nie możemy. Do końca życia sobie nie daruję…

— Wpadliśmy tylko w odwiedziny — skłamałam.
— Proszę się nie martwić, na razie są ze mną. Może policja znajdzie dalszą rodzinę, Interpol poszukuje ich ojca. Przecież ludzie nawet w Stanach nie giną tak bez śladu. Znajdą go. Prędzej czy później go znajdą.

Wilczyńska przyjrzała mi się uważnie.

— Da pani radę? Pani przecież niezwyczajna, a tu dwoje dzieci i taka historia.

Poczułam, że się rumienię.

— Nie jest źle. Jakoś dajemy sobie radę. Łukasz musi długo siedzieć w przedszkolu, trochę narzeka, ale trudno. A Asia bardzo pomaga.

Tym razem nie skłamałam. Asia bardzo pomaga, to prawda. Znakomicie wywiązuje się z dobrowolnie przyjętych na siebie obowiązków. W pewnym sensie to ona opiekuje się mną i Łukaszem. Powinnam odciążyć ją choćby z porannego biegania po pieczywo. Dzieciak mógłby pospać dwadzieścia minut dłużej, a ja, stara baba, mogłabym o dwadzieścia minut wcześniej wstać z łóżka. Mogłabym, ale kolejne zarwane noce wyraźnie mi to wstawanie utrudniają.

— Pani pewne była bardzo blisko z Elżbietą. Przyjaciółka, prawda? Bo żeby obcy człowiek w takich ciężkich czasach nawet na trochę wziął dzieciaki... — pokręciła głową z niedowierzaniem.

— Przyjaźniłyśmy się od dawna — skłamałam po raz drugi i zarumieniłam się jeszcze mocniej.

Dzieciaki przespały całą powrotną drogę. Wilczyńska wprawdzie proponowała nam nocleg, ale ze względu na panującą w ich domu ciasnotę nie miało to najmniejszego sensu. Dzieciaki spały, a ja siłą woli starałam się skupić myśli na prowadzeniu samochodu.

Co będzie, jeśli policja nikogo nie znajdzie? Jeśli ich ojciec naprawdę zaginął? Jak długo tak pociągnę? Miesiąc, dwa? Za półtora tygodnia mam wyjechać na szkolenie. Zaraz potem następne. Cholera, dyspozycyjność na rzecz firmy zaczyna mi bokiem wychodzić. Kiedyś mi to nie przeszkadzało, ale kiedyś nie miałam dzieci. Może coś się wydarzy do tego czasu, może kogoś znajdą, może... Co ja mam z nimi zrobić? Oddać do przechowalni? Jedyna, wydawałoby się realna szansa, Wilczyńscy, okazała się kompletnym nieporozumieniem.

Przed Warszawą rozdzwoniła się moja komórka. Dzwoniła matka.

— Córeczko, miałaś się odezwać — zaczęła, a mnie w gardle urosła gula poczucia winy. — Nie ma cię w domu, nie dzwonisz. Czy coś się stało?

Mamo, nie! Nie teraz!

— Mamo, jutro zadzwonię, obiecuję. Teraz prowadzę samochód, wracam spod Białegostoku. Nie mogę rozmawiać.

— Niepokoimy się o ciebie — usłyszałam jeszcze, zanim się wyłączyła.

Nic dziwnego. Sama też się o siebie niepokoję. To, co robię i jakie podejmuję decyzje, nijak nie jest do mnie podobne. Może to klimakterium? Albo jednak ciąża? Ta absurdalna myśl sprawiła, że w końcu puściły mi nerwy i zaczęłam się śmiać. Najpierw cicho, potem coraz głośniej.

I tak oto jechałam pustą, ciemną drogą w kierunku Warszawy, śmiejąc się histerycznie, a łzy ciekły mi po policzkach.

*

Oczywiście, nie zadzwoniłam do rodziców w poniedziałek. Zapomniałam, zabrakło mi czasu, a może opowiadanie całej tej skomplikowanej historii wydawało mi się ponad siły.

Pewnie nie zadzwoniłabym jeszcze długo, pewnie jak zwykle skończyłoby się na pełnym wyrzutu głosie matki dzwoniącej do mnie po upływie kolejnego tygodnia, gdyby nie myśl o szkoleniach. Za chwilę miałam wyjechać. Normalne, tak właśnie wygląda moja praca. Nie będzie miał mnie kto zastąpić w domu, więc niemal odruchowo sięgnęłam po telefon. Matka była mi potrzebna. Byłam na siebie wściekła, miałam poczucie winy, ale inne wyjście nie istniało. Tak, wiem, dla niej to cała wyprawa, konieczność rozstania na kilka dni z ojcem, z ojcem, którego żadna ludzka siła nie przyciągnie do Warszawy, bo dom, bo psy, bo daleko. Konieczność oderwania od stałego rytmu dnia, sąsiadek i przyzwyczajeń. Ale żadne inne rozwiązanie nie przychodziło mi do głowy.

Matka wysłuchała spokojnie mojej opowieści i natychmiast wyraziła zgodę. Oczywiście, przyjedzie na tydzień do Warszawy. Nie ma problemu. Tak, będzie przyjeżdżała za każdym razem, gdy tylko będę jej potrzebowała. Nie, to dla niej żaden kłopot. Naprawdę. Ojciec sobie poradzi. Czy myślałam już o wakacjach?

Oczywiście, nie myślałam. Do wakacji ta sytuacja jakoś się rozwiąże. Musi się rozwiązać. Tak przynajmniej sądzę.

Matka zdawała się mieć inne zdanie na ten temat. Powinnam pomyśleć o wakacjach, bo w czasie wakacji ona nie będzie mogła mi pomóc, ma u siebie letników, wiadomo, jak to nad morzem. Ale przecież mogę przywieźć do niej dzieciaki, odpoczną, opalą się, inne powietrze niż w mieście. Biedne maleństwa, taka straszna historia. Zostawi dla nich wolny pokój. Przecież wiem, że lubi dzieci. Naprawdę, nie ma problemu, dla niej to nawet jakaś odmiana, wyłom w monotonii.

Wiedziałam, że nie mówi prawdy, ale mimo to odetchnęłam. W porządku, obie możemy udawać, że angażując ją ponad wszelką miarę w moje sprawy i każąc ponosić konsekwencje moich wyborów, dostarczam jej pożądanej od dawna rozrywki. Niech i tak będzie.

Nasze życie zaczynało toczyć się utartym rytmem. Poranny obrządek, Aśka do sklepu, ja budzę Łukasza, praca, wspólny wieczorny posiłek, zarwane noce, w weekendy spacer, czasem kino. Pranie i sprzątanie od przypadku do przypadku, bo ciągle brakuje czasu.

Platon śpiący w nogach łóżka. Podlewanie kwiatów. Po co Elżbiecie było tyle kwiatów?

Nawet święta minęły względnie spokojnie, choć dzieciaki były bardzo smutne i trudno się było temu dziwić.

Od czasu do czasu zostawiałam Łukasza pod opieką Aśki i dręczona wyrzutami sumienia wyrywałam się na spotkanie z dziewczynami.

Agata poznała nowego faceta który — o zgrozo! — ją chciał otoczyć opieką. Odpowiedzialny, ciepły, troszczący się o naszą panią doktor.

Z ogromnym zainteresowaniem śledziłyśmy rozwój wypadków, spodziewając się wszystkiego najgorszego.

To nie mogło się udać. Nie dawałyśmy temu związkowi żadnych szans.

Nawet Marek jakoś przycichł. Nasze spotkania ograniczyły się co prawda do sobotnich kolacji, ale dzielnie to znosił.

O dzieciach nie wspominał. Wyraźnie wziął na przeczekanie, a za to zaczął przebąkiwać o wspólnym urlopie.

— Moglibyśmy razem wyjechać, powiedzmy na przełomie września i października. Jakieś ciepłe miejsce. Cypr? Kreta? Jak wolisz. To po sezonie, nie będzie już tłumów. Do października uregulujesz już swoje sprawy, prawda? — zapytał miękko.

Kiwnęłam głową. Do października na pewno. To nie może trwać dłużej. Do października znajdzie się ich ojciec. Do października wytrzymam.

W zasadzie nie jest źle. Wiadomo, męczy mnie ta sytuacja. Daję sobie radę, oczywiście, ale to nie jest moje życie. Nie chodzi nawet o brak czasu dla siebie, choć to też uwiera, ale o rytm i przyzwyczajenia. I o odpowiedzialność, na którą nie byłam gotowa.

Zachowałam się jak przyzwoity człowiek, tak należało, ale do października wystarczy tej przyzwoitości. Od października będę wolna.

Na razie trwał kwiecień.

Matka przyjeżdżała za każdym razem, gdy tylko jej potrzebowałam. Widać było, że lubi dzieciaki, a jednocześnie eskapady do Warszawy wyraźnie ją męczyły. Oczywiście zaprzeczała, twierdząc, że to dla niej miła odmiana.

Zaskakiwała mnie Aśka. Odnosiłam wrażenie, że z moją matką rozmawia. Nie tak jak ze mną, zdawkowo, od czasu do czasu wymieniając informacje, ale rozmawia naprawdę. Byłam o to zła. To w końcu ja wzięłam na siebie opiekę nad nimi, to mnie zwalił się na głowę cały ten kram. Matka przyjeżdża na kilka dni w miesiącu, a tu proszę — to ona zasługuje na zwierzenia i szczerość. Zdarzało mi się widywać je w kuchni szepczące przez cały wieczór. Aśka oczywiście milkła, kiedy wchodziłam.

Chyba byłam zazdrosna. Czułam się niedoceniona, odrzucana i było mi z tym źle. Co innego Łukasz. Właściwie przylgnął do mnie od samego początku. Nie da się ukryć, łączyły nas też wspólne noce. Wspólnie nieprzespane noce.

Swoją drogą, człowiek to zadziwiające stworzenie. Jest się w stanie przystosować do wszystkiego. Do nocnego wstawania również. Zaczęłam zauważać, że coraz mniej męczy mnie to nocne wstawanie. Widać mi się taki rytm ustalił, albo co. No, w każdym razie było mi już łatwiej.

Pod koniec kwietnia Aśka poprosiła mnie o rozmowę.

— Czy mogłabyś pójść na zebranie do mnie do szkoły? Mam kłopoty z matematyką — zakomunikowała.

Kłopoty z matematyką? Jakim prawem ona ma kłopoty z matematyką? I dlaczego nic nie mówiła? Fakt, nie pytałam. Za to teraz ona mnie pyta, czy mogę pójść na zebranie. A mam inne wyjście? Poza tym było mi wstyd. Przecież ten dzieciak chodzi do szkoły! Szkoła to poza wszystkim innym zebrania, wywiadówki, dni otwarte i inne tam takie.

Nie pomyślałam o szkole Aśki! Może powinnam się była spotkać z jej wychowawczynią zaraz po wypadku Elżbiety, może należało być z nimi w kontakcie, bo ja wiem? Nie znam się na szkołach. Swoją pożegnałam z dużą ulgą już ładnych kilka lat temu i nic nie wskazywało, że jeszcze kiedykolwiek przekroczę progi jakiejkolwiek szkoły.

— Duże masz te kłopoty? — zapytałam. Aśka pokiwała głową.

— Mogę nie zdać. Nigdy nie byłam mocna z matmy, a tu w gimnazjum, no wiesz, nie za dobrze mi szło. Niewiele rozumiem z matematyki, pewnie trochę zaniedbałam, bo… No, mama… Wiem, że to moja wina, powinnam jakoś sobie z tym poradzić, ale oni teraz chcą, żebyś przyszła.

— Dlaczego, do pioruna, nic nie powiedziałaś? Mogłabym ci pomóc. Na studiach też miałam matematykę, jakoś dałybyśmy sobie radę.

Nie da się ukryć, że byłam zła. Może nawet bardziej na siebie niż na nią. Przyjęłam, że w jej szkole wszystko ma się toczyć bezproblemowo, nie domagałam się informacji, nie chodziłam do nauczycieli i teraz mam. Moja matka ciągle chodziła do nauczycieli, bo mówiła, że oni to lubią. Nowy problem, cholera jasna. Było mi wygodnie z niezajmowaniem się szkołą Aśki, no to mam swoją wygodę.

Znowu coś zaniedbałam. Nie można oczekiwać od trzynastolatki, że będzie bardziej odpowiedzialna niż ja, a ja właśnie tego oczekiwałam.

— Nie chciałam ci zawracać głowy. I tak masz z nami dosyć kłopotów — powiedziała cicho.

— Aśka, to są ważne sprawy. Dopóki się wami zajmuję, masz mówić mi o takich historiach. Rozumiesz? Kiedy to zebranie?

— W czwartek.

Głupio się pytam, jak świat światem szkoły urządzały zebrania w czwartki, jakoś pod koniec miesiąca.

W czwartek zerwałam się z pracy, wcześniej odebrałam Łukasza, odstawiłam pod opiekę Aśki i pognałam do jej szkoły.

Panią Żoberek, wychowawczynię Aśki, odnalazłam bez większego trudu.

— Bo widzi pani — zaczęła — Asia to takie miłe dziecko. Cicha, spokojna, nie sprawia problemów wychowawczych. Jest dobra w przedmiotach humanistycznych, ale matematyka... Katastrofa. Prawdziwa katastrofa. Proszę spojrzeć. Do marca jeszcze jakoś szło, o tu, widzi pani? Od marca cztery jedynki.

— W marcu zginęła jej matka.

— Tak, wiem, wszyscy wiemy. Oczywiście, rozumiemy jej trudną sytuację, ale nie zmienia to faktu, że jest problem. Asi grozi pozostanie na drugi rok w tej samej klasie. Sama pani rozumie, w naszej szkole Asia klasy powtarzać nie może. To dobra szkoła i nie ma u nas takiego zwyczaju.

Nie wiedziałam.

— Chwileczkę. Mówi pani, że wszyscy państwo wiedzą o śmierci jej matki, a jednocześnie informuje mnie, że w tej waszej dobrej szkole Asia nie może powtarzać klasy. Zatem, jak brzmi propozycja szkoły? — nie da się ukryć, że byłam mocno zirytowana, choć to może zbyt delikatne określenie dla tego, co w tym momencie czułam.

— No cóż, Asia powinna odłożyć teraz wszystko na bok i poświęcić się matematyce.

— Żałobę też? — wiedziałam, że jestem złośliwa, ale przyniosło mi to satysfakcję.

— Nie rozumiem — nauczycielka patrzyła na mnie ze zdumieniem.

— Myślę, że nie ma tu zbyt wiele do rozumienia. Jej matka zginęła w wypadku. W głupim, bezsensownym wypadku. Wracała do dzieci, do domu, pewnie bardzo się do nich spieszyła, wpadła w poślizg, samochód uderzył w drzewo. Poza nią Aśka nie ma nikogo. Ojciec podobno w Stanach, ale nikt nie wie tak naprawdę, czy i gdzie. Może uda się go odnaleźć, a może nie. Jeśli nie, to wówczas oni oboje, Aśka i jej brat, trafią do domu dziecka. A pani mi mówi, że ona ma odłożyć na bok wszystko inne i skupić się na matematyce. No więc pytam, czy żałobę też?

Wiedziałam już, że przeholowałam. W zasadzie dla mnie nic nowego, w swojej szkole też miewałam z tego powodu kłopoty z nauczycielami, ale nie powinnam była robić wstydu dzieciakowi. Od początku twierdziłam, że się nie nadaję! Nie znam się na dzieciach i na obsłudze dzieci, dałam się złapać na własną przyzwoitość, szlag by to trafił!

Nie pozostawało mi nic innego, jak tylko próbować załagodzić sytuację.

— Rozumiem sytuację szkoły. Postaram się pomóc Asi i obiecuję, że przyłożymy się do matematyki. Proszę tylko zrozumieć, że dla małej to straszny czas i może mieć pewne trudności. Wisi nad nią perspektywa domu dziecka i co gorsza, ona dobrze o tym wie.

— A pani? Nie może się pani nimi zająć?

No to mamy remis. Tym razem to ja zarumieniłam się równie mocno, jak pani Żoberek przed chwilą.

— Czas pokaże. Na razie są ze mną, a dalej… Może ojciec, jeszcze nie wiadomo.

Dlaczego, do diabła, oni wszyscy próbują urządzać mi życie? Łącznie z moją matką, która ostatnio sugerowała wspólne spędzanie wigilii we Władysławie. Że byłoby miło. Zależy komu. Mnie się zrobi miło, gdy wrócę do siebie. Dobroczyńcy cudzym kosztem, cholera. Najlepiej moim.

Do domu wróciłam wściekła, za to z mocnym postanowieniem, że się nie damy. Obie się nie damy. Nauczymy się matematyki, żeby nie wiem co. Pokażemy im, co to znaczy rzucać nam wyzwanie. Aśka nie może u nich powtarzać klasy! Też coś!

A kto powiedział, że ona w ogóle ma powtarzać klasę? Nauczymy się i udowodnimy im, co potrafimy. Żebyśmy miały pęknąć!

I rzeczywiście, omal nie pękłyśmy. Aśka nie miała za grosz talentu do matematyki, a o mnie nijak nie dawało się powiedzieć, że posiadam jakikolwiek talent do nauczania. Obrażony Łukasz zasiadał przed telewizorem, podczas gdy my tłukłyśmy wzory i zadania. Tłukłyśmy, tłukłyśmy…

Po dwóch tygodniach katorżniczej pracy Aśka przyniosła pierwszą czwórkę. Co prawda z minusem, ale niech tam. Byłam z niej i z jej czwórki bardzo dumna. Ona chyba z siebie mniej.

— Przepraszam, że sprawiłam ci tyle kłopotów — powiedziała. I nic więcej. Koniec rozmowy. Żadnego entuzjazmu, radości. Nic.

Nie wytrzymałam.

— Aśka, czy ty możesz mi w końcu powiedzieć, o co właściwie chodzi? Rozmawiasz z moją matką. Czasem słyszę, jak rozmawiasz przez telefon z koleżankami. Jak z ludźmi z nimi rozmawiasz. A ze mną tylko wymieniasz informacje. Jesteś grzeczna i miła, ale to wszystko. Cały czas trzymasz dystans. Póki co jesteśmy na siebie skazane, więc może by tak coś z tym zrobić, jak sądzisz?

— Bo ty przez cały czas myślisz o tym, jak się nas pozbyć, żeby tylko mieć nas z głowy. Wcale nas nie lubisz, nic do nas nie masz — wypaliła.

Zatkało mnie.

Aśka miała rację. Rzeczywiście, myślałam o nich jako o przejściowej niedogodności, która pojawiła się w moim życiu. Niewygodzie, z którą trzeba sobie poradzić. Nieomalże chorobie zakaźnej, przez którą trzeba przejść. To prawda, czekam na moment, w którym będę mogła się ich pozbyć i zrzucić z siebie ciężar, radośnie otrzepawszy ręce. A ona dobrze o tym wie.

W przeciwieństwie do niewiele rozumiejącego Łukasza, doskonale zdawała sobie sprawę z ich sytuacji i wynikających z niej perspektyw.

Zrobiło mi się głupio.

A z drugiej strony — dlaczego miałoby być inaczej? To czysty przypadek, że Elżbieta zadzwoniła akurat do mnie. No dobrze, inne jej koleżanki mają rodziny, nikt by się nie zgodził. Głupich nie sieją. Przez przypadek odebrałam ten przeklęty telefon w środku nocy i teraz co? Mam się męczyć do końca życia? W imię czego? Przyzwoitości? Bycia porządnym człowiekiem? Owszem, lubię ich, ale nie do tego stopnia, żeby się dla nich poświęcać. To znaczy mogę poświęcać się przez chwilę, dwie, ale całe życie — absolutnie wykluczone.

Tego wieczoru już nie rozmawiałyśmy. Omijałyśmy się dużym łukiem, starając się przypadkiem nie spojrzeć sobie w oczy.

Na szczęście następnego dnia spotkałam się z dziewczynami.

*

— A czego ty oczekujesz? Pokłonów? Dozgonnej wdzięczności? — Anka nie miała wątpliwości, że przesadzam. — Robisz swoje i tak jest w porządku, ale nie licz na pomnik. Aśce musi być przykro, że ich nie chcesz. No wiesz, trochę robisz za przechowalnię zbędnego bagażu, dopóki się po niego nie zgłosi jakiś prawowity właściciel. O ile w ogóle się zgłosi.

Też zaczęłam już mieć wątpliwości. Nie da się ukryć, coraz większe wątpliwości. Co prawda Jakubczyk mówił, że poszukiwania mogą potrwać, ale...

— Dziewczyny, mam problem — zaczęła Agata. — Zmieńmy choć na chwilę temat, bo wy tylko o tych dzieciach Joanny, jakby na nich się świat kończył, a ja mam problem i bez dzieci.

No tak, wiedziałyśmy. Nowy facet Agaty.

— Dziwnie się czuję. On jest taki, bo ja wiem? Inny. Mało skomplikowany.

Jasne, że inny w porównaniu z jej bogatą kolekcją życiowych nieudaczników obdarzonych bogatym wnętrzem.

— Mów jaśniej — Ulka domagała się konkretów.

— No bo jak wczoraj odstawiłam samochód do naprawy, to odebrał mnie z warsztatu, a dziś dowiózł do pracy. I ma mi zrobić zakupy, bo mówi, że bez samochodu ciężko.

— A co, szafę kupujesz? — dopytywała się dalej Ulka. — Bo jak nie szafę, tylko na przykład pół chleba i truskawki, to przepraszam, nie rozumiem.

— No więc właśnie. Też nie rozumiem — Agata wyraźnie miała problem. — Wcześniej niż ja zauważył, że mi się mydło w domu kończy... Naprawdę, jest dziwny.

— To z nim można tylko o mydle? — Anka była zgorszona.

— Nie, no coś ty. O wszystkim można, tylko że on jest taki bezproblemowy. Zadowolony i w ogóle. I co się odezwę, to albo mądrze, albo dowcipnie, albo ciekawie. Znaczy, on tak mówi. Nic z tego nie rozumiem.

— Masz rację, albo dziwny, albo zakochany — tym razem to ja nie zdołałam powstrzymać się od komentarza. — A ty, rozumiem, wolałabyś jak zwykle — żeby się ktoś nad tobą pastwił albo przynajmniej źle traktował. Jak nie możesz się wykazać, to dopiero ból. Normalność cię przerasta, ot co!

— Wcale nie! — Agata gwałtownie zaprotestowała. — O czym ty mówisz?!

— O twojej prywatnej kolekcji maszkaronów mówię, tfu, przepraszam, byłych narzeczonych chciałam powiedzieć. Jeden bezrobotny poeta, jeden maniakalno-depresyjny, głównie depresyjny, bo stany maniakalne trwały tak krótko, że właściwie były niezauważalne dla otoczenia, a w tym wypadku być może szkoda i jeden nieutulony w żalu wieczny synek świętej pamięci mamusi — byłam bezlitosna. — Paru nieszczęśliwych żonatych, co to ich własne żony nie rozumiały.

— Joanna! — w głosie Agaty słychać było przerażenie.

— No co „Joanna"? Nie jest tak? A Roberta pamiętasz? Jak długo płaciłaś za niego alimenty na rzecz syna i byłej żony? Przez rok? Dopóki się dobrze nie wydał za willę z basenem. Coś nie tak mówię? — popatrzyłam na dziewczyny.

— Święta racja — pokiwały zgodnie głowami.

— No właśnie. A Darek? Pastwiące się nad tobą dorosłe dziecko alkoholików? Sama załatwiałaś mu terapię. O ile dobrze pamiętam, ożenił się później z koleżanką z grupy terapeutycznej. Tłumaczyłaś nam, że połączyły ich wspólne doświadczenia. — Kontynuowałam. — A ten jeden zachowuje się normalnie. Troszczy się o ciebie i w ogóle.

— Sama się umiem o siebie zatroszczyć! — Agata była wyraźnie poruszona moją tyradą.

— Wiemy, że umiesz. O siebie i wszystkich dookoła. — Anka starała się mówić do Agaty wyraźnie i dużymi literami. — On też to zapewne wie. Ale daj człowiekowi szansę. Może za dzień lub dwa okaże się, że ma jakieś ukryte problemy. Albo wady. Po prostu musisz cierpliwie poczekać.

— Myślicie? — w głosie Agaty słychać było nadzieję. Znowu zgodnie pokiwałyśmy głowami.

W środę Aśka zapytała mnie, czy może spędzić weekend u Kaliny. Kalina to jej koleżanka z klasy. Do niedawna mieszkała trzy bloki dalej, ale kilka tygodni temu wyprowadziła się do nowo wybudowanego przez rodziców domu.

W pierwszej chwili przeraziłam się, że uniemożliwi mi to spotkanie z Markiem, a tym samym spowoduje kolejną falę niesnasek między nami, ale już za moment uznałam, że ze względu na Asię to świetny pomysł, niech dzieciak ma jakąś przyjemność — to po pierwsze, a po drugie — mogę przecież zaprosić Marka do nas. Niech się przekona, że dzieci nie gryzą. Zjemy kolację razem z Łukaszem. Marek w końcu go pozna i zapewne polubi, bo Łukasza nie sposób nie lubić. Jest słodki i tyle.

Marek początkowo trochę się opierał i nie bardzo chciał przyjąć zaproszenie, w końcu jednak wyraził zgodę, zapewne chcąc zrobić mi przyjemność.

Rodzice Kaliny zabrali w piątek Aśkę, obiecując zwrócić ją całą i zdrową w niedzielę wieczorem. Zostaliśmy z Łukaszem sami.

W sobotę rano wybrałam się z małym po zakupy, a potem wspólnie sprzątaliśmy mieszkanie. Mały oczywiście bardziej bałaganił niż pomagał, ale do tego też zdążyłam się już przyzwyczaić. Bardzo chciał uczestniczyć w przygotowywaniu kolacji, więc wspólnie wybraliśmy niezbyt skomplikowany przepis z książki kucharskiej i zabraliśmy się do dzieła.

O osiemnastej wszystko było gotowe, a Łukasz w swoim dyżurnym aksamitnym ubranku niecierpliwie oczekiwał Marka. Uprzedziłam małego, że przyjdzie do nas mój znajomy, bardzo miły pan i że to dla mnie ważne.

Obiecał zachowywać się przyzwoicie. Może niekoniecznie dobrowolnie, ale obiecał. Szczerze mówiąc, posłużyłam się przekupstwem. Przyrzekłam mu ogród zoologiczny, kino i lody następnego dnia. Od rana te lody. Łukasz przebąkiwał jeszcze coś na temat cyrku, ale udałam, że nie słyszę. Owszem, zależało mi na tym, jak wypadnie w oczach Marka, ale nie na tyle, żeby dać się namówić na wizytę w cyrku. Po prostu uważam, że wszystko ma swoje granice. Nie znoszę cyrku i koniec!

Zależało mi na tym, żeby wszystko dobrze poszło i oczywiście nie poszło.

Najpierw Platon, usłyszawszy dźwięk dzwonka, ukrył się w szafie. Łukasz już na progu zlustrował Marka wzrokiem, udał, że nie widzi wyciągniętej w jego kierunku dłoni, po czym natychmiast wydał wyrok.

— To on? Mówiłaś, że będzie fajny.

— Łukasz!!! — bardzo chciałam, żeby zachowywał się, jak na dobrze ułożonego młodego człowieka przystało.

Popatrzył na mnie, a wyraz jego buzi zdradzał niebotyczne zdumienie.

— Coś zrobiłem? — zapytał.

Wspólna kolacja okazała się totalną klęską. Marek omijał Łukasza wzrokiem i zwracał się tylko do mnie. Traktował małego jak powietrze. Za to Łukasz robił wszystko, co w jego mocy, żeby zaprezentować się od jak najgorszej strony, rzucając mi przy tym co chwila wyzywające spojrzenia.

Kładł się na stole, wymachiwał nogami, kopiąc przy tym co chwila któreś z nas pod stołem, podśpiewywał. Jadł palcami, a na moją nieśmiałą sugestię, że może zacząłby używać sztućców, popatrzył na mnie, jakby mnie pierwszy raz w życiu na oczy widział.

Szczytem wszystkiego było świadome i celowe wywrócenie dopiero co otwartej butelki czerwonego wina. Ucierpiał na tym obrus, ucierpiało ubranko Łukasza i niestety ucierpiał garnitur Marka. Ulubiony garnitur.

Marek poderwał się od stołu i zaczął nerwowo czyścić spodnie.

— Cholera! — wrzeszczał. — Jak tak można! Zobacz, jak ja wyglądam! Garnitur do prania. Co za dzieciak! Diabeł wcielony nie dzieciak! Nie wiem, Joanna, jak ty z nimi wytrzymujesz, ale im szybciej z tym skończysz, tym lepiej dla wszystkich. Zwierzyniec, a nie dom — zakończył, siadając.

Łukasz przyglądał się Markowi z wyraźnym zainteresowaniem.

— Ten pan — zaczął. — Ten pan, który był tu wczoraj tak nie mówił.

A to mała zaraza! Marek zdębiał.

— Jaki pan?

— No ten, co tu był wczoraj, od Joanny z pracy. Taki miły. Grał ze mną w szachy — zakończył.

— Łukasz! Przestań opowiadać bajki! — zaprotestowałam.

— Jeśli nie chcesz o tym rozmawiać, to nie. Idę na dobranockę — oświadczył, po czym naburmuszony powędrował do sypialni.

Zaczęłam sprzątać ze stołu. Marek milczał.

— Co to był za pan? — zapytał po chwili lodowatym głosem.

— Daj spokój — machnęłam ręką. — Nie było żadnego pana. Łukasz zmyśla. Poza tym, on przecież nie umie grać w szachy. Przez cały czas cię sprawdzał, nie zauważyłeś?

— Nie mam pojęcia, czy mnie sprawdzał, czy po prostu taki jest. Szczerze mówiąc, nie bardzo mnie to interesuje. Źle wychowany gówniarz i tyle.

— Nie mów tak. Sam wiesz, w jakiej jest sytuacji. Nie ze swojej winy przecież. Powiedziałam mu, że jesteś dla mnie ważną osobą, więc cię testuje. Może jest trochę zazdrosny, nie wiem. Tak czy siak, to, jak się dziś zachowywał, dalece odbiega od jego zachowania na co dzień.

— Nie obchodzi mnie, czy jest zazdrosny. To nie mój problem. A ty go bronisz, zupełnie bez sensu. Nie rozumiem cię, ale mam nadzieję, że widzisz, jaki popełniłaś błąd, biorąc ich sobie na głowę. Ile to już trwa? Prawie dwa miesiące. Szkoda życia.

Mnie nie szkoda — pomyślałam. Tylko mi żal, że ty tego nie rozumiesz.

— Mógłbyś zostać — zaproponowałam. — Położę Łukasza i jestem wolna.

Zapomniałam dodać, że do pierwszej, bo koło pierwszej Łukasz zwyczajowo włącza alarm.

Marek został.

Łukasz zasypiał wyjątkowo opornie, a przy czytaniu bajki zadawał podwójną porcję pytań, wśród których jedno przewijało się z niepokojącą częstotliwością. Co chwila pytał: „Kiedy on sobie pójdzie?". Na nic nie zdały się zapewnienia, że nastąpi to, jak tylko on, Łukasz, zaśnie. Pytanie powracało jak bumerang.

Jakimś cudem udało mi się w końcu spacyfikować małego i wrócić do Marka. Siedział w fotelu, nerwowo bębniąc palcami w stół.

— Nigdy więcej. Nigdy więcej mnie o to nie proś. Nie zamierzam marnować życia, czekając, aż ty skończysz czytać „Kubusia Puchatka".

— „Pinokia" — poprawiłam.

— No właśnie — przytaknął. — To jakaś paranoja, te dzieciaki i ten dzisiejszy wieczór. Kompletna pomyłka.

— Przepraszam, sądziłam, że się polubicie.

— My?! Chyba zwariowałaś! Jest okropny. Zaborczy, uciążliwy, złośliwy. Wstrętny bachor.

— Jest o ciebie zazdrosny, to normalne.

— Już ci mówiłem, nie obchodzi mnie, czy to normalne, czy nie. Nie jestem tym zainteresowany. Po prostu nie jestem. Koniec. Nigdy więcej tu nie przyjdę.

Być może udałoby mi się w ten czy inny sposób załagodzić sytuację, gdyby nie fakt, że o jedenastej zupełnie niespodziewanie Łukasz wparował do sypialni. Najzwyczajniej pod słońcem otworzył drzwi i zaczął wrzeszczeć:

— Zostaw ją! Bandyta! Zostaw ją w spokoju! Policja! Ratunku! Napad! Wynocha! Zostaw Joannę! Ratunku!

Tego już Marek nie wytrzymał. Wyskoczył z łóżka, ubrał się pospiesznie i wybiegł bez słowa, trzaskając drzwiami.

Dłuższą chwilę zajęło mi wyjaśnienie Łukaszowi, że scena, której był świadkiem, nie miała nic wspólnego z usiłowaniem zabójstwa.

W to, że Marek nie chciał mnie zamordować, o dziwo uwierzył stosunkowo szybko. Dużo dłużej trwało wyjaśnienie mu całej reszty.

Na wszelki wypadek mały postanowił spać ze mną już do rana, jak sądzę po to tylko, by pilnować miejsca na wypadek ewentualnego powrotu Marka.

— Łukasz, jak mogłeś mi to zrobić? — zapytałam nazajutrz rano, kiedy szliśmy alejką ogrodu zoologicznego.

— Mówiłaś, że będzie miły, a nie był — odpowiedział Łukasz, oblizując rękę ze ściekających po niej lodów.

— Słuchaj, on naprawdę jest dla mnie ważny.

— To dlatego się do siebie przytulaliście?

— Tak, dlatego. Prosiłam, żebyś był grzeczny. To naprawdę sympatyczny człowiek.

— Może i sympatyczny, ale dla ciebie. Do dzieci się nie nadaje — skwitował Łukasz.

Co gorsza, powoli zaczynałam się obawiać, że mały ma rację.

*

Inicjatywa pochodziła od Aśki.

— Joanna, słuchaj, może wybralibyśmy się jutro do pani Anieli. Z Łukaszem. Dzwoniłam do niej, jest już w domu, dwa tygodnie temu wypisali ją ze szpitala. Byłoby miło, co? To przecież taka nasza przyszywana babcia. Pewnie się ucieszy.

— Jasne, jeśli chcesz. Zawsze mogę was podwieźć — zaproponowałam.

— Nie, nie o to chodzi — zaprotestowała. — Chciałabym... Gdybyś się zgodziła... Widzisz, chciałabym, żebyś pojechała z nami. Jeśli nie masz nic przeciwko temu.

— Oczywiście, że nie. Myślisz, że pani Aniela, no wiesz, że ona nie będzie miała mi za złe? W końcu jestem obca.

Aśka pokręciła głową.

— Jaka obca? Zajmujesz się nami, nie?

No, niby się zajmuję. Z lepszym czy gorszym skutkiem, ale się zajmuję.

Pojechaliśmy. Po drodze zakupiłam ogromny bukiet kwiatów.

Pani Aniela mieszkała w rozpadającej się kamienicy w centrum Śródmieścia. Wierzyć się nie chce, że na tyłach luksusowych hoteli istnieją w tym mieście miejsca takie jak to. Malownicze ruiny żywcem wyjęte z dokumentów o powojennej Warszawie.

— A, tak — powiedziała, kiedy ją o to spytałam. — Kamienica miała iść do rozbiórki zaraz po wojnie, jakoś chyba w czterdziestym siódmym, ale ciągle stoi. Wszyscy o nas zapomnieli. Był taki czas, kiedy zasiedlali tu skazańców po odbytym wyroku. My tu zaraz od wojny... Widzi pani, wspólne mieszkania, wspólne kuchnie, stemple na sufitach, ale jakoś żyjemy.

Pani Aniela okazała się miłą, starszą panią. Wypytała dzieciaki o szkołę, przedszkole, Platona. Po dłuższej chwili odesłała je do sąsiedniego pokoju na telewizję.

— Ja dla nich jak babcia, swojej nie mają. A i dla mnie oni jak rodzina. Syn w Australii, mąż już dawno umarł. Mam tylko ich i sąsiadów.

— Tych po wyrokach? — wyrwało mi się nieopatrznie.

— No, co pani? — obruszyła się pani Aniela. — Po wyrokach też, ale w tamtych czasach za różne rzeczy dostawało się wyrok. Kto by teraz o tym pamiętał? Różni są, wiadomo, jak ludzie, ale jak ja wróciłam po tym szpitalu, to sąsiadki robiły zakupy, żebym nie biegała po schodach, a i teraz sąsiad jeden z drugim siatki na górę wniesie, bo wiadomo, ciężko, lata płyną, to i siły nie te.

Przez chwilę obie milczałyśmy.

— Odda ich pani, prawda? Asia mi mówiła, że jak nikt się nie znajdzie, znaczy ojciec, to ich pani odda.

Nie bardzo wiedziałam, co powinnam odpowiedzieć.

— To dobre dzieciaki, sama bym je wzięła, ale nikt mi nie da. Za stara już jestem. A rodziny nie znajdziecie, bo nie ma. Nawet nie ma co szukać — pokręciła głową. — Taki widać ich los.

— Jest jeszcze ojciec.

Pani Aniela machnęła ręką.

— Taki tam ojciec! Bez środków do życia ich zostawił, pani Elżbieta mi opowiadała. Łajdak był i tyle. Myśli pani, że się zmienił? Ludzie się tak łatwo nie zmieniają.

— Sama nie wiem. Pewnie w międzyczasie sporo się u niego wydarzyło. Teraz jeszcze śmierć Elżbiety… Może nie kontaktował się z dziećmi ze względu na ich matkę? Kiedy się dowie, że Elżbieta nie żyje, to z pewnością przyjedzie i zabierze dzieciaki do siebie.

— Ale pani naiwna! — pani Aniela aż fuknęła z oburzenia. — Nie kontaktował się ze względu na matkę! Też coś! Już mówiłam, łajdak był i tyle. A pani życia nie zna. Jakby pani znała, to by pani nie mówiła, że on zabierze dzieciaki. Tfu, ojciec z niego jak… Eee! Szkoda gadać — machnęła ręką. — Bałabym się dać mu dzieci, tyle pani powiem. Ale rozumiem, że dla pani to ciężko. Taka młoda, praca, Asia mówiła, że pani dużo pracuje, a i pewnie niejeden się za panią ogląda, co? Bo ładna pani, nie powiem. A tu dwoje dzieci, obowiązki, to może być ciężko.

— Nie, ciężko nawet nie, tylko… — zaczęłam.

— Nie nawykła pani, prawda?

— Pewnie trochę tak. Przedtem moje życie wyglądało jednak inaczej. I boję się, czy dam radę. Po prostu, w moim życiu miało być inaczej. Inaczej sobie to swoje życie zaplanowałam. A teraz wszystko przewróciło się do góry nogami. Nie jestem chyba gotowa, żeby podjąć taką decyzję. Boję się, że znielubię ich za to, że muszę się nimi zajmować. Gdyby to była decyzja na rok, dwa, ale na całe życie? Bo jeśli ich ojciec naprawdę ich nie zechce... Nie chcę czuć się uwiązana do nich już na zawsze. — Sama nie wiedziałam, co sprawiło, że rozmawiam z nią tak szczerze.

— Uwiązana, powiada pani... Może i uwiązana. No, to niech ich pani odda.

— W zasadzie byłoby najprościej. Tylko będę się po tym czuła jak... Cóż, boję się, że dla odmiany znielubię siebie. Że nigdy sobie tego nie wybaczę, chociaż to brzmi cholernie patetycznie. Przyzwoici ludzie nie robią takich rzeczy, a ja chcę móc myśleć o sobie jako o przyzwoitym człowieku.

—E tam! O ludzkiej przyzwoitości też pani nic nie wie! Po pierwsze, ludzie rzadko znajdują prawie na ulicy dwoje dzieci do przygarnięcia, prędzej kota czy psa, a i tak mało kto bierze. A po drugie, niech mi pani wierzy, ci przyzwoici, co tak o sobie gadają, też różne rzeczy mają na sumieniu. Nikt im pod kołdrę nie zagląda i dlatego wydają się tacy przyzwoici. Zresztą, tu wcale nie chodzi o przyzwoitość, tylko o to, co pani czuje w środku, żeby to nie było wbrew pani. Zrezygnować z własnego życia i zagrzebać się w domu z dwójką cudzych dzieciaków, to ho, ho, mało kto by potrafił. Więc się nie dziwię, że pani nie chce. Ale jakby pani zdecydowała inaczej... — popatrzyła na mnie z uśmiechem. — Jakby pani postanowiła ich jednak zatrzymać, to ja pomogę. I wcale nie za pieniądze, pie-

niędzy nie chcę. Mogę od czasu do czasu zająć się Łukaszem, posprzątam, poprasuję. Codziennie nie dam
rady, po zawale nie mam już tyle siły, co przedtem. Ale
raz, dwa razy w tygodniu… To dla mnie będzie jakaś
rozrywka, tyle pani powiem.

Zupełnie jak moja matka — pomyślałam. Jako żywo,
wygląda na to, że specjalizuję się ostatnio w dostarcza-
niu różnym ludziom rozrywek, co prawda w sposób
poniekąd niezamierzony, ale fakt pozostaje faktem.

— A może ja bym tak w przyszłym tygodniu wpadła? Trochę poprasuję, bo z tym zawsze kłopot, posiedzę z dzieciakami, a pani do znajomych pójdzie, z narzeczonym się spotka. No, jak, zgadza się pani? Bez
pieniędzy — zastrzegła się ponownie. — Tylko bym
prosiła, żeby mnie pani potem odwiozła, bo wieczorem
to dla mnie strach wracać. Tu koło domu to nie, sami
swoi tu mieszkają, ale od przystanku kawałek, a teraz
sama pani wie, jak jest. Za złotówkę człowieka zabiją.
Dżungla się zrobiła, tyle pani powiem.

Umówiłyśmy się na piątek. Pani Aniela miała pojawić się koło szóstej i zostać z dzieciakami do jedenastej.
Pięć godzin dla mnie!

W pierwszej chwili pomyślałam o Marku. Od owej
fatalnej nocy minął już tydzień, a Marek nie odezwał
się do mnie ani razu. Co prawda, może to ja powinnam do niego zadzwonić, ale mój nos mówił mi, że
szanowny kolega oczekuje przeprosin. Bez sensu jak
dla mnie, ale oczekuje. Na zdrowy rozsądek to przecież on zachował się jak kretyn. No, ja poniekąd też,

bo konfrontowanie Marka z Łukaszem z założenia nie mogło przynieść nic dobrego.

Powinnam, idiotka jedna, trzymać ich z daleka od siebie, a nie proponować rodzinne kolacyjki. Amerykańskiego filmu mi się zachciało. Żeby się wszyscy kochali i żeby było kolorowo. No to mam swój amerykański film. Marek obrażony, Łukasz doznał szoku, bo sądził, że mnie mordują. Że Marek mnie morduje. Jeszcze mu na całe życie zostanie. Łukaszowi znaczy, nie Markowi. Będzie miał od tego zaburzenia seksualne albo lęki. Przesadzam, lęki już ma, nowych nie zaobserwowałam. No, ale zawsze, dzieciak przeżył szok i to z powodu mojej głupoty. A na amerykański film z udziałem Marka najwyraźniej nie mam o liczyć. Dobrze chociaż, że to tylko przejściowy etap w moim życiu, bo naprawdę miałabym poważny kłopot. Tak czy inaczej, skoro będę miała wolny wieczór, powinnam zadzwonić do Marka. Zadzwoniłam. Zapytałam nawet, czy czuje się urażony. Przez uprzejmość zapytałam, nieco nieopatrznie, przyznaję. I przyznaję, że bardzo zaskoczyła mnie jego odpowiedź.

— Owszem, naraziłaś mnie na nieprzyjemności. I na koszty — dodał, myśląc zapewne o garniturze. — A poza tym przeżyłem szok.

O Boże, on też?! Rozumiem, że dzieciak, ale jeśli trzydziestoparoletni facet mówi w takiej sytuacji o szoku, to może powinien zasięgnąć porady fachowca. Znam jednego seksuologa, bardzo medialny, pomysły ma na miarę Markowych, więc akurat jak znalazł.

Tego już Markowi nie powiedziałam. W zamian za to zaproponowałam spotkanie.

— A co, rozwiązałaś już problem? — zapytał nieco ironicznie.   .

— Do pewnego stopnia. Przynajmniej na piątkowy wieczór. No więc jak, jesteś gotów spotkać się ze mną, czy przeżyty szok ci nie pozwoli? — zaczynał powoli doprowadzać mnie do wściekłości.

— Chcesz sprowokować kłótnię? Co w ciebie wstąpiło? Oczekiwałem przeprosin, a nie impertynencji. Stawiasz całe nasze życie na głowie, nie pytając mnie o zdanie, podejmujesz nieodpowiedzialne decyzje, a teraz jeszcze zachowujesz się tak, jak gdybyś nic nie rozumiała.

— Bo nie rozumiem. Każdy normalny człowiek zachowałby się na moim miejscu tak samo.

— Mam inne zdanie. Popatrz na całą tę sytuację z mojego punktu widzenia. Twoja decyzja dotycząca tymczasowej opieki nad dziećmi, bo zakładam, że jest to rozwiązanie tymczasowe, komplikuje życie nie tylko tobie, ale i mnie. Co więcej, sprawia, że w moich oczach stajesz się osobą nieprzewidywalną. A to godzi w podstawy naszego związku. Być może nawet podważa jego sens.

— Marek! O czym ty mówisz?

— O konsekwencjach. O konsekwencjach twoich działań, które być może będziemy zmuszeni oboje ponieść. Rozumiem, że ty, ale dlaczego ja mam ponosić konsekwencje twojej niefrasobliwości?

— Bo źle wybrałeś! Mnie źle wybrałeś! Człowieku, o czym ty mówisz! Jakiej niefrasobliwości? Miałam ich na ulicę wystawić?

— A kto mówi o ulicy! Do tego celu już dawno zostały powołane odpowiednie instytucje i to one powinny się nimi zająć. A ty się dobrze zastanów, bo moja cierpliwość już się kończy. Jestem zmuszony zasugerować ci dokonanie wyboru — albo ja, albo te dzieciaki. Czuję się urażony, ponieważ zupełnie nie bierzesz pod uwagę moich uczuć. Liczą się tylko twoje fanaberie.

Zatkało mnie. Nie tyle na okoliczność powoływania się na instytucje, ile na okoliczność całości jego wypowiedzi. Pewnie nie powinno, jako że wszystko, o czym wcześniej mówił i co robił, a właściwie czego nie robił, wskazywało na taki właśnie rozwój wypadków. A mimo to mnie zatkało.

— Zrozumiałaś wreszcie? — teraz już krzyczał. — Nie mam zamiaru dłużej tolerować tej sytuacji! Zajmując się nimi, wiążesz się coraz mocniej. Jeszcze tydzień, dwa, a okaże się, że nie możesz się już z nimi rozstać. Nie wyplączesz się z tej historii. I co wtedy? A mnie takie rozwiązanie nie interesuje. Dobrze ci radzę, zacznij to odkręcać. Im szybciej, tym lepiej. Pozbądź się ich. I wtedy zadzwoń.

Tym razem to ja bez pożegnania odłożyłam słuchawkę.

Miałam przed sobą wolny wieczór i jak na złość brak możliwości spotkania się z ulubionym facetem. Coraz mniej ulubionym, ale zawsze. Zostały mi tylko dziewczyny. Do Agaty nijak nie mogłam się dodzwonić, ale za to Ankę złapałam bez większych problemów.

— Piątek, powiadasz? Dla ciebie zrobimy wyjątek. Tak, wiem, w poniedziałki rzadko możesz. Z Ulką i tak byłyśmy umówione na piątek, a co do Agaty… Wiesz, to zaczyna być coraz bardziej interesujące. Widziałam tego jej faceta.

— No i…? — byłam zaintrygowana.

— Jak by ci to powiedzieć… Horror!

— Facet horror? — przeraziłam się nie na żarty. Biedna Agata! Tym razem zapowiadało się całkiem normalnie, a tu znowu jakiś wypłosz.

— Nie, facet jak facet, dwie ręce, dwie nogi, głowa od góry. Nawet sympatycznie wygląda, a przy tym robi wrażenie normalnego, przynajmniej na pierwszy rzut oka. To Agata produkuje horror. Zachowuje się jak harpia, meduza, no, wszystko razem, co tylko chcesz.

— Agata? — nijak nie mieściło mi się to w głowie.

— Agata, Agata. Nasza Agatka dostała małpiego rozumu. Spotkałam ich przypadkiem na mieście, poszliśmy razem na kawę i wiesz co? Ona się nad nim pastwi. Pomiata nim. Słowo daję, nie mogłam uwierzyć własnym oczom. Agata, która skakała na palcach wokół każdego faceta, tym razem daje popis. Odwet bierze czy jak? Sama nie wiem.

— Mów o faktach. Co Agata robi temu facetowi? Konkretnie.

— Konkretnie? Konkretnie wybrzydza. Marudzi. Krytykuje. Jego krytykuje. Nawet nie robi specjalnych przerw w tym krytykowaniu. Kokietuje wszystko, co się rusza. To znaczy kokietowała, kiedy widziałam ich razem. Tak normalnie, bez Filipa, to nie. Bo on ma na imię Filip. Ale wtedy... No wiesz, ludzkie pojęcie przechodzi. Do tego histeryzuje. Taka niby delikatna i przewrażliwiona. Na swoim tle, oczywiście. Tu nie wejdzie, bo tłok. Tam też nie, bo wystrój wnętrza jej nie odpowiada. O wejściu na kawę mówię. Gdzie indziej też nie, bo palą.

— Dym zaczął jej przeszkadzać? Przecież wy obie z Ulką palicie. Ja czasem też — byłam mocno zaskoczona, bo cała ta historia nie pasowała mi do Agaty. Agacie przy facecie nigdy nic nie przeszkadzało. Wręcz przeciwnie. Gdyby zażądał od niej picia tranu albo łykania żabiego skrzeku, to by piła i łykała. Ze śpiewem na ustach. A tu nagle dym jej przeszkadza. I tłok.

— No, przecież mówię. Wszystko jej przeszkadza. A minę ma przy tym... Mówię ci, szkoda gadać.

— A on na to co?

— On? Znaczy Filip? On, rozumiesz, wpatruje się w naszą Agatkę niczym w ósmy cud świata. Gotów prawie za nią oddychać. Pokłony bije, w oczęta jej zagląda. Mówię ci, słabo się robi. Ale poza tym normalny, już ci mówiłam. Bystry, ma poczucie humoru. Tylko mu Agata szkodzi na rozum — zakończyła Anka.

— Rozmawiałaś o tym z Agatą?

— Niby kiedy? Wczoraj ich widziałam, od wczoraj nie było okazji. Może Agata da się namówić na babski klub w piątek, to sama ją zapytasz. A u ciebie jak?

— Tak samo, tylko gorzej. Marek coraz bardziej radykalny w kwestii naszych dalszych kontaktów.

— Ma pretensję o dzieciaki? — bardziej stwierdziła, niż zapytała Anka.

— Skąd wiesz? — nawet nie zamierzałam tuszować ironii brzmiącej w moim głosie.

— Dla niego ta sytuacja może być trudna.

— Bronisz go? — byłam zaskoczona.

— Bronić nie bronię, tylko że jak facet ma głębokość deski, to nie ma cudów. Różne rzeczy można mu zarzucić, ale niekoniecznie wrażliwość. I umiejętność dostrzegania kogokolwiek poza sobą samym. Bardzo bym się zdziwiła, gdyby reagował inaczej. Zawsze ci mówiłyśmy, że dobry samarytanin to on nie jest.

— Mówiłyście, ale myślałam, że w tej sytuacji… Sądziłam, że jesteśmy do siebie podobni. To w gruncie rzeczy porządny facet.

— Być może masz rację, jeśli myślisz o fakcie nierozsiewania wokół siebie wylinek, znaczy robienia bałaganu. A bałaganu to on raczej nie rozsiewa, bo to pedant. Jemu nawet kolor sznurówek musi pasować do koloru lakieru na karoserii samochodu. I nie mogą mu się plątać, bo to kłopot. Te sznurówki nie mogą się plątać. Więc jak mu się dwoje dzieci plącze pod nogami, to sama rozumiesz… Obawiam się, że będziesz musiała wybierać.

— Anka, daj spokój, cała ta historia wkrótce się skończy i wszystko wróci do normy. Marek musi chwilę poczekać, a ja nie mogę zadrażniać sytuacji i to wszystko.

— Jesteś tego pewna? Że się skończy? Oddasz dzieciaki? Mówisz, że Marek po prostu musi przeczekać. Jak dla mnie, nic z tych rzeczy. Marek nie należy do ludzi, którzy na cokolwiek czekają, albo cokolwiek przeczekują. Jak nasza Agatka w układzie z Filipem, nie przymierzając. Nic, pogadamy w piątek — zakończyła.

*

Nie pogadałyśmy. Spotkanie babskiego klubu zdominowała sprawa Agaty.

— Nic nie rozumiecie — prychnęła oburzona Agata po wysłuchaniu długiej listy zarzutów ze strony Anki. — Ja go testuję.

— O! Sprawdzasz jakość materiału genetycznego? — zainteresowała się żywo Ulka.

Agata wymownie popukała się w czoło.

— Głupie jesteście. Stare i głupie. Na ukryte wady go sprawdzam. I patrzę, ile zniesie. Ile wytrzyma, rozumiecie? Bo on jest dziwny.

— Ja tam nic dziwnego w nim nie widzę, ale nie ma co ukrywać, że pewnie ty wiesz lepiej — wtrąciła Anka

— No właśnie — zgodziła się Agata — Nawet nie macie pojęcia, co ja wymyślam, żeby go do siebie zniechęcić, a on nic. Zaparł się przy mnie i murem tkwi. Żadne moje fochy i fanaberie nie robią na nim wrażenia. Już się zaczynam czuć zmęczona, bo w końcu ile fanaberii można wymyślać. Mówię wam, on jest dziwny. Ja to bym chciała, żeby on wreszcie nabrał do mnie obrzydzenia i sobie poszedł — wyznała nagle z wyrazem rozmarzenia na twarzy.

— No to się z nim rozstań. Jak ci z nim źle, to się rozstań, po co ciągnąć to w nieskończoność? — Ulka jak zwykle podeszła racjonalnie do całej sprawy.

— Nie, to nie tak. Jest mi z nim dobrze, nawet bardzo, tylko że to nie może trwać wiecznie. Prędzej czy później okaże się, że Filip mnie zostawi. Więc przynajmniej wolę wiedzieć z jakiego powodu. Jak mnie teraz zostawi, to będę wiedziała, że przez charakter.

— Dziewczyny, zaczynam rozumieć. Agata, popraw, jak coś będzie nie tak. Ona jest nieprzyzwyczajona do ludzkiego traktowania przez faceta. Uważa, że takie ekscesy jak normalne traktowanie nie mogą trwać wiecznie. Agata, zgadza się? — zapytałam.

Agata pokiwała głową.

— I w związku z tym usiłuje sprowokować to, co jej zdaniem i tak musi nastąpić — kontynuowałam. — Agata, a czy tobie nie przychodzi do głowy, że on mógł się zwyczajnie zakochać?

— We mnie? — Agata przez chwilę wyglądała jak wielki znak zapytania.

— No przecież nie we mnie. Z tego, co mówiła Anka, ćwiczysz go nadzwyczajnie, a on ciągle jest w ciebie zapatrzony.

— Anka mało widziała — Agata westchnęła. — Na co dzień jest gorzej. To znaczy ja jestem gorsza.

— Niemożliwe — wykrzyknęła Anka. — To się nie da. To jest fizjologicznie niemożliwe, żebyś była jeszcze gorsza. Większych fanaberii, niż prezentowałaś ostatnio, żadna ludzka istota nie jest w stanie wyprodukować.

Agata w milczeniu pokiwała głową.

— Agata, to ty może przestań — zaproponowała życzliwie Ulka. — Facet nosi cię na rękach, a ty wybrzydzasz. Jak by mnie ktoś nosił, to może zmieniłabym zdanie o facetach i zaczęła się tarzać w luksusie? Emocjonalnym luksusie, bo mnie w zasadzie wystarczy emocjonalny. Na proszek do prania sama jestem w stanie zarobić — dodała szybko.

— Kiedy nie mogę — Agata była bliska płaczu. — Boję się, że jak tylko przestanę, to on mnie rzuci i nie będę wiedziała dlaczego. To znaczy będę wiedziała, że jestem do niczego. Taki zero, nic. A tak, jak mnie rzuci teraz, to przez fanaberie.

— Wolisz produkować przeróżne fanaberie, niż żeby znowu się okazało, że to nie to, bo wtedy jak zwykle uznasz, że on ciebie nie chciał, bo do niczego się nie nadajesz. — Ulka wreszcie zrozumiała, w czym tkwi problem.

— No właśnie. I dlatego ja bym chciała, żeby nabrał obrzydzenia i sobie poszedł. Mogłabym wtedy mieć do siebie pretensje o to, jak go traktowałam, ale nie musiałabym już niczego wymyślać. Byłby święty spokój.

— Czyli wszystko wróciłoby do normy, bo na miejscu Filipa wyrósłby jak spod ziemi jakiś nowy życiowy nieudacznik, jak to powiada Joanna, kolejny egzemplarz z twojej kolekcji maszkaronów, który naturalną koleją rzeczy zatruwałby ci egzystencję. Agata, ty to jesteś do terapii. Nie znam się na tym, ale raczej długofalowej — skwitowała Anka.

— Nie wiem, może. Sama tego nie rozumiem. Bo ja bym chciała, żeby… żeby mnie jakiś facet pokochał dla mnie samej, a nie dlatego, co dla niego robię. Tylko, że to niemożliwe. Bo ja jestem do niczego.

— Jasne. Agata, jak myślisz, Filip na tobie ćwiczy cnotę cierpliwości, tak? — było mi jej żal, a jednocześnie byłam na nią zła.

— Bzdurzysz Agata, słowo daję. Ty i do niczego! Popatrz na mnie. Też skończyłam studia, ale doktoratu nie zrobiłam, nie prowadzę badań naukowych, nawet w przeciwieństwie do was nie zarobiłam na własne mieszkanie. Siedzę sobie od lat w tym swoim wydawnictwie, mieszkam z rodzicami i prowadzę monotonne życie starej panny. Ale do głowy by mi nie przyszło mówić, że jestem do niczego. Lubię takie życie, podoba mi się to, co robię. Nie narzekam. Jeśli coś się kiedyś zmieni na lepsze — to świetnie. Jeśli nie — też dobrze. A ty, Agata, po prostu nie lubisz siebie. I szukasz sobie facetów, którzy w gruncie rzeczy też cię nie lubią, a w zamian lubią to, co możesz im z siebie dać. Nie wiem, jakim cudem ten Filip w ogóle zdołał się do ciebie zbliżyć. — Anka pokręciła głową ze zdumieniem.

— Przez przypadek — mruknęła Agata. — Pozna-
łam go u znajomych, tylko że mi się historie pomyli-
ły. Oni wcześniej o kimś opowiadali, o takim jednym
malarzu i ja myślałam, że to Filip, a okazało się, że nie.
Pomyliłam go z kimś innym — westchnęła.

— Dziewczyny, gwałtu rety, czyżby Filip nie był
nawet artystą? — Anka była wyraźnie zdumiona tym
faktem.

— A temu malarzowi było co? Z kronikarskiego
obowiązku pytam, bo że coś było, to pewne — dopytywała się Ulka.

— Nie, Filip nie jest artystą. Jest informatykiem.
A tamten... ten malarz... cóż... bardzo ciekawy człowiek. Taki wrażliwy, skomplikowany — Agata nie za-
reagowała na nasze ironiczne uśmiechy.

— Ty mu nie rób reklamy, tylko mów, co mu jest —
domagała się Ulka.

— No, trochę pije i gra na wyścigach — stwierdziła
z ociąganiem Agata.

— Agata! Fantastycznie, alkoholika hazardzisty
jeszcze w kolekcji nie było. Żałuj, Agata, żałuj. Taka
okazja cię ominęła! — Anka była ubawiona.

— Daj jej spokój. Jak znam życie, nic straconego —
nie zdołałam powstrzymać się od sarkazmu.

Agata tylko wzruszyła ramionami.

Po spotkaniu z dziewczynami zgodnie z umową
odwiozłam panią Anielę do domu, do Śródmieścia.
Oczywiście, nie chciała przyjąć pieniędzy.

— Dobrze było z nimi pobyć — powiedziała. — Ja

bardzo chętnie z nimi posiedzę, tylko niech mi pani nie proponuje pieniędzy. I teraz przez trzy tygodnie nic mogę, dzwonili z sanatorium, że jest dla mnie miejsce, więc wyjeżdżam, ale jak wrócę, to nawet i dwa razy w tygodniu. Wyjdzie pani, trochę odpocznie, rozerwie się. Poprasowałam, co było — dodała.

Byłam jej bardzo wdzięczna. I za ten wieczór, całkiem niespodziewany dar losu, i za obietnicę zajmowania się dzieciakami dwa razy w tygodniu, bo ilekroć poprzednio wychodziłam wieczorem z domu, tylekroć miałam poczucie, że zrzucam na Aśkę część swoich obowiązków, i za prasowanie, którego nie znoszę, a którego sterty z niewiadomych przyczyn narastały w zastraszającym tempie. Czasem odnosiłam wręcz wrażenie, że sąsiedzi z co najmniej dwóch pięter podrzucają nam pod moją nieobecność swoje uprane rzeczy. Żadnych obcych fragmentów garderoby co prawda w upiornej stercie nie stwierdzałam, ale jej wysokość niezbicie wskazywała na ingerencję nieczystych sił.

*

Następnego dnia wróciłam z pracy nieco później. Miałam masę roboty, trochę mi się przeciągnęło, no i należało jeszcze po drodze zrobić zakupy. Od jakiegoś czasu w takie dni jak dzisiaj Aśka odbierała Łukasza z przedszkola. Nie za często co prawda, bo nie chciałam jej zanadto obciążać. Koniec roku szkolnego zbliżał się wielkimi krokami. Mała miała mnóstwo zaliczeń i kartkówek, ale w sytuacji wyższej konieczności po prostu dzwoniłam do niej na komórkę. Dostała ją ode mnie po pamiętnej historii z zaginięciem. Ku mojemu zdumieniu korzystała z niej dość rozsądnie. Swoją drogą, cały czas gnębiła mnie myśl, że Aśka jest właśnie zbyt rozsądna, zbyt dobrze ułożona jak na swój wiek. Co innego Łukasz. Łukasz miewał humory, bywał marudny lub zwyczajnie niegrzeczny. Ale Aśka? Aśka nigdy. Taka grzeczna, że to aż niepokojące.

— Ona się bardzo stara. Nie chce ci robić kłopotu — skomentowała kiedyś zachowanie małej moja matka.

Może. Nie wiem. Ciągle miałam wrażenie, że w naszych wzajemnych stosunkach panuje swego rodzaju sztywność. Że Aśka w jakiś sposób izoluje się ode mnie, nieomalże kontroluje każde wypowiadane do mnie słowo.

I ciągle nie umiałam na to nic poradzić.

Wracałam do domu w niezłym nastroju. W pracy jakoś szło, dom funkcjonował bez zarzutu, Interpol, jak sądziłam, robił swoje. Żyć, nie umierać.

Dobre samopoczucie przeszło mi natychmiast po wejściu do domu. Wbrew moim oczekiwaniom nikt nie zaniepokoił się moją długą nieobecnością, a mały nie siedział jak zwykle przed telewizorem. Wszyscy byli zajęci. Aśka Łukaszem, a Łukasz...

Mała już od progu powitała mnie szczegółową relacją.

— Trzydzieści dziewięć stopni gorączki i od powrotu z przedszkola bez przerwy wymiotuje. Nie ma biegunki. Nie wiem, co robić.

Ja tym bardziej nie wiedziałam.

— Może dajmy mu aspirynę — zaproponowałam. Aśka popatrzyła na mnie ze zgrozą.

— Coś ty, Aspiryny nie podaje się do dwunastego roku życia. Na coś szkodzi, mama mówiła — głos się jej załamał.

Mama mówiła, mama mówiła... A skąd niby ja mam wiedzieć takie rzeczy?

— To co proponujesz? Może Apap?

— Nie wiem. On tego nie połknie, a nawet jeśli połknie, to i tak zaraz zwymiotuje. Może powinnaś pojechać z nim do lekarza?

Że też sama na to nie wpadłam! Jasne, że do lekarza. Lekarz zbada, da leki i jutro chłopak będzie jak nowy. Aśka jest genialna.

— Ubierzmy go i zaraz z nim pojadę. Ty zostań w domu, pewnie masz coś do roboty, a my sami świetnie sobie poradzimy — powiedziałam.

— Jesteś pewna? — głos Aśki brzmiał już prawie normalnie.

— Jasne, co to dla nas. To gdzie jest ten lekarz?

Aśka cierpliwie wytłumaczyła mi, gdzie znajduje się przychodnia rejonowa, że mam zabrać książeczki i że ubezpieczenie mamy powinno być jeszcze ważne.

O tym, że Łukasz wcale nie ma zamiaru przestać wymiotować przekonałam się zaraz na początku wyprawy. Tapicerka w samochodzie do prania. Trudno.

Ze względu na porę przychodnia okazała się już nieczynna i w związku z tym zostaliśmy odesłani na nocny dyżur. Odczekaliśmy swoje w kolejce zanim poproszono nas do gabinetu. Mały przelewał mi się przez ręce.

Młoda lekarka osłuchała Łukasza i zajrzała mu do gardła.

— Angina — stwierdziła. — Kiedy ostatnio brał antybiotyki?

— Nie wiem.

— Jak to, pani nie wie?

— Jestem nowa w tej rodzinie i nie wiem.

— Nowa, to znaczy kto? Opiekunka? Matka nie mogła przyjść? — ton lekarki stał się wyraźnie napastliwy. — Jak można przysyłać na wizytę lekarską opiekunkę, która nie ma pojęcia o dziecku! Przecież ja tu nie mam jego historii choroby!

— Matka może by i mogła przyjść, gdyby nie fakt, że od dwóch miesięcy nie żyje. Zginęła w wypadku, a ojca nie ma — chyba nie byłam jej dłużna.

Lekarka spuściła wzrok.

— Przepraszam. Naprawdę nie chciałam. Widzi pani, ludzie miewają teraz takie różne pomysły…

— W porządku, skąd mogła pani wiedzieć.

— Trzeba mu będzie przez dziesięć dni podawać antybiotyk, trzy razy dziennie i dopóki gorączkuje proszę podawać Nurofen. Zaraz wszystko pani rozpiszę. Koniecznie proszę przyjść z nim na wizytę kontrolną do rejonu. Powinien pić dużo płynów. Przez kilka dni może gorzej jeść, ale to normalne.

Nareszcie jakieś konkretne informacje.

— Czy wypisać dla pani zwolnienie?

— To znaczy, że on jutro nie może pójść do przedszkola? — byłam zaskoczona. Lekarka popatrzyła na mnie ze zdumieniem.

— Oczywiście, że nie. Angina to poważna choroba. Wywołuje ją paciorkowiec i jeśli mały nie będzie odpowiednio leczony, może się zdarzyć, że bakteria zaatakuje serce lub stawy.

— To co ja mam z nim zrobić? Muszę być w pracy. Po prostu muszę.

— No cóż, niewiele mogę pomóc. Mały wymaga starannej opieki i dlatego proponuję zwolnienie.

Czy ja mogę wziąć na niego zwolnienie?

— Czy ja mogę wziąć na niego zwolnienie? Z formalnego punktu widzenia jestem nikim dla Łukasza i jego siostry.

— To może urlop? — zasugerowała lekarka.

No tak, urlop. Nie ma innego wyjścia. Nie ściągnę swojej matki na dwa tygodnie. Zaraz, chwileczkę, jaki urlop?

Na początku lutego brałam dziesięć dni. Mam jeszcze co prawda w zanadrzu przeszło dwa tygodnie tegorocznego urlopu i wszystko byłoby w porządku, gdyby nie fakt, że po pierwsze urlopy planuje się u nas w firmie z półrocznym wyprzedzeniem, a po drugie miałam skończyć projekt. Pilnie i na przedwczoraj. O wyjeździe na urlop z Markiem nawet nie wspomnę. Nici z Cypru w październiku. Trudno, o Cyprze pomyślę później. Gorzej z pracą. Jeśli wezmę teraz wolne dni, projekt szlag trafi, bo nasz klient najpewniej nie będzie miał ochoty czekać przez prawie dwa tygodnie aż Łukasz skończy brać antybiotyk, przestanie chorować i będzie skłonny wrócić do przedszkola. Chyba, że robotę weźmie za mnie Marcin. Jego na wierzchu, trudno, ale przynajmniej reputację firmy da się uratować.

Po wyjściu od lekarza pojechaliśmy do nocnej apteki. Nie miałam odwagi zostawić Łukasza samego w samochodzie. Mały natychmiast zasnął mi na rękach. Po półgodzinnym oczekiwaniu miałam dosyć. Moja popołudniowa euforia znikła bez śladu.

Do domu wróciliśmy tuż przed jedenastą. Ta noc, tak jak i wszystkie poprzednie, nie należała do najspokojniejszych. Poranna rozmowa z szefem również.

— Odnoszę wrażenie, że ostatnio sprawy osobiste zaczynają ci mocno przeszkadzać w wykonywaniu obowiązków zawodowych. Mocno za mocno, jak na standardy naszej firmy. Nie wiem, o co chodzi i prawdę mówiąc, nie bardzo chcę wiedzieć. Warunkiem zatrudnienia cię u nas była pełna dyspozycyjność. Do tej pory nie miałaś problemów ze zrozumieniem, co to znaczy. Przemyśl to, bo wolałbym, żebyśmy nie musieli się rozstawać. I sama uzgodnisz wszystko z Marcinem. Jeśli się nie zgodzi, twoje problemy mnie nie interesują. Za godzinę masz być w firmie.

Cholera! Brzmiało to jak groźba. Nie chce wiedzieć o co chodzi, proszę bardzo, nie musi. Pchała się z informacjami na siłę nie będę, nie to nie. W końcu to mój problem, nikt w pracy nie musi nim być zainteresowany. Takie jest teraz życie. Wyścig szczurów i nie ma miejsca na ludzkie uczucia. W zasadzie zawsze sama forsowałam taki model. Praca jest od pracowania, a nie od opowiadania dyrdymałów. A teraz nie wiedzieć czemu jest mi przykro. Swoją drogą, mógłby się chociaż zapytać. Ale nie zapytał.

Teraz wszystko zależało od Marcina.

— Co, zamążpójście na trzy dni ci się przedłużyło? — zapytał z nieukrywaną ironią po wysłuchaniu wszystkiego, co miałam mu do powiedzenia.

— Marcin, proszę. Projekt jest w połowie gotowy. To nawet więcej niż połowa. Przecież chciałeś go prowadzić. Wszystkie materiały znajdziesz u mnie w komputerze.

— Chcieć chciałem, ale mi się odwidziało. Sama wiesz, że szef zadecydował inaczej.

— Weźmiesz za to wszystkie pieniądze, całą sumę — kusiłam.

— Forsa, owszem, dlaczego nie, ale moje nieprzespane noce też się liczą. Masz kłopoty? — nagle spoważniał.

— Nie twoja sprawa — byłam na niego wściekła.

— Wchodzisz w to, czy nie?

— Razem ze szkoleniem? — jęknął. — Kiedy ja mam żyć?

Jak dla mnie, możesz w ogóle — pomyślałam ze złością.

— Przecież mówię wyraźnie, że razem ze szkoleniem. Marcin, człowieku, mówiłam ci już, że nie będzie mnie przez dwa tygodnie, nie mogę skończyć projektu i nie mogę wyjechać na szkolenie.

— Solidnie ci musiało to zamążpójście zaleźć za skórę, nie ma co — kontynuował tym swoim żartobliwie-ironicznym tonem. Ależ mnie ten facet irytuje!

— Już ci mówiłam, nie twoja sprawa. No, to jak będzie?

— Niech ci tam. Następnym razem w ostatniej chwili sam zwalę ci na głowę swoją robotę. Zobaczysz — odgrażał się jeszcze na zakończenie.

Przyznam, że dwa tygodnie spędzone w domu z dość opornie zdrowiejącym Łukaszem nie należały do najbardziej upojnych w moim życiu. Nie wiadomo dlaczego sądziłam, że antybiotyk zadziała po pierwszej, no, góra drugiej dawce. Nie zadziałał. Mały dopiero czwartego dnia poczuł się trochę lepiej. Trzeba oddać lekarce z nocnego dyżuru, że najwyraźniej znała się na rzeczy, skoro nie pozwoliła mi wysłać go do przedszkola. Chyba naprawdę się nie nadawał. A przy tym był okropnie marudny. Poza tym, dlaczego on ciągle zadaje tyle pytań? I to pytań, na które ja nie znam odpowiedzi.

Nie da się ukryć, siedzenie z chorym dzieckiem w domu jest koszmarnie męczące. Po dwóch tygodniach zorientowałam się, że zaczynam nawet inaczej wyglądać. Jak nie ja. Tak jakoś domowo, a nie jak pracujący człowiek. Nie malowałam się, to oczywiste. Trochę mi się nie chciało, a trochę nie było kiedy, bo Łukasz nieustannie czegoś chciał. Nadal bardzo źle sypiał w nocy, a ja oczywiście razem z nim. Mimo pobytu w domu, a może właśnie z tego powodu odczuwałam narastające zmęczenie i zniechęcenie. Były momenty, kiedy miałam ochotę krzyczeć. Nie wiem jak na innych, ale na mnie praca pod każdym względem działa mobilizująco. Pewnie są na świecie kobiety, którym służy siedzenie w domu. Rozumiem i podziwiam. Mnie nie służy.

Męczyła mnie nieustanna powtarzalność czynności, monotonna codzienność rozpoczynająca się świątek i piątek o szóstej rano, bo o tej porze od kilku tygodni budzi się Łukasz. Męczyła mnie małomówność Aśki na równi ze słowotokiem małego. Nawet mruczenie Platona zaczynało irytować. Nie miałam sumienia wyrwać się na spotkanie z dziewczynami, pozostawiając zdrowiejącego Łukasza pod opieką siostry. Marek nadal nie dzwonił, a w zaistniałej sytuacji moje dzwonienie do niego nie miało najmniejszego sensu. O dziwo, znów zaczynało mi go brakować. Być może to kwestia przyzwyczajenia, a może nie tylko. Sama nie wiem. Może inaczej. Nie jest mi łatwo i w całej tej historii przydałoby mi się poczucie, że ktoś jest ze mną. Że nie jestem sama. Marek przydałby się jak znalazł. Marek, czy może bardziej moje wyobrażenie o Marku, który przydałby się, gdyby zechciał się przydać? Na razie widać nie chciał i wyraźnie było mi z tego powodu przykro. Powiem więcej. Czułam się rozgoryczona. Marek świetnie wiedział, w jakiej jestem sytuacji, a mimo to nie znajdował powodu, żeby choćby zadzwonić i zapytać, jak sobie radzę. Najpewniej nie było to dla niego ważne. A taka świadomość boli, oj boli. Myślałam, że te wszystkie lata coś znaczą.

Widać znaczyły, ale dla mnie. Tylko dla mnie.

*

Wakacje zbliżały się wielkimi krokami, a o ojcu koszmarków nadal nie było żadnych wieści. Owszem, sierżant Jakubczyk odzywał się od czasu do czasu po to tylko, żeby poinformować mnie, że poszukiwania są w toku. Innymi słowy Interpol podejmuje różne czynności zmierzające do odszukania męża Elżbiety. Za każdym razem na końcu języka miałam pytanie, jakie to konkretnie czynności podejmuje Interpol i tylko przez grzeczność nie zaproponowałam, że może by tak Interpol zajął się przez chwilę dzieciakami, a ja poszukam ich ojca. Będzie szybciej i skuteczniej. Tyle tylko, że Interpol mógłby odmówić mycia garów i douczek z matematyki. Koniec końców, zostali powołani do dużo ważniejszych celów niż gary. Przynajmniej we własnym przekonaniu.

Nasze życie toczyło się utartym tokiem poza nielicznymi sytuacjami, kiedy to jak diabeł z pudełka wyskakiwały różne, nieprzewidziane okoliczności. Jak choćby zakończenie roku szkolnego w przedszkolu Łukasza.

— Musisz być. Po prostu musisz — stanowczo oświadczył mały. — U innych będą mamy i tatusiowie, a u mnie nikt. Chcę, żebyś była!

— Łukasz, ja pracuję. Musimy coś jeść. Zrozum, mogę mieć problem z wyjściem z pracy.

— Ale ja nie chcę być sam! — rozszlochał się Łukasz.

Skończyły mi się argumenty. Rzeczywiście, jeśli się nie pojawię, mały będzie w trudnej sytuacji. Nie miałam innego wyjścia, musiałam pertraktować z szefem.

— Znowu? — zapytał szef i popatrzył na mnie przenikliwie. — Joanna, już ci mówiłem, jeśli życie osobiste przeszkadza ci w wykonywaniu obowiązków zawodowych, to zrezygnuj z pracy. Zanim praca zrezygnuje z ciebie.

— A według ciebie powinnam zrezygnować z życia osobistego? — zapytałam przekornie.

— To nie moja sprawa. Chcę mieć u siebie ludzi, którzy w pełni rozumieją znaczenie słowa „dyspozycyjność". Zaczynam odnosić wrażenie, że masz z tym problem, a skoro tak, być może będziemy musieli się rozstać. Rozważ to, jeśli możesz.

— Pytałam tylko, czy mogę wyjść wcześniej w czwartek.

— No cóż, pewnie możesz, skoro to coś jest aż tak ważne, by ryzykować problemy w pracy. Chciałbym ci tylko przypomnieć, że to nie pierwsza nasza rozmowa na ten temat. Wolałbym, żebyśmy po raz kolejny nie musieli do tego wracać.

Kiwnęłam głową. W sumie szef miał rację. Warunki naszej wzajemnej umowy od początku były jasne — on oczekuje, ale płaci, ja bez szemrania spełniam jego oczekiwania. No i jestem dyspozycyjna. Byłam, dopóki na horyzoncie nie pojawiły się dzieciaki. Bogowie! Żeby tak dało się z tym człowiekiem normalnie porozmawiać... Marzenie ściętej głowy! Szef jest człekopodobnym robotem najnowszej generacji zaprogramowanym wyłącznie na sukces, tyle tylko, że z tego co wiem, o sukcesy w naszej firmie coraz trudniej, nic więc dziwnego, że jego poziom rozumienia otaczającego świata znowu spada. Jeśli to w ogóle możliwe, żeby spadł jeszcze niżej. Jak dla mnie, to ten facet nie widzi w swoich pracownikach niczego, co nie jest związane z wykonywaniem przez nich narzuconych im obowiązków. Narzuconych przez niego, bo o jakiejkolwiek kreatywności też nie mogło być u nas mowy. Jeśli pomysł nie pochodził od szefa, to pomysłu nie było. Nigdy nie było i nie będzie. Innymi słowy od myślenia jest u nas szef. Reszta — od mrówczej roboty.

Wieczorem zadzwoniłam do pani Anieli.

— Oczywiście, że przyjdę. Miło, że pani o mnie pomyślała.

Chyba była wzruszona moją propozycją. Postanowiłam nie mówić Łukaszowi, że na zakończeniu roku pojawi się również jego przyszywana babcia. Niech ma niespodziankę.

W czwartek urwałam się z pracy o pierwszej, o godzinę wcześniej, niż ustaliłam to z szefem. Postanowiłam zabrać po drodze panią Anielę. Tak eleganckiej jeszcze jej nie widziałam. W granatowej garsonce, ze świeżo ułożonymi przez fryzjera włosami wyglądała imponująco.

— Chyba powinnyśmy kupić jakieś kwiaty — zasugerowała.

Dobrze, że o tym pomyślała. Sama nie wpadłabym na pomysł kupienia kwiatów i Łukasz mógłby się głupio poczuć. Zawsze mówiłam, że nie znam się na dzieciach i związanych z nimi obrządkach. Dla normalnej matki to oczywiste. Koniec roku — kwiaty, Dzień Nauczyciela — kwiaty, imieniny pani — kwiaty, Święto Ziemi — kwiaty. A ja? Jak mi się pod nos nie podstawi informacji, to sama z siebie na to nie wpadnę.

Mały aż zapiszczał z radości, widząc nas obie w drzwiach sali. Miał problem, której z nas ma się pierwszej rzucić na szyję.

Na szczęście wybrał panią Anielę, bo stan jego rąk dalece odbiegał od powszechnie przyjętych standardów czystości. Jak dla mnie, jadł coś z dżemem.

Po przywróceniu go do stanu względnej używalności i przebraniu w granatowe spodnie i białą koszulę uznałam, że prezentuje się nad wyraz dorośle.

Wszyscy rodzice i dziadkowie, nie wyłączając pani Anieli i mnie, zostali stłoczeni w maleńkiej, dusznej salce i usadzeni na miniaturowych ławeczkach. Wszyscy wyposażeni byli w kamery wideo lub przynajmniej aparaty fotograficzne. Wszyscy oprócz mnie.

W przygotowanym przez przedszkolaki przedstawieniu Łukasz grał główną rolę i robił to zaiste rewelacyjnie. Nie tylko w przeciwieństwie do reszty towarzystwa bezbłędnie wygłaszał swoje kwestie, ale też wkładał sporo wysiłku w ich interpretację. Ciekawe, kto go przygotował? Aśka? Być może.

Nie bardzo rozumiałam, o co chodzi i jaki jest rozwój akcji, ale nie zmieniało to faktu, że rozpierała mnie duma. Na tle plączących się w zeznaniach rówieśników Łukasz błyszczał. Był najlepszy.

Po przedstawieniu razem z panią Anielą wpadliśmy do domu po Aśkę i całą czwórką wybraliśmy się na lody. Było co uczcić. Po wakacjach Łukasz rozpoczynał edukację w szkolnej zerówce, Aśka zdała do drugiej klasy gimnazjum. Rok szkolny jeszcze co prawda trwał, ale oceny zostały już wystawione. W jej przypadku znakomite z przedmiotów humanistycznych i raczej marne ze ścisłych, ale co tam, przynajmniej dziecko ma sprecyzowane zainteresowania.

Dzieciaki wiedziały już, że za kilka dni wyjadą na dwa miesiące nad morze. Lubiły moją matkę, a perspektywa wyjazdu wprawiała je w podniecenie. Umówiłam się z rodzicami, że przywiozę do nich potwory, wspólnie spędzimy weekend, dzieciaki zostaną, a ja spokojnie wrócę do miasta. Miałam odwiedzać dzieciaki dwa razy w miesiącu. Całkiem rozsądna perspektywa, biorąc pod uwagę moją aktualną sytuację zawodową. Dwa miesiące świętego spokoju, jeśli nie liczyć mruczenia Platona! Byłam równie podniecona jak potwory.

Moja matka sprawiała wrażenie zachwyconej, ojciec planował dla nich różne atrakcje.

Wyjechaliśmy w piątek wieczorem, zaraz po zakończeniu roku szkolnego u Aśki. Platona podrzuciliśmy Ulce.

— Lubię koty — powiedziała, kiedy poprosiłam ją o przysługę. — Możesz go u mnie zostawiać, kiedy będziesz jechała na szkolenie albo do dzieci. A tak à propos wyjazdów… Jesteś w Warszawie w poniedziałek? Agata chciała, żebyśmy się z nią spotkały. Mówi, że ważne. Możesz?

Mogłam, oczywiście. Czułam się szczęśliwa i podekscytowana świeżo odzyskaną wolnością. Byłam przekonana, że do końca wakacji Interpol odnajdzie ich ojca, a póki co przez dwa miesiące mogę pożyć jak człowiek. Ku mojemu zdumieniu zaczęła we mnie kiełkować myśl, że miałabym ochotę od czasu do czasu zabrać dzieciaki na weekend, oczywiście, o ile ich ojciec wyrazi na to zgodę. A właściwie dlaczego miałby się nie zgodzić? Skoro nie widział ich przez kilka lat i nie zrobiło to na nim większego wrażenia, to jeden czy dwa weekendy w miesiącu też powinien przełknąć bezboleśnie. Zajmując się nimi przez tych kilka miesięcy, nabrałam chyba jakichś praw? Choćby przez zasiedzenie…

Na poniedziałkowym spotkaniu stawiłyśmy się w komplecie.

— Dziewczyny, co ja mam zrobić, Filip mi się oświadczył — Agata od razu przeszła do sedna sprawy.

— Albo wyjść za niego za mąż, albo odmówić. — Ulka jak zwykle podeszła do sprawy bardzo konkretnie. Agata spojrzała na nią z przerażeniem.

— Czy ty uważasz mnie za kompletną kretynkę? Tyle to ja sama wiem. Ja się was pytam, co ja mam zrobić, a nie co ludzie robią w takiej sytuacji.

— A co byś chciała? — zapytałam niefrasobliwie, bo humor dopisywał mi zgoła nadzwyczajny. Dzieciaki nad morzem, szef przez tydzień na urlopie, a zatem w robocie względny spokój, żyć, nie umierać.

— No więc nie wiem. Nie wiem, czy w ogóle chcę wyjść za mąż, nie wiem, czy za Filipa. W ogóle nic nie wiem — Agata najwyraźniej rzeczywiście miała problem.

— To powiedz, że nie chcesz. Odmów. Daj mu kosza — zaproponowała Anka.

— Kiedy ja nie wiem, czy chcę. To znaczy, nie wiem, czy nie chcę. Spadły na mnie te jego oświadczyny, jak grom z jasnego nieba. Nie spodziewałam się, mówiąc krótko.

— Nic dziwnego, z tego co wiemy, ktoś oświadcza ci się po raz pierwszy w życiu. Może jesteś w szoku? — podsunęła życzliwie Anka.

— Agata, czy ty go kochasz? — zainteresowała się nagle Ulka.

— Nie wiem. Czasem wydaje mi się, że tak, a czasem myślę, że zaraz w tym związku zwariuję.

— A co, nie wytrzymuje psychicznie twojego pastwienia się i zaczął w końcu odpłacać pięknym za nadobne? — byłam ciekawa, czy Agata coś wskórała, maltretując Filipa.

— No coś ty! Wręcz przeciwnie, to znaczy nic się

nie zmieniło. On dalej… No, dba o mnie, troszczy się, pomaga. I dlatego się zastanawiam.

— Rozumiem, że żadnych wad nie odkryłaś. Nie zdradza cię, nie wykorzystuje, chce być z tobą. Nie dostarcza dodatkowych rozrywek ani wstrząsów emocjonalnych. Nudny i jednostajny. — Anka pokiwała głową z udawanym współczuciem. — Masz problem, ale głównie ze sobą. Już ci mówiłyśmy, powinnaś trafić na terapię. Albo angażujesz się w związki z zaburzonymi facetami i usiłujesz zbawić ich za wszelką cenę, albo nie jesteś w stanie zaakceptować sytuacji, w której ktoś dobrze cię traktuje, bo mu najwyraźniej zależy.

— Niczego nie rozumiecie. Ja po prostu nigdy w życiu nie byłam w takiej sytuacji. Myślę o facetach. Zawsze… No, ja zawsze musiałam na wszystko zasłużyć. Zabiegać o nich. Nie umiem inaczej.

— Tym bardziej powinnaś trafić na terapię. To, co ty wyczyniasz nie jest normalne. — Ulka nie dawała za wygraną.

— Agata, zrozum, ludzie mogą żyć na wiele różnych sposobów i jeśli tylko nie robią tym nikomu krzywdy a zarazem akceptują to, co dzieje się w ich życiu, to wszystko jest w porządku. Nikt nie powiedział, że musisz kiedykolwiek związać się z kimś na stałe. A już tym bardziej nikt nie twierdzi, że musisz być z Filipem. My tylko zaczynamy bać się, że za chwilę wpadniesz w kolejny chory związek — tłumaczyła cierpliwie Anka. — Zobacz, jestem sama, ale w gruncie rzeczy bardzo to lubię. Wcale nie jestem przekonana, że chciałabym cokolwiek w swoim życiu zmienić. Abstrahując już od faktu, że dotychczas nie pojawił się nikt naprawdę sensowny. Nie wiem, może ja wcale nie chcę, żeby się pojawił? Popatrz na Joannę i Marka. Ich związek jest, powiedziałabym, mało typowy, a oboje to akceptują i…

— Coraz mniej akceptują — rzuciłam w przestrzeń. — Marek właśnie kazał mi wybierać między sobą a dzieciakami.

— O! Dopiero teraz? — Ulka zdawała się nie być wcale zaskoczona tym faktem.—I co w związku z tym?

— Nic. To znaczy na dzisiaj nic. Teraz małych nie ma, siedzą u mojej matki, a mam nadzieję, że do końca wakacji Interpol odnajdzie ich ojca, przekażę mu dzieciaki i wtedy wszystko między mną a Markiem wróci do normy.

— Obyś się nie przeliczyła i to zarówno jeśli chodzi o Interpol, jak i o Marka… Nic przeciwko Markowi nie mam — kontynuowała Ulka — siedź sobie z nim, jeśli ci dobrze, ale to oślizły drań. Joanna, przepraszam, że ci to mówię, ale… Tak jak mówi Anka, ludzie żyją na wiele różnych sposobów, tylko miej świadomość, że on nigdy nie zaakceptuje niewygodnych dla siebie rozwiązań.

Powoli sama zaczynałam zdawać sobie z tego sprawę. Marek mógł być uroczy, jeśli tego chciał. Znakomicie sprawdzał się jako sobotni partner, ale mnie przestawało to już wystarczać. Coraz częściej odnosiłam wrażenie, że poza nim samym i własną wygodą niewiele go obchodzi. Choćby fakt, że nigdy nie rozmawialiśmy o przyszłości. Raz czy dwa próbowałam, ale Marek natychmiast zamykał temat. Że mamy czas, teraz musimy się rozwijać, takie tam różne, byleby tylko nie było nic o nas i naszym związku. Po prostu byliśmy razem, nie tyle z dnia na dzień, ile z tygodnia na tydzień. Zaczynałam się zastanawiać, czy o taki związek mi chodzi. Bałam się, że jeśli tylko zacznę z nim o tym rozmawiać, to dowiem się rzeczy, których za nic nie chciałam wiedzieć. I że zaboli. Jak choćby tego, że Marek nie myśli o nas poważnie. Nie chodzi mi o ślub, choć sądzę, że i to może być miłe. Przez wszystkie te lata Marek ani razu nie wspomniał o wspólnym zamieszkaniu. Ja zresztą też. Wmawiałam sobie, że mieszkanie oddzielnie w pełni mi odpowiada. Że jego wychodzenie ode mnie w środku nocy nie ma znaczenia. A przecież wolałabym budzić się przy nim.

Być może dalej spotykalibyśmy się w z góry ustalonym sobotnim rytmie, gdyby nie fakt, że pojawiły się dzieciaki. Jak przez szkło powiększające zobaczyłam, co jest między nami, a właściwie, czego między nami nie ma. Od ostatniej rozmowy telefonicznej Marek nie odezwał się ani razu. Wyraźnie czekał, aż podejmę decyzję.

Odczekałam do końca tygodnia i sama zadzwoniłam.

— Prosiłeś, żebym podjęła decyzję — zaczęłam — no, więc podjęłam.

— Nie prosiłem, żebyś podjęła decyzję, tylko żebyś rozwiązała pewien problem. Nic nie mówiłem o decyzjach.

— Kazałeś mi wybierać między sobą a dziećmi — powiedziałam z wyrzutem.

— To w pełni zrozumiałe. Nie mogłem dłużej tolerować tej sytuacji. Chyba nie oczekiwałaś, że połknę każdą żabę, którą mi podsuniesz. Nie odpowiada mi ta sytuacja, mówiłem od początku. Szczególnie, że wszelkie decyzje podejmujesz bez mojego udziału.

— Słuchaj, może popełniłam błąd, nie konsultując z tobą mojej decyzji o zaopiekowaniu się dzieciakami przez trzy dni, ale…

— Dobrze, że chociaż to zauważasz. Podjęłaś decyzję, nie zastanawiając się, co to dla mnie oznacza. A ja nie chcę mieć zobowiązań.

— I na tym polega problem. Ty nie chcesz mieć zobowiązań. Czy zastanawiałeś się może kiedyś nad tym, że nasz związek też może nieść ze sobą zobowiązania?

— Jakie? — zainteresował się gwałtownie Marek. — Pierwsze słyszę. Na nic takiego się nie umawialiśmy. Jesteśmy razem, bo obojgu nam to odpowiada. Bez zobowiązań, tu i teraz.

— Czy kiedykolwiek o tym rozmawialiśmy? Nigdy nie przyszło ci do głowy, że ja mogę chcieć czegoś innego?

— No cóż, nie czuję się odpowiedzialny za twoje oczekiwania. Nigdy nie mówiłem, że chcę się z kimkolwiek wiązać na stałe, mieć dzieci czy coś w tym rodzaju. Ciebie to też dotyczy.

— Szkoda tylko, że tak późno mi o tym mówisz. — Nie byłam w stanie ukryć rozgoryczenia.

— Zachowujesz się jak rozgoryczona nastolatka.

— Nie, zachowuję się jak osoba, która po raz pierwszy odważyła się rozmawiać z tobą o swoich oczekiwaniach.

— Szkoda, że tak późno. Nie zmarnowałabyś paru lat.

— Być może szkoda, ale teraz żadne z nas nie ma już na to wpływu. Posłuchaj, chyba powinniśmy skończyć już tę rozmowę. Nie wnosi nic nowego do sprawy. Jasno określiłeś swoje stanowisko. Jasno i czytelnie. Marek, to koniec. Nie ma sensu dalej ciągnąć tego związku.

— Nie rozumiem, o co ci chodzi. Nie przeszkadzało ci to przez ostatnich pięć lat, więc naprawdę nie rozumiem.

— W porządku, możesz nie rozumieć, masz prawo. Nie zdawałam sobie sprawy... Nie wiem, może ta sytuacja z dzieciakami... Ta historia, w którą, jak mówisz, byłam uprzejma się zaplątać, sprawiła, że wiele rzeczy widzę inaczej. Chcę być z kimś, kto będzie stanowił dla mnie oparcie, z kimś, na kogo będę mogła liczyć. Soboty przestały mi wystarczać.

— Masz kogoś — rzucił ostro.

— Tak. Tak, mam dwoje dzieci, przez przypadek i tylko na chwilę, ale mam.

— Joanna, posłuchaj — w głosie Marka dało się słyszeć niepokój. — Kiedy już pozbędziesz się... To znaczy kiedy oddasz dzieci, moglibyśmy spróbować jeszcze raz. Przecież było nam razem fajnie. Na razie zróbmy sobie przerwę, a później zobaczymy.

— Owszem, do pewnego stopnia masz rację. Było fajnie, a może raczej bywało fajnie. Tyle tylko, że w rezultacie okazuje się, że w chwili, gdy jest mi naprawdę trudno, absolutnie nie mogę na ciebie liczyć. Poza tym zapominasz o jednym. Może się okazać, wcale nie musi, ale może, że dzieciaki... no, że nie znajdą ich ojca. Albo że szybko go nie znajdą. I co wtedy? Pewnie trafią do domu dziecka, ale istnieje cień, powtarzam, cień innej możliwości. Może się okazać, że zdecydowałam się z nimi zostać. — Wyrzuciłam to w końcu z siebie. Dopiero po chwili dotarło do mnie, co ja właściwie powiedziałam i sama poczułam się zaskoczona. A co dopiero Marek!

— Nie mówisz chyba poważnie? — Był wyraźnie wstrząśnięty.

— Nie wiem, czy mówię poważnie, czas pokaże. Zresztą, po co w ogóle mamy rozważać taką ewentualność, skoro ciebie to nie interesuje.

— Oczywiście, że mnie nie interesuje! Joanna, chyba zwariowałaś! — krzyczał. — Co ty sobie bierzesz na głowę! Przecież to decyzja na całe życie! Koniec z karierą, uwiązanie. Będziesz musiała poświęcić wszystko, tak jak teraz poświęcasz nasz związek!

— Niczego nie rozumiesz! Wcale nie powiedziałam,

że tak zrobię. Mówię tylko o pewnej ewentualności, o hipotetycznym rozwiązaniu. Sądziłam, że nie powinno to mieć wpływu na nasz związek. Ale to ty masz rację. Ma wpływ i to duży. Nie potrafię, nie chcę być z kimś, kogo tak naprawdę nie obchodzi, z czym się borykam. A ciebie nie obchodzi. Chcesz dyspozycyjności. Sobota to twój czas. Nie obchodzi cię, co robię przez pozostałe dni tygodnia, jak mi jest, czy mam kłopoty, bylebym tylko była gotowa spotkać się z tobą w sobotę wieczorem.

— Od nikogo nie możesz oczekiwać, że da się wplątać w twoją aferę z podrzutkami — wrzeszczał. — To twoja decyzja i ty ponosisz jej konsekwencje! Licz się z tym, że możesz zostać sama.

— Już ci powiedziałam, jeszcze nie wiem, co zrobię. Może problem w ogóle nie zaistnieje. Może dzieciaki zostaną ze mną i być może będę sama. Czas pokaże.

— No cóż, skoro nie docierają do ciebie żadne racjonalne argumenty... Sądzę, że masz rację, mówiąc, że najwyższy czas zakończyć ten związek. Jeśli któregoś dnia zmienisz zdanie — zadzwoń.

— Zadzwonię. Zadzwonię, jeśli uznam, że nadal chcę spotykać się z tobą w sobotnie wieczory. Bez zobowiązań. Że odpowiada mi bycie z facetem, który nie widzi niczego poza czubkiem własnego nosa. Wtedy na pewno zadzwonię.

Zapadła kłopotliwa cisza. Jak kończy się związek po pięciu latach? Co się mówi? Dziękuję? Cześć?

— Cześć — powiedziałam.

— No więc cześć, skoro tego chcesz. — Chyba był na mnie obrażony. Odłożyłam słuchawkę.

Tej nocy niewiele spałam. Im więcej o tym wszystkim myślałam, tym bardziej dochodziłam do wniosku, że Marek ma sporo racji. Zachowałam się nieodpowiedzialnie i infantylnie decydując się na choćby tymczasową opiekę nad dzieciakami. I nie chodziło tu wcale o Marka. Po prostu nikomu nie robi się czegoś takiego. Nawet własną matkę postawiłam przed faktem dokonanym — chcąc nie chcąc trzy, cztery, czasem pięć razy w miesiącu przyjeżdżała do mnie po to tylko, by spędzić kilka dni z dziećmi, a na dodatek ma się nimi zajmować przez najbliższe dwa miesiące. Oczywiście, zawsze mogła odmówić, ale znając matkę, wiedziałam, że to rozwiązanie czysto teoretyczne. W praktyce nie mogła. Sumienie by ją zagryzło.

Kolejne kilka dni wypełnione było narastającym rozdrażnieniem i smutkiem. Prawie nie spałam. Nie miałam ochoty z nikim rozmawiać. Po powrocie z pracy siadałam skulona na tapczanie Elżbiety i bezmyślnie gapiłam się w ścianę. Platon zwijał się w kłębek obok mnie i tak spędzaliśmy całe popołudnia i wieczory. Kocur chyba wyczuwał, że coś mnie gnębi. Zamiast swoim zwyczajem siedzieć na kuchennym parapecie, obserwując z zainteresowaniem miejscową społeczność wróbli, chodził za mną po mieszkaniu krok w krok.

W pracy wszystko toczyło się normalnym trybem, chociaż od czasu do czasu ktoś rzucał jakąś uwagę na temat pogarszającej się kondycji firmy. Jeszcze dwa, trzy lata temu funkcjonowaliśmy zgoła rewelacyjnie, ale teraz sytuacja na rynku robiła swoje. Od roku szkoleń było coraz mniej, przegraliśmy jakieś przetargi. Mimo że szef milczał jak zaklęty, w biurze wyczuwało się wszechogarniającą atmosferę przygnębienia.

W poniedziałek szef wezwał mnie do siebie.

— Poprowadzisz za mnie szkolenie dla Teletechu. Zakopane, pięć dni. To co prawda mój klient, ale pokrywają mi się terminy, nie mogę w tym czasie wyjechać z Warszawy, więc pojedziesz ty. Jesteś dobra, ta zamiana nie powinna zrobić im różnicy. W tej chwili to nasz najważniejszy klient, sama wiesz. W swojej branży są monopolistami. Do tej pory pracowaliśmy dla nich na niewielką skalę, ale jeśli dobrze ocenią to szkolenie, to mamy szanse na naprawdę duży kontrakt.

— Kiedy mam jechać?

— Za tydzień. Wyjeżdżasz w weekend, do piątku prowadzisz warsztaty, w sobotę powrót. Pracujesz sama.

— Sama? — Nie byłam w stanie ukryć zaskoczenia. Zgodnie z regułami gry zawsze prowadzimy warsztaty we dwoje, najczęściej z szefem, ale bywało, że i z Marcinem.

— Sama, sama. Nie ma innego wyjścia. Ja nie mogę, Marcin na urlopie, chłopaki mają swoją robotę. Poradzisz sobie.

— Ilu uczestników?

— No, w tym tkwi szkopuł. Kadra menedżerska liczy dwadzieścia osiem osób. Zrozum, nie mamy innego wyjścia, musiałem się zgodzić. Musimy mieć ten kontrakt, po prostu musimy.

Ogarnęło mnie przerażenie. Prowadzenie w pojedynkę dwudziestoośmioosobowej grupy przez sześć dni wydawało się zadaniem niewykonalnym. Ale tak jak szef nie miałam innego wyjścia. Tydzień na przygotowanie powinien wystarczyć. Z drugiej strony — to wyzwanie i to nieliche. A ja nie wiedzieć czemu lubię wyzwania. Przy tym na mój obecny stan ducha jak znalazł. Przestanę tępo patrzeć w ścianę i zajmę się pracą. Nie wiem, jak dla innych, ale dla mnie praca zawsze miała właściwości lecznicze.

*

W czwartek wieczorem moja komórka rozdzwoniła się przeraźliwie. Siedziałam w biurze zatopiona po uszy w komputerze i dopiero przerażony głos mojej matki ściągnął mnie na ziemię.

— Łukasz spadł z drzewa. Poszli z ojcem na spacer, ojciec pokazywał mu jak się wspinać i mały spadł. Ma rozciętą głowę, w szpitalu w Pucku założyli mu osiem szwów.

— Jak on się czuje?

— Chyba nie jest dobrze. Zaczął wymiotować, a oni tu nie mają neurologii dziecięcej, sama nie wiem co robić.

— Wezwij pogotowie. Ja zaraz wsiadam w samochód.

O czwartej nad ranem byłam u rodziców. Łukasz

wymiotował przez całą noc, a teraz blady i wymęczony siedział na łóżku w sypialni matki.

— Nie wiedziałam, co zrobić — poskarżyła się matka. — Do Pucka zawiózł nas sąsiad, ale teraz, bez samochodu...

— Nie wezwałaś pogotowia?

— Wezwałam. Chcieli go zabrać do Gdańska. Powiedzieli, że bez badań niewiele da się powiedzieć, ale nie mogłam decydować bez ciebie. Mówili, że zagrożenia raczej nie ma, więc czekaliśmy na ciebie.

Jeśli zawiozę go do Gdańska i co wielce prawdopodobne lekarze zadecydują, że powinien zostać w szpitalu, to sytuacja skomplikuje się jeszcze bardziej. Matka we Władysławowie, ja w Warszawie... Nie mogłam zostawić Łukasza samego w Gdańsku, nie miałabym sumienia. Jedynym rozsądnym wyjściem wydawało się zabranie małego do Warszawy.

Wiedziałam, że w niedzielę wieczorem wyjeżdżam do Zakopanego. W tej sytuacji czysto teoretycznie, ponieważ ani ojciec, ani tym bardziej matka nie mogli teraz zostawić domu wypełnionego wczasowiczami. Nie było nikogo, kto mógłby mnie zastąpić w Zakopanem, ale niewiele mnie to obchodziło. Teraz ważny był tylko Łukasz.

Pozostawała jeszcze kwestia zajęcia się Aśką. Może nawet nie tyle zajęcia się, bo to dziecko nie wiadomo dlaczego samo zajmowało się sobą, a przy okazji wszystkimi dookoła, co raczej pozostawienia jej nad morzem. Jakoś w tym momencie wydawało mi się to bardziej sensowne niż ciągnięcie jej ze sobą do Warszawy.

Matka natychmiast podchwyciła pomysł.

— Jasne, zostaw ją u nas i przywieź Łukasza, jak tylko lekarze pozwolą. Co też tego ojca podkusiło?!

— Daj spokój, to nie jego wina. Nie mógł przewidzieć, że mały spadnie z drzewa — uspakajałam.

— Stary a głupi! Powinien bardziej na niego uważać. Jak tak można, pozwolić dzieciakowi łazić po drzewach? Rozumu nie ma za grosz ! — matka nie dawała za wygraną.

— Najlepiej prowadzać go za rękę, albo schować do kieszeni. Mamo, Łukasz to chłopak. Chłopcy chodzą po drzewach. Czasem nawet z nich spadają.

— Chodzą po drzewach! Spadają! Nie dość już się dzieciak nacierpiał? Jesteś za niego odpowiedzialna, a mówisz, jakby nic się nie stało!

— Mamo, nie krzycz. Owszem stało się, dlatego tu jestem. Zaraz zabiorę go do Warszawy. Cały czas mam nadzieję, że to nic poważnego.

— Będzie miał bliznę na głowie — stwierdziła.

— Pewnie będzie, ale naprawdę nie tu tkwi problem. Proszę, zrób mi kawę, zaraz jedziemy.

W drzwiach stanęła zaspana Aśka.

— Joanna, zabierasz Łukasza?

— Tak, zaraz wyjeżdżamy. Asiu, zastanów się, bo to ważne. Możesz oczywiście jechać z nami, ale możesz tu zostać. Szczerze mówiąc, wolałabym, żebyś została. Szkoda twoich wakacji, a my wrócimy za dzień lub dwa.

Mała miała wyraźnie zasępioną minę.

— Joanna, ja... Ja wolałabym jechać, ale nie chcę robić ci kłopotu.

— Asiu, tu nie chodzi o kłopot. W niczym nie możesz pomóc i...

— No właśnie — matka weszła mi w słowo — mnie pomagasz przy letnikach, a Joannie i Łukaszowi nie pomożesz. Asiu, zostań, jesteś mi potrzebna.

— Ale Łukasz...

— Łukaszowi nic nie będzie. Asiu, zadzwonię, jak tylko coś się wyjaśni. Zobaczysz, odwiozę go w niedzielę — obiecywałam.

— Zostanę — zadecydowała. — Ale proszę, dbaj o niego. Ja... Jest tylko on.

Zawinęłam małego w koc i zapakowałam do samochodu. Zasnął przed Gdańskiem, a ja przez całą drogę zadawałam sobie pytanie, czy to dobrze.

O dziesiątej komórka natarczywym dzwonkiem dała znać o sobie. O cholera! Nie zadzwoniłam do pracy, a powinnam od godziny siedzieć w biurze.

— Gdzie ty do diabła jesteś? — wrzeszczał Grzegorz, jeden z naszych biurowych facetów. — Szef szuka cię od rana, powiedziałem, że wyszłaś na spotkanie. Może byś się, do cholery, była uprzejma pojawić, bo nie mam zamiaru świecić za ciebie oczami!

— Jak nie chcesz, to nie świeć. Grzesiu złoty, za dwie godziny będę w Warszawie, właśnie do niej jadę, ale być może w ogóle nie pojawię się w firmie. Sorry, tak wyszło, mam co innego na głowie.

— No to co ja mam mu powiedzieć?

— Nie wiem, powiedz, co chcesz. Wymyśl coś. Cholera, wszystko mi się wali!

— Przygotowałaś materiały na szkolenie? — zapytał, a ja ku swojemu zdumieniu usłyszałam w jego głosie troskę.

— Przygotowane i spakowane. Błagam, nałgaj coś, cokolwiek. Później się będę zastanawiała. Grzesiu, mam kłopoty.

— Ślepy by zobaczył. Bylebyś tylko opanowała sytuację przed poniedziałkiem, dobrze ci radzę.

— Do poniedziałku powinno być w porządku — powiedziałam bez przekonania.

— Postaraj się, żeby było. To na razie. Coś wymyślę.

— Grzesiu, tylko mnie poinformuj, co byłeś uprzejmy nałgać. Czyli po prostu zadzwoń.

— Spokojna głowa. A ty uważaj na siebie i jedź ostrożnie.

Ale historia! Grzesiek mówi do mnie jak nie przymierzając moja rodzona matka. Żeby tak Marek choć raz powiedział „uważaj na siebie". Idiotka! Marka już nie ma. Nie ma i nie będzie. Koniec. Skończyło się. Nie ma odwrotu.

Łukasz obudził się dopiero w Warszawie. Znowu wymiotował. Zdecydowałam, że nie ma sensu jechać do domu. Najpierw lekarz.

— Ależ to absolutnie niemożliwe, neurolog nie przyjmie dziecka — pani w recepcji miała jasno określone zdanie na ten temat. — Na wizytę czeka się dwa miesiące, a pani przychodzi ot, tak sobie, z ulicy i chce, żeby dziecko zostało przyjęte. I to bez skierowania — prychnęła oburzona.

— Proszę pani, to nagły przypadek. Dwa miesiące temu nie przewidziałam, że dziecko spadnie z drzewa. Przykro mi, pewnie popełniłam błąd, powinnam była przewidzieć i ulokować się w kolejce, ale teraz już nic na to nie poradzę.

— Jak pani to sobie wyobraża? Bez skierowania? Z pominięciem wszystkich oczekujących? Ludzie miesiącami czekają.

— Już mówiłam, że to nagły przypadek. Jak pani sądzi, co powinnam teraz zrobić?

— O co chodzi? — siwa, starsza kobieta podeszła do okienka.

— Pani doktor, ta pani domaga się, żeby pani zbadała dziecko, a nie jest na dziś zapisana. Nawet skierowania nie ma.

— Przepraszam za nietakt — rzuciłam w kierunku rejestratorki. — Wiozę dziecko z Władysławowa, spadł z drzewa, ma na głowie założone szwy, przez cały wieczór wymiotował, po drodze zresztą też.

— Nie było bliżej do Gdańska? — zapytała lekarka.

— Było, tyle tylko, że mieszkamy w Warszawie. W Pucku lekarze nie stwierdzili istnienia bezpośredniego zagrożenia, ale kazali go przebadać. Oni tam podobno nie mają odpowiedniej aparatury. Bałam się, że jeśli trzeba go będzie umieścić w szpitalu, to będę musiała zostawić go samego. Musiałam wrócić do Warszawy.

— Na przyszłość proszę wieźć dziecko do najbliższego szpitala. Tak wyprawa z Wybrzeża... To trochę niebezpieczne. Jest pani jego matką? — bardziej stwierdziła niż zapytała lekarka.

— Nie. To długa historia. Matka nie żyje, ojciec w Stanach. Ja się nim zajmuję. Czasowo.

— To teraz bez znaczenia. Proszę go zanieść do gabinetu. Pani Olu, proszę założyć dziecku kartę.

Rejestratorka wzruszyła ramionami.

— Książeczka ubezpieczeniowa — rzuciła w moją stronę.

— Nie mam. To znaczy mam książeczkę dziecka, ale nie mam dowodu ubezpieczenia. Wszystko stało się tak nagle. Później przywiozę.

— Bez poświadczenia ubezpieczenia pacjent nie może zostać przyjęty. Chyba, że zapłaci pani za wizytę.

— Zapłacę, wszystko mi jedno. Oczywiście, że zapłacę.

Byłam gotowa zrobić prawie wszystko, nie tylko zapłacić, byleby w końcu było wiadomo, co właściwie jest małemu. Z wypisaną kartą i półprzytomnym Łukaszem trafiłam do gabinetu. Badanie neurologiczne ciągnęło się w nieskończoność.

— Trudno powiedzieć — stwierdziła w końcu lekarka. — Wygląda to na wstrząśnienie mózgu, ale na wszelki wypadek wolałabym, żeby został dokładnie przebadany. Sugeruję obserwację w szpitalu. Jeśli wszystko będzie dobrze, powinien za kilka dni zostać wypisany. Proszę od razu jechać z nim do Centrum Zdrowia Dziecka. Tylko niech pani zabierze ze sobą dowód ubezpieczenia — dodała, uśmiechając się lekko. — I proszę się nie martwić, będzie dobrze.

Nie zamierzałam się martwić — byłam przerażona. W głębi duszy liczyłam na to, że usłyszę od niej, że Łukaszowi nic nie jest, mogę go spokojnie odwieźć do matki, a całe to zamieszanie było zupełnie niepotrzebne. Że to normalne, że wszyscy przesadzamy i że dzieci zawsze wymiotują po upadku z drzewa na głowę. Nie znam się na dzieciach, a już tym bardziej na dzieciach spadających z drzewa. Perspektywa umieszczenia małego w szpitalu sprawiła, że wpadłam w panikę. Po pierwsze Łukasz. Jeśli kolejny lekarz sugeruje wykonanie specjalistycznych badań, to nie brzmi to dobrze. Wręcz przeciwnie. Po drugie — Zakopane. Miałam nadzieję, że jeszcze dziś wrócimy do Władysławowa. Cholera, nawet nie ma mnie kto zastąpić! Nie zostawię przecież dziecka samego w szpitalu i nie wyjadę beztrosko na sześć dni. Matka ma rację, Łukasz już swoje w życiu przeszedł, nie mogę mu zrobić takiego świństwa. A jednocześnie nie mogę nie jechać. Szef by mnie powiesił. Mam się rozdwoić? Życie mnie testuje, los mnie sprawdza, ale to już przesada. Zdaje się, że powinnam napisać list protestacyjny do najwyższej instancji. Tych atrakcji to jak na mnie za dużo. Nie zgadzam się. Odmawiam współpracy. Mogę przez jakiś czas zajmować się dwójką cudzych dzieci. Przez przypadek, ale niech tam. Mogę rozstać się z ulubionym facetem. Racjonalnie rzecz biorąc, okazał się do niczego. W porządku, niech będzie. Poboli, poboli i przestanie. Ale występowania w dwóch osobach na raz w umowie z losem nie było. Wygląda na to, że nie tylko ponoszę daleko idące konsekwencje odbierania telefonów w środku nocy, ale też w całą sprawę wmieszał się jeszcze jakiś cholernie złośliwy diabeł. Czego sama sobie w życiu nie zepsuję, to mi to los załatwi. Cholera, już nigdy, przenigdy nie odbiorę telefonu po dwudziestej. Jeśli ludzie coś do mnie mają, to niech dzwonią, proszę bardzo, ale wcześniej. Najlepiej do południa. A póki co nie pozostawało mi nic innego, jak tylko wpaść do domu po dokumenty i skierować się do Międzylesia.

Lekarka na izbie przyjęć nie miała najmniejszych wątpliwości co do konieczności pozostawienia Łukasza na oddziale.

— Może pani zostać razem z dzieckiem — zaproponowała.

Zaraz, przecież ja pojutrze wyjeżdżam! Nie wpadać w popłoch, pomyślę o tym później. Teraz najważniejszy był Łukasz.

Wyglądało na to, że Łukaszowi jest już wszystko jedno. Na moje oko marzył tylko o jednym — o położeniu się do łóżka. Jak nie przymierzając ja sama.

Pokój, w którym go umieszczono, sprawiał sympatyczne wrażenie, tak samo jak dyżurna pielęgniarka.

Tymczasem mały miał być w nim sam. Towarzysząca nam lekarka stwierdziła, że jak najszybciej trzeba wykonać tomografię komputerową i jeśli wynik badania będzie dobry — Łukasz za kilka dni będzie mógł wrócić do domu. Oby.

Siedziałam z nim prawie do piątej z pełną świadomością, że będę musiała wyjść choćby na dwie, trzy godziny. I że Łukaszowi może się to nie spodobać.

— Słuchaj, mały, muszę cię teraz zostawić samego. Pojadę do domu nakarmić Platona i zaraz wrócę, dobrze?

Oczy Łukasza zaszkliły się łzami.

— Nie chcę tu zostać!

— Mogę to zrozumieć, ale nie mamy innego wyjścia. Na przyszłość pamiętaj, żeby nie spadać z drzew na głowę. — Na jego buzi pojawił się blady uśmiech.

— Na pewno do mnie wrócisz?

— Obiecuję. Będę zanim się obejrzysz. Przywiozę coś do czytania, chcesz?

— Pamiętaj o słoniu! — Prawda, słonia zostawiliśmy w samochodzie.

— Czy młody dżentelmen ma jeszcze jakieś oczekiwania?

— Ja bym chciał... — zamyślił się głęboko. — No to ja bym chciał colę i chipsy, i czekoladę z orzechami, i lody cytrynowe, i...

— Stop! Hamuj, waćpan. Po pierwsze, wymieniasz same paskudztwa szkodliwe dla życia i zdrowia, a po drugie, nie wiem, co z tej listy wolno ci jeść.

— To zapytaj lekarza. I przynieś układankę z zamkami i żołnierzyki, i klocki Lego.

— Wszystkie? — zapytałam z udawanym przestrachem. Łukasz roześmiał się głośno. Byłam z niego dumna. Mały, dzielny mężczyzna — pomyślałam.

Po wyjściu ze szpitala zadzwoniłam do mamy i Asi, a zaraz potem do Grześka, który nagrał mi się na wyłączoną komórkę. Byłam ciekawa, jak poradził sobie z szefem.

W ogóle sobie nie poradził.

— Nie zdążyłem — powiedział grobowym głosem. — Joanna, są kłopoty i to duże.

— To znaczy? — Cholera, na tyle skoncentrowałam się na Łukaszu, że prawie zupełnie zapomniałam o firmie. — Co mu powiedziałeś?

— Nic nie powiedziałem. Przecież mówię, że nie zdążyłem. Zanim zdołałem twarz otworzyć, Darek urządził scenę. Operową, jakbyś miała jakieś wątpliwości. Najwyższej klasy. Podobno miałaś dać mu jakieś materiały na Wrocław, nie było cię, nie dałaś, a on dziś wyjeżdżał.

Wszystko się zgadzało. Darek, najbliższy współpracownik Grześka wyjeżdżał dziś do Wrocławia. Miałam przekazać mu materiały. Leżały poukładane w mojej szafie przy biurku. Popakowane w paczki i porządnie opisane. Wystarczyło zadzwonić.

— Grzesiu, mógł zadzwonić — jęknęłam do słuchawki.

— Nie mógł. Komórkę wyłączyłaś. Poza tym znasz Darka. Jest menda, więc nie mógł zadzwonić. Każdą okazję wykorzysta, żeby się wybić. Poleciał do szefa, szef dostał szału. Załatwił cię ten Darek bez mydła, nie ma co.

Wolałam nic więcej nie wiedzieć.

— Grzegorz, skarbie złoty, za chwilę będę w biurze. Muszę zabrać swoje rzeczy na poniedziałek. Sprawdź proszę, czy pole czyste.

— Masz na myśli szefa? — zarechotał Grześ. — Wyszedł dobre dwie godziny temu, wybierał się gdzieś na weekend.

Odetchnęłam. Konfrontacja z szefem w żaden ludzki sposób nie była mi w tym momencie na rękę. Pod firmę zajechałam z piskiem opon. Po dziesięciu minutach nie było już tam po mnie śladu. Materiały na poniedziałkowe szkolenie miałam w bagażniku i właśnie podjeżdżałam pod dom, gdy dopadły mnie wątpliwości. Jeśli wyjadę, Łukasz zostanie sam w szpitalu.

Nikt mi go nie wypisze w niedzielę rano, a tylko takie rozwiązanie dawałoby mi czas na odwiezienie go do matki i dotarcie do Zakopanego. Z trudem, ale mogło się udać. Skoro musi zostać w szpitalu, to ja nie mogę jechać. Nie zostawię go samego. Zapłakałby się na śmierć. Jeśli nie mogę jechać, to po diabła brałam materiały? Odruch psa Pawłowa, cholera jasna. Szef mnie zabije. Jak nic mnie zabije. Za całokształt. Urlop? Jaki urlop, nie mam już ani dnia urlopu, wykorzystałam go do ostatniej minuty na okoliczność choroby Łukasza. Abstrahując od faktu, że nie ma nikogo, kto mógłby poprowadzić szkolenie. Marcin na urlopie, sze nie może, Darek we Wrocławiu, pozostaję tylko ja. A ja właśnie nawalam. Grzesiek? Nie poradzi sobie, ma za małe doświadczenie.

Cholera! Cholera! Cholera!

Z bezsilnej złości waliłam pięściami w kierownicę. Co ja mam robić?!!!

Z powrotem do firmy. Nie mam kluczy. Zadzwonić do Grześka, sprawdzić, czy nie wyszedł. Znaleźć ważny powód. Coś przecież muszę powiedzieć! Inaczej już tam nie pracuję. Cholera!

Na szczęście Grzesiek siedział jeszcze w biurze. Widząc mnie wnoszącą z powrotem do biura zabrane przed paronastoma minutami paczki, ryknął śmiechem.

— Joanna, co jest, wprowadzasz się na weekend? O ile mnie pamięć nie myli, piętnaście minut temu wyszłaś stąd tymi samymi drzwiami i paczki też miałaś jakby te same. Zabrałaś je na przejażdżkę, czy jak?

— Grzesiu, błagam, nic do mnie nie mów. I najlepiej o nic nie pytaj. I bez dodatkowych utrudnień mam wystarczający mętlik w głowie.

— Niczego nie zamierzam ci utrudniać — powiedział z przesadnym oburzeniem w głosie. — Wręcz przeciwnie, sam ci te paczki zaniosę na górę, bo ciężkie. A tak na marginesie, zamierzasz za piętnaście minut wpaść z powrotem?

Posłałam mu mordercze spojrzenie.

— Bo jakbyś wpadała, to za piętnaście minut jeszcze będę. Nawet ci je pomogę wynieść. Ale za godzinę wychodzę. No, z dwoma kursami jeszcze się zmieścisz.

Machnęłam ręką.

— Dzięki za paczki. Możesz je zainstalować na górze na stałe. Dziś na pewno po nie nie wrócę.

Grzegorz zatrzymał się w połowie schodów.

— Zaraz, ty chyba pojutrze wyjeżdżasz? Zakopane, o ile mnie pamięć nie myli. W jaki sposób zamierzasz zabrać materiały? Wejdziesz przez komin? Bo tu w czasie weekendu nikogo nie ma.

— Grzesiu, ja… — zaczęłam. — Nieważne. To teraz naprawdę mało istotne. Trzymaj się, za chwilę muszę być w Międzylesiu.

— Joanna, a mnie się zdaje… A mnie się zdaje, że dzisiejszy cyrk w wykonaniu Darka to nic w porównaniu z tym, co wydarzy się za chwilę, znaczy w poniedziałek. Jakieś pandemonium się szykuje. Ty uważaj, ja ci dobrze radzę. W sumie nieźle się z tobą pracuje i ja bym osobiście wolał, żeby nie okazało się w poniedziałek, że wyleciałaś na zbity pysk. Bo tego to już szef na pewno nie zniesie.

— Przestań — jęknęłam.

— Ja cię tylko uprzedzam. Głupi nie jestem, pewnie jakieś swoje powody masz, ale ty się zastanów. Wymyśl coś, bo stary tego nie wytrzyma. Zakopanego ci nie daruje. Za ważne szkolenie, jemu na tym za bardzo zależy, żeby ci to bokiem puścił. Więc ostrzegam. Nie, żebym się wtrącał, ale tak po ludzku mówię, żebyś się zastanowiła.

Wiedziałam, że po ludzku. Nawet mnie tym zaskoczył poniekąd, bo czego jak czego, ale ludzkich odruchów po współpracownikach raczej się nie spodzie-wałam. Wiedziałam też, że muszę zostać. Inne wyjście nie istniało.

Jeszcze z samochodu zadzwoniłam do Agaty. W niej cała nadzieja.

— Agata, pomocy! Ratuj! Potrzebne mi zwolnienie le-karskie. Załatw coś, nie wiem, sama mi wystaw, albo co.

— A co, wykryłaś u siebie wadę genetyczną?

— Agata, nie chodzi o to, co ja u siebie wykryłam, potrzebne mi zwolnienie.

— To idź do lekarza. Jeśli jesteś chora, to oprócz zwolnienia potrzebne są ci leki.

— Zwariowałaś! Nie chcę do lekarza, nie chcę leków, chcę zwolnienie. Wymyśl coś! Od dziś na powiedzmy dwa tygodnie.

— Dziewczyno, żeby dostać dwa tygodnie zwol-nienia, to ty byś musiała naprawdę być nieźle chora. Rozumiem dwa, trzy dni. Zawsze mogłaś się zatruć, ale dwa tygodnie? No, chyba że ktoś cię zagipsuje. Naj-lepiej od pasa w dół.

— Wolałabym coś bardziej chodzącego.

— Świerzb? Znam co prawda jednego dermatologa, ale na świerzb nikt nie da ci dwóch tygodni zwolnienia. A poza tym on jest na urlopie. Znaczy ten dermatolog.

— To powinno być coś… Bo ja wiem? Zaraźliwego?

— Jakaś choroba zakaźna? Ospa? Ospa odpada. W twoim wieku wyglądałbyś jak chora na trąd. Z da-leka widać. Nie, to się nie da.

— I żebym teoretycznie była przykuta do łóżka.

— Bezwzględnie czy na trochę?

— Na powiedzmy tydzień.

— Ostry rzut choroby wrzodowej — zastanawiała się głośno. — Nie, teraz nie sezon.

— Agata, myśl. Muszę mieć to zwolnienie.

— Ty, znana we wszechświecie pracoholiczka?

— Przestań się wygłupiać. Łukasz spadł z drzewa, ma wstrząśnienie mózgu, nie wiadomo, czy nie gorzej. Leży w Centrum, a ja teoretycznie pojutrze wyjeżdżam na warsztaty. Masz pytania?

— Żadnych. — Agata nagle spoważniała. — Zadzwonię do ciebie za jakieś pół godziny, zobaczymy, co da się zrobić. Zrozum, sama nie mogę wystawić ci zwolnienia. Zwolnienie od genetyka to głupi pomysł.

— Wiem. Spróbuj mi jakoś pomóc, bo jestem już bliska obłędu.

— Ty, słuchaj, a jak pójdziesz na to zwolnienie, to twój szef co? Ostatnio zdaje się nie za bardzo za tobą przepada.

— Raczej nie da się ukryć. Nie wiem, co będzie. Nie mam pojęcia. Wiem tylko, że nie mam innego wyjścia. Nie zostawię na tak długo dzieciaka samego w szpitalu. Nie mam sumienia.

— Mogę to zrozumieć. Wiesz co, ściągnęłaś sobie nieliche kłopoty na głowę, zajmując się tymi dziećmi. Ale jesteś w porządku. Bardziej, niż sądziłam.

— Daj spokój.

— Joanna, imponujesz mi. Tylko tyle chciałam ci powiedzieć.

— Już ci mówiłam, daj spokój. Lepiej myśl o moim zwolnieniu.

— Nic, ja tylko tak. A zwolnienie postaram się załatwić. Na mur.

Odetchnęłam. Nie uniknę problemów z szefem, ale przynajmniej będę miała jakąś podkładkę. Nic innego oprócz zwolnienia nie przychodziło mi do głowy. Znam szefa, wyjaśnienie sprawy nic by nie dało. Potrafił wysłać Grześka, którego żona właśnie rodziła od dziesięciu godzin, na drugi koniec Polski. Co z tego, że miał to być poród rodzinny? Szef ściągnął go ze szpitala. Grzesiek miał wybór — jedzie albo wylatuje z roboty. Nie było odwołania. Grzesiek wybrał robotę. Swojego syna zobaczył, gdy ten miał cztery dni, a żona ze szpitala wróciła do domu taksówką. Skąd wiem? Grzesiek sam mi opowiedział w chwili słabości. W momencie, gdy rozpływałam się nad szefem, jaki to on profesjonalny, konsekwentny i rzeczowy w relacjach z pracownikami, to znaczy z nami. Już mi zaczyna bokiem wychodzić ta jego rzeczowość i profesjonalizm. Wiem, że ludzie w innych firmach tego typu jak nasza miewają normalnych szefów i normalne relacje między sobą. Konkretnie wiem o jednej firmie na Saskiej Kępie, ale tam szefem jest kobieta. Może właśnie dlatego jest tam normalnie.

Wpadłam do domu i ledwie zdążyłam nakarmić Platona, gdy zadzwoniła Agata.

— Miałaś skrobankę — zakomunikowała. — Chwilowo jesteś w szpitalu, jutro cię wypiszą, tydzień poleżysz, a później możesz funkcjonować względnie normalnie.

— Skrobankę? Zwariowałaś? — zapytałam z niedowierzaniem.

— Co chcesz, wszyscy są na urlopach. Dopadłam tylko znajomego ginekologa.

— Nielegalną? Ja? — nie mogłam uwierzyć.

— Jaką nielegalną? Dlaczego od razu nielegalną? Krwotoku dostałaś, to się zdarza. I masz dwa tygodnie zwolnienia. Musisz tylko podjechać i odebrać.

— Ale Agata... No wiesz!

— Chodzi ci o to, co pomyśli twój szef? Po pierwsze, to nie musiała być ciąża, w przypadku krwotoku też czasem wykonuje się tego typu zabieg. Po drugie — masz wybór: wylatujesz na pysk z roboty albo masz opinię. To już chyba lepiej mieć opinię, nie? Z czegoś musisz żyć. A tak w ogóle, dlaczego ty z nim po prostu nie porozmawiasz? Może byś mu w końcu powiedziała, z czym masz problem i byłby święty spokój.

— Teraz?

— Choćby i teraz — upierała się Agata.

— Agata, zrozum, zawalam ważne szkolenie. Nie ma mnie kto zastąpić. Od tego szkolenia w dużym stopniu zależą losy firmy. Jak to sobie wyobrażasz? A poza tym wiesz, jaki on jest.

— A tak zachwycałaś się jego profesjonalizmem — zauważyła złośliwie.

— Już przestałam. Szkoda gadać. Agata, podjadę jutro po zwolnienie, teraz gnam do Centrum.

— Rób jak chcesz, ale moim zdaniem będą z tego kłopoty. I zadzwoń wieczorem, powiesz mi jak Łukasz.

Jak na faceta z rozbitą głową Łukasz miał się całkiem nieźle.

— Badanie nie wykazało niczego niebezpiecznego. Na szczęście to tylko wstrząśnienie mózgu. Potrzymamy go do środy i powinno być w porządku. Może pani spokojnie jechać do domu — zaproponowała dyżurna lekarka.

Wolałam poczekać, aż Łukasz zaśnie. Zasnął przed jedenastą. Wiedziałam, że dzwonienie do szefa o tej porze nie ma najmniejszego sensu, postanowiłam więc poczekać do jutra z poinformowaniem go, że ma kłopot. Zadzwoniłam do matki, zadzwoniłam do Agaty i poszłam spać.

Poranny telefon do szefa nie należał do najprzyjemniejszych chwil w moim życiu. Szef był lodowaty i nawet nie życzył mi zdrowia. Wolałam nie pytać, kto jego zdaniem ma mnie zastąpić. Mógłby to uznać za bezczelność.

Na szczęście Łukasz czuł się dużo lepiej. Cały dzień spędziliśmy razem. Dwa następne również, a w środę rano został wypisany ze szpitala. Oboje gotowi byliśmy skakać z radości.

— Joanna, co zrobimy, jak wyjdę ze szpitala? — dopytywał się przez cały wtorkowy wieczór.

— A co byś chciał? — Byłam gotowa zgodzić się na wszystko. Oprócz cyrku oczywiście.

— Ja bym chciał pójść na lody na Stare Miasto. Byłaś tam z nami, pamiętasz?

Pamiętałam.

— Szkoda, że Asia nie może z nami pójść. — Łukasz wyraźnie tęsknił za siostrą i nawet lody na Starym Mieście wydawały mu się bez niej mniej zabawne.

— Nie martw się, po wakacjach zabiorę was tam oboje. Jakie chcesz?

— Cytrynowe. Podwójną, potrójną porcję, dobrze?

Kupiłabym mu cały pojemnik. Prosto ze szpitala pojechaliśmy na lody. Był ciepły, słoneczny dzień, a przez Starówkę jak zwykle o tej porze roku przewalały się tłumy. Wzięłam Łukasza za lepką od lodów łapkę. Gdyby nie szwy na jego łepetynie, cała ta historia mogła wydać się tylko złym snem.

Szliśmy przez zalany słońcem Rynek, gdy nagle przestałam widzieć wszystko dookoła. Z naprzeciwka nadchodził mój szef. Nie sam, towarzyszyło mu kilku biznesowo wyglądających facetów. Wmurowało mnie w ziemię. Uciekać?!!! Bzdura, widzi mnie. Podchodzi. Pomocy!!!

— Joanna? Co ty tu robisz? — zapytał lodowatym tonem. — Podobno jesteś w szpitalu.

— Już nie, to znaczy...

— Z tego, co wiem, powinnaś leżeć. Postąpiłabyś rozsądniej, leżąc. Nie stosując się do zaleceń lekarza możesz nabawić się poważnych komplikacji. Życiowych.

Już się nabawiłam — pomyślałam.

— Chciałbym... — zawahał się przez chwilę. — Chciałbym zobaczyć cię jutro w biurze. O dwunastej.

Nasze spotkanie nie zabierze ci zbyt wiele czasu. Później możesz leczyć się dalej.

Odwrócił się i odszedł, nie dodając nic więcej.

Nie byłam w stanie ruszyć się z miejsca. Przestałam słyszeć paplaninę Łukasza, nie czułam, że ciągnie mnie za rękę. Słowa szefa mogły oznaczać tylko jedno.

Straciłam pracę.

*

Dłuższą chwilę zajęło mi dojście do siebie, a chęć na spacer jakoś dziwnie minęła. Z trudem udawało mi się zebrać myśli. Jutro o dwunastej. Stało się. W końcu się stało. Co ja zrobię z małym? Pani Aniela?

Nie zadzwoniłam do niej po wypadku Łukasza. Nie chciałam jej niepokoić, ale teraz nie miałam już innego wyjścia.

— Pani Anielo, błagam, jutro rano na godzinę, dwie. Da pani radę?

— Dać radę dam, tylko zła jestem, że mi pani nie powiedziała o Łukaszu. Mogłam posiedzieć w szpitalu, odciążyć panią. Ech, wy młodzi!

— Bałam się o pani serce.

— Złego licho nie weźmie — mruknęła. — No nic, ważne, że Łukasz cały. A o bliznę niech się pani nie martwi. Bez blizn to nie mężczyzna.

— Może ma pani rację. To co, może rano podjadę po panią?

— Niech go pani przywiezie do mnie — zadecydowała. — Tylko niech mi pani jeszcze powie, chociaż to nie moja sprawa, po co szef wezwał panią rano do pracy? Urlopu już pani nie ma, a idzie pani na godzinę do roboty. Stało się coś?

— Chyba mnie wyrzucił. Straciłam pracę — stwierdziłam ponuro.

— Żartuje pani?

— Wolałabym żartować. Niestety, sądzę, że nie będzie mi do śmiechu.

— Co się stało?

— Wzięłam lewe zwolnienie, żeby nie jechać na szkolenie i móc zostać z Łukaszem w szpitalu, a dziś rano wpadliśmy na szefa na Starówce. Byliśmy na lodach.

— Oj, dzieciaku, a to się narobiło! I co teraz?

— Sama nie wiem. Pojechać jutro na spotkanie muszę, a potem nie wiem. Muszę szukać innej pracy. Nic innego mi nie pozostaje.

— Ty się, dziecko, nie martw. Jak jest w życiu jakaś zmiana, jak już myślisz, że się nie podniesiesz, to się zawsze na dobre obróci. Wszystko w życiu jest po coś. Pożyjesz, to sama zobaczysz.

— Chce mnie pani pocieszyć.

— Trochę tak. Ale swoje lata mam i swoje wiem. Nic nie dzieje się ot, tak, bez powodu.

— Powód był. Wzięłam lewe zwolnienie, to raz. Narobiłam firmie kłopotów, to dwa.

— Nie o tym mówię — zniecierpliwiła się. — Mówię, że chociaż ci teraz, dziecko, trudno, to ta zmiana jest po coś. Sama zobaczysz — zakończyła tajemniczo.

Rano, kiedy odwoziłam do niej Łukasza, odniosłam wrażenie, że odrapana śródmiejska kamienica wygląda bardziej ponuro niż zwykle. Równie ponuro, jak cały świat dookoła mnie.

Szef czekał już na mnie w swoim gabinecie.

— Masz dwa wyjścia. Albo wykorzystasz do końca zwolnienie i odejdziesz z pracy w ramach trzymiesięcznego wypowiedzenia, albo masz dyscyplinarkę. Co wybierasz? — widać nie miał wątpliwości, bo nie czekając na moją odpowiedź, kontynuował: — Tylko pamiętaj, żebyś mi się od dzisiaj nie pokazywała w firmie. Masz jasność?

— Dziękuję. — Tylko tyle mogłam powiedzieć w tej sytuacji. Żadna dyskusja nie miała sensu, a poza tym naprawdę byłam mu wdzięczna. Mógł mnie wyrzucić na zbity pysk. Po prostu i nieodwołalnie. Trzeba przyznać, że zachował się jak człowiek, choć zupełnie nie rozumiałam, dlaczego.

— I spakuj od razu rzeczy.

— Dobrze. Tak. Zaraz to zrobię. Czy chciałbyś…?

— Nie — machnął ręką. — Idź już.

Ruszyłam w kierunku drzwi.

— Joanna! — odezwał się niespodziewanie. Odwróciłam się.

— Chciałem ci tylko powiedzieć, że szkoda.

Skinęłam głową.

*

— No i co pani teraz zrobi? — zapytała pani Aniela.

Bardzo istotne pytanie, sama chciałabym znać na nie odpowiedź. Ale nie wiedzieć czemu jakoś żadna mi się nie nasuwała. Wręcz przeciwnie, w głowie miałam pustkę, a jedyną myślą jawiącą się w owej pustce było hasło „spać". Przespać ten koszmar. Najpierw straciłam faceta, a teraz pracę. Wiele już do stracenia nie miałam i było to poniekąd pocieszające. Na razie o spaniu nie mogło być mowy. Wśród porozrzucanych na podłodze klocków, pozostałości po szczęśliwym dzieciństwie syna pani Anieli uwijał się sześciolatek z podgoloną, pozszywaną głową, w obcym mieszkaniu miauczał obcy kot, a dziwna, milcząca dziewczyna czekała na nas w domu moich rodziców pięćset kilometrów stąd.

— Na razie zawiozę Łukasza nad morze, a potem wrócę i zacznę szukać pracy.

Jakoś to szukanie pracy wydawało mi się zajęciem mocno abstrakcyjnym. Nie wiadomo dlaczego jawiło mi się jako chodzenie po ulicach i wpatrywanie w podłoże. Ta myśl wydała mi się tak absurdalna, że prawie zdołałam się uśmiechnąć.

— Niech pani posiedzi z nimi nad tym morzem chociaż kilka dni, a Platon może zostać u mnie. Będzie nam razem dobrze. Będę miała jakieś zajęcie. — Pani Aniela jak zwykle gotowa była wcielić się w rolę mojego ducha opiekuńczego. I jak zwykle jej propozycja brzmiała dość rozsądnie.

Platon najwyraźniej nie był zachwycony tymczasową przeprowadzką. Sądząc po jego minie i groźnym fukaniu dobywającym się z kociego koszyka przez całą drogę z Mokotowa do Śródmieścia, najwyraźniej miał ochotę na mały mord. Najpewniej na nas. Panią Anielę powitał jednak natarczywym mruczeniem, więc widać jego kocie fochy dotyczyły tylko Łukasza i mnie.

Wieczorem byliśmy już nad morzem.

— Drogo płacisz za te dzieci — stwierdził ojciec, kiedy po położeniu dzieciaków siedzieliśmy w kuchni. Pomyślałam, że ojciec ma na myśli pracę. Tylko pracę, o rozstaniu z Markiem nie mieli pojęcia. Nie powiedziałam, bo i po co. Znali Marka tylko z opowiadań, moich zresztą, i jakoś nigdy nie robili wrażenia przychylnie nastawionych do mojego amanta. Przyznaję, kiedyś mnie to irytowało, a teraz dziwnie przestało irytować, bo nie wiedzieć czemu zaczęłam ich rozumieć. Nadal za nim tęskniłam, ale już mnie nie zachwycał. Uczciwie rzecz biorąc, zachwycał mnie mniej.

— Masz szanse na pracę w Warszawie? — spytała matka.

O naiwna kobieto, nigdzie nie mam szans, nie tylko w Warszawie! Coś takiego jak szansa na pracę właściwie nie istnieje w przyrodzie.

— Jest kiepsko. Jedyna nadzieja w tym, że ktoś ze znajomych mi pomoże. — Nie chciałam jej martwić bardziej niż to konieczne, informując, że najprawdopodobniej do końca życia będę na ich utrzymaniu. Ja i dwoje obcych dzieci. Zapomniałam o kocie. Platon też będzie na ich utrzymaniu. Co prawda, statystycznie rzecz biorąc, koty żyją krócej niż ludzie. Ile lat ma Platon? To znaczy, ile mu jeszcze zostało?

— A ogłoszenia? — No tak, matka zawsze zachwycała mnie swoją naiwnością i widać jej nie minęło.

— Mamo, nie żartuj. Nawet w Warszawie dostaje się pracę tylko po protekcji. Znam jedną osobę, która dostała pracę z ogłoszenia. Cała reszta... No wiesz, inaczej się teraz nie da. — Matka pokręciła głową z niedowierzaniem.

— Do czego to doszło? Przecież masz wykształcenie, znasz języki, masz doświadczenie. Dużo pracowałaś, lubiłaś to, jesteś w tym dobra.

— No i co z tego? To wszystko nie ma znaczenia. Bez matury nie można zamiatać ulicy, a ludzie po studiach sprzedają pizzę.

Nie chciałam rozmawiać o pracy. Ta rozmowa niczego nie zmieniała i nic nie wnosiła.

— Zostaniesz kilka dni? — W głosie ojca słychać było nadzieję.

— Kilka dni tak. Pewnie nawet tydzień, dwa, ale później muszę wracać. Zrozumcie, stąd nigdy nie znajdę pracy, muszę być na miejscu.

— Rozumiem, rozumiem i zamierzam cieszyć się tym, co los daje. — Uśmiechnął się od mnie ciepło.

Następnego dnia dobra pogoda skończyła się jak nożem uciął, a słońce najwyraźniej postanowiło przenieść się w inne, cieplejsze rejony świata. Za to wiatr zdecydował usadowić się tu na stałe. Wiał, duł, świstał, zawodził i wył. Na domiar złego zaczął padać deszcz. Padał i padał bez przerwy, słabnąc chwilami tylko po to, by zamienić się w lodowatą mżawkę. Wraz ze zmianą pogody zaczęło ubywać letników. Plaże opustoszały, a w domu rodziców tak jak i we wszystkich domach w okolicy z dnia na dzień robiło się więcej wolnych miejsc.

Łukaszowi zdjęto już szwy, a na jego podgolonej łepetynie zaczęły pojawiać się jasne włosy.

Dni wlokły się w monotonnym, jednostajnym rytmie. Mimo paskudnej pogody codziennie zabierałam dzieciaki na plażę.

Chodziliśmy na długie spacery i budowaliśmy z piasku zamki zabierane przez morze zanim jeszcze ukończyliśmy ostatnią flankę. Wracaliśmy przemoczeni, zziębnięci, z potarganymi włosami. Było nam dobrze i nawet Asia stopniowo zaczynała się uśmiechać. Postanowiłam nie myśleć o pracy, nie myśleć o Marku, nie podejmować decyzji i nie odpowiadać sobie na żadne pytania.

Mimo że rozesłałam dziesiątki życiorysów i listów motywacyjnych do różnych firm, żadna zdawała się nie być mną zainteresowana.

Tkwiłam w zawieszeniu, gdzieś pomiędzy wczoraj a jutro i wcale nie miałam ochoty zmieniać tego stanu.

Jeśli nieopatrznie pozwoliłam jakiejś bardziej istotnej myśli zakiełkować w swojej głowie, natychmiast pojawiał się lęk.

Nic nie wskazywało na to, że uda mi się znaleźć pracę, sierżant Jakubczyk milczał jak zaklęty, a mnie jawiła się perspektywa totalnej klęski finansowej. Jak długo przeżyję z oszczędności?

Jakieś trzy, cztery miesiące? Może, a co dalej? W Warszawie szuka się pracy przeciętnie przez półtora roku. Mogłam korzystać z pomocy rodziców w opiece nad potworami, ale brać od nich pieniędzy nie miałabym sumienia. Po pierwsze jestem dorosła i moje kłopoty to moja sprawa, a po drugie sami nie mieli za wiele. Dwie niskie emerytury i tyle, ile zostawiają co roku letnicy, a wiele wskazywało, że ze względu na paskudną pogodę ten rok będzie kiepski. Wiedziałam, że specjalnych oszczędności nie mają. Wszystko, co udawało się im zarobić, inwestowali w dom. Tak więc branie od nich pieniędzy odpadało w przedbiegach.

Muszę znaleźć pracę, zanim wyczerpią mi się oszczędności. Łatwo powiedzieć! Mogłam tylko czekać, aż los się zlituje.

I jak najmniej myśleć.

Z tego stanu półistnienia wyrwał mnie pod koniec lipca telefon Jakubczyka.

— Chciałbym prosić panią o spotkanie. To dosyć pilne, więc najchętniej dziś lub jutro, dobrze?

— Dziś odpada. W żaden ludzki sposób nie dojadę do Warszawy przed zakończeniem pana dnia pracy. Jutro może być. O której mam się u pana zjawić?

— Powiedzmy, że o jedenastej.

— Może być jedenasta. Rozumiem, że pan coś wie o ojcu dzieciaków. Są jakieś wieści, prawda?

— Wolałbym na ten temat rozmawiać z panią osobiście.

— Mogę to zrozumieć, też bym pewnie wolała, ale proszę nie trzymać mnie w niepewności. Niech mi pan przynajmniej powie, czy coś wiecie.

— W pewnym sensie tak, ale nie są to dobre wiadomości.

Zrozumiałam, że nic więcej przez telefon od niego nie wydobędę, a szkoda.

Drogę do Warszawy przebyłam gnana ciekawością w iście rekordowym tempie. Za piętnaście jedenasta byłam już w komendzie.

— Oj, jakoś pani inaczej wygląda. Chyba młodziej — ucieszył się na mój widok Jakubczyk.

Cóż, w dżinsach, bez makijażu, uczesanej w koński ogon jeszcze mnie pewnie nie widział.

— Ludziom w przeciwieństwie do pani obciążenia raczej nie służą. Myślałem o dzieciach — dorzucił szybko. Zrozumiałam, że w zamyśle autora był to komplement.

— Powiedział pan, że już coś wiecie.

— Tak. W zasadzie tak. Co prawda niewiele, ale trafiliśmy w końcu na ślad Ryszarda Nowackiego.

— Czy mógłby pan tak bardziej konkretnie? Ślady mnie nie interesują, fakty owszem. Głównie interesuje mnie, czy niejaki Ryszard Nowacki zechce zająć się własnymi dziećmi.

Sierżant sięgnął po kartkę leżącą przed nim na biurku.

— Ryszard Nowacki przybył do Stanów Zjednoczonych przed pięcioma laty. Początkowo zatrzymał się w Detroit u kolegi z wojska, Stefana Ziębińskiego. Ziębiński pomógł mu załatwić pracę w firmie budowlanej, dla której sam od kilku lat pracował. Nielegalną oczywiście. Nowacki pomagał na budowie, sprzątał po remontach, takie tam różne. Po roku wylosował zieloną kartę. Od tego momentu Nowacki jest tam legalnie. Ziębiński twierdzi, że mniej więcej w tym samym czasie Nowacki poznał jakąś kobietę, Amerykankę, zdaje się sporo od niego starszą. Ziębiński twierdzi, że o dobre dwadzieścia parę lat. Wtedy nie mieszkali już razem, stosunki między nimi uległy mocnemu ochłodzeniu. Pokłócili się o pieniądze, któryś któremuś był coś winien. A może poszło o coś więcej, sam nie bardzo rozumiem, bo Ziębiński trochę plątał się w zeznaniach na tę okoliczność. Dla nas i tak nie ma to większego znaczenia. Koniec końców Nowacki wyprowadził się od niego, odszedł z budowy i podobno związał się z tą Amerykanką.

— Ona go utrzymywała?

— Takie krążą plotki. Podobno gdzieś razem wyjechali, ale na razie jeszcze nic więcej nie wiemy.

— Macie jakieś namiary, nazwisko, cokolwiek?

— Nic. Podobno Nowacki zrobił się okropnie tajemniczy. Właściwie oficjalnie nawet nie przyznawał się do tej znajomości, tyle że Ziębiński widział ich parę razy na mieście.

— Wie pan, mnie też widują na mieście z różnymi ludźmi. I niekoniecznie coś mnie z tymi ludźmi łączy, a już z całą pewnością żaden z nich mnie nie utrzymuje.

— Ziębiński twierdzi, że... No, było widać, że to nie jest zwykła znajomość.

— Obściskiwał ją publicznie? — wyrwało mi się.

— Mniej więcej o to chodzi. Zdaniem Ziębińskiego Nowacki właśnie w tym czasie zerwał kontakt z domem. Przestał dzwonić do córki, o dzieciach już nawet nie wspominał.

Rzeczywiście, nie były to dobre wiadomości. Tatuś nie robił wrażenia nadmiernie zainteresowanego losem swojego potomstwa, a to mogło oznaczać tylko jedno — kłopoty.

— Powinna się pani zastanowić — przerwał moje rozmyślania Jakubczyk. — Wszystko wskazuje na to, że szanse na odnalezienie ojca dzieciaków... No, to może potrwać. A i wtedy nie bardzo wiadomo, czy zechce się nimi zająć. Co ja będę owijał w bawełnę — jeśli nie jest pani zdecydowana na wystąpienie do sądu o ustanowienie rodziny zastępczej, to sądzę, że im prędzej trafią do domu dziecka, tym lepiej. Nie chciałbym oczywiście wywierać żadnych nacisków, to poniekąd nie moja sprawa, ale sądzę, że ma pani już wystarczającą ilość danych, żeby podjąć decyzję. Poszukiwanie ich ojca może trwać latami. Jest tam legalnie i praktycznie może być wszędzie. I to nie tylko w Stanach.

Kiwnęłam głową. Rzeczywiście, będę musiała coś zdecydować.

Nic, zaraz, jak to „zdecydować"? O czym ja mam decydować? Muszą trafić do domu dziecka, nie ma innego wyjścia. Zostałam bez pracy, nawet ich nie utrzymam. Nikt nigdy nie mówił, że zostaniemy razem na zawsze. Miało tak być przez jakiś czas i ten czas właśnie dobiegł końca.

— Może zdecyduje się pani porozmawiać z dyrektorką jednego z domów dziecka. To moja znajoma, a i sama placówka nie jest najgorsza. Może warto, żeby zobaczyła pani, że… Cóż, tam dzieci też żyją.

— Tak, to dobry pomysł. Ale… Sam pan rozumie, potrzebuję trochę czasu. Gdybym… Gdybym mogła prosić o kontakt do tej pana znajomej. Proszę mi powiedzieć, czy byłaby możliwość umieszczenia tam dzieci? Czy ich nie rozdzielą?

— Z zasady nie rozdziela się rodzeństwa. No, czasem w przypadku adopcji, jeśli istnieją po temu szczególne wskazania, ale o tym musi zadecydować sąd. Niepotrzebnie o tym rozmawiamy. W tej konkretnej sytuacji ani nie ma wskazań do rozdzielenia, ani możliwości adopcji.

— Jak to? Nie rozumiem. Dlaczego nie ma możliwości adopcji?

— Z tego, o co wiemy, ojciec dzieci żyje. Nie wiemy, gdzie przebywa, ale najprawdopodobniej żyje. Zatem z prawnego punktu widzenia możliwość adopcji nie istnieje. Proszę też pamiętać, że nie są to małe dzieci, a chętnych do adopcji rodzeństwa i to w tym wieku trudno byłoby znaleźć.

— Innymi słowy są skazani na dom dziecka do momentu uzyskania pełnoletności.

— Niestety tak, chyba że odnajdziemy ich ojca, a on zechce się nimi zająć.

— Wątpię. Ktoś, kto kocha swoje dzieci, nie zrywa z nimi kontaktu dla jakiejś podstarzałej baby. O ich matce nawet nie wspomnę — jak żywa zabrzmiała mi w uszach opowieść Asi i to, o czym mówiła pani Aniela. — Nazywajmy rzeczy po imieniu. Jeśli nie wystąpię o ustanowienie dla nich rodziny zastępczej, to resztę dzieciństwa spędzą w domu dziecka, czy tak?

Sierżant popatrzył na mnie w skupieniu.

— Decyzja należy do pani.

Tyle sama wiedziałam. I wcale nie było mi z tą wiedzą do śmiechu.

*

Kiedyś, dawno temu byłam dzieckiem. I wtedy wyobrażałam sobie, że dorosłość oznacza wolność. Że wszystkie możliwości staną przede mną otworem. Rzeczywistość okazała się zupełnie inna. Im jestem starsza, im więcej wiem, doświadczam, tym bardziej zawęża się droga przede mną.

Po powrocie do mieszkania Elżbiety zadzwoniłam do rodziców. Ojcu, który odebrał telefon, zrelacjonowałam pokrótce uzyskane informacje i natychmiast, nie czekając na jego reakcję, przeszłam do rozważania swoich wątpliwości.

— Powinni trafić do domu dziecka. To okrutne, ale powinni. Tato, ja nie dam rady. Nie chcę zamknąć się z nimi w domu do końca życia. Będę czuła się jak w klatce. Poza tym nie mam pracy, nie dam rady ich utrzymać.

— Skoro tak zdecydowałaś... Im szybciej się to stanie, tym lepiej. — Niczego nie potrafiłam wyczytać z jego głosu. Najwyraźniej nie potępiał mnie, ale też i nie wspierał.

— Ale tato... Nie wiem, czy potrafię ich oddać. Dopóki to się nie zdarzyło, ja nigdy... Nawet na początku, zaraz po śmierci Elżbiety nie miałam wątpliwości, co powinnam zrobić. Czuję się osaczona. Mam wrażenie, że żaden wybór nie istnieje.

— Skoro tak, zrób to, co i tak musisz zrobić — powiedział ojciec i nie wiem czemu odniosłam wrażenie, że się uśmiecha.

*

Skoro i tak byłam w Warszawie, postanowiłam spotkać się z dyrektorką domu dziecka, o której wspominał Jakubczyk.

Zaprosiła mnie na spotkanie, uprzedzając, że w domu dziecka jest teraz mało dzieci, bo to przecież wakacje. Więc żebym nie czuła się zdziwiona, że tak cicho. Rzeczywiście, było cicho. Cicho i strasznie. Na brudnej ścianie budynku sprayem ktoś wymalował napis: „Witaj w bidulu".

Bidul?

To słowo oddaje cały sens. Wszystkie możliwe sensy. Zrobiło mi się zimno. Wysoki, ponury hol śmierdział samotnością i poczuciem beznadziejności. Było jakoś tak… Nie, nie brudno i nawet nie bardzo biednie. Ponuro i przygnębiająco. Nawet stojące dookoła sprzęty sprawiały wrażenie, jakby do nikogo nie należały. Nigdy nie zdawałam sobie sprawy, że to aż tak. Miałam ochotę uciec stąd jak najszybciej. Koszmar. Chociaż może przesadzam, może to tylko moje projekcje. Moje nastawienie, lęk, co będzie wyczyniało moje sumienie, kiedy dzieciaki trafią tu na zawsze. Przesadzam. Wcale nie na zawsze. Do pełnoletności. To tylko kilka lat, czas szybko zleci. Tysiące dzieci przez to przeszło i żyją. To przecież nie moja wina, że Elka nie miała nikogo bliskiego. Że urodziła dwoje dzieci, którymi nie ma teraz się kto zająć. Mogła nie mieć dzieci. Mogła wyjść za mąż za innego faceta. Mogła inaczej to wszystko ułożyć. Bez sensu pokierowała swoim życiem i to przez nią dzieciaki będą teraz cierpiały.

Jak ona mogła do tego dopuścić? W takim miejscu jak to nikt nie może być szczęśliwy. Byłam na nią wściekła. Do cholery, mogła jechać ostrożniej, wcale nie musiała zginąć, mogła żyć dalej tym swoim uporządkowanym życiem.

Ta myśl sprawiła, że w głowie zapaliło mi się czerwone światełko. Mam pretensje do Elżbiety, że nie żyje! Mam pretensje do kogoś, kto zginął w wypadku! Muszę podjąć decyzję i już, teraz, zanim się jeszcze ta decyzja skrystalizowała, szukam odpowiedzialnego za to, co musi się wydarzyć. Najpierw nie chciał ich własny ojciec, potem zmarła matka. Śmierć to w końcu też porzucenie. Teraz ja, trzydniowa ciotka, skazuję je na bidul. To nie wina Elżbiety. To do mnie należy wydanie wyroku, a przecież wcale tego nie chcę.

Chcę, żeby jak zwykle obudził mnie jazgot budzika i żeby wszystko było tak, jak dawniej.

Chcę wrócić do swojego normalnego życia i nadal pławić się w niezachwianym przekonaniu, że jestem porządnym człowiekiem. Empatycznym i otwartym na innych. Że z poczuciem wyższości mogę patrzeć na wszystkich egoistów i samolubów tego świata. Że mogę ich osądzać i oceniać. Bo przecież ja jestem w porządku. Oddałam dwoje dzieci do sierocińca i mimo to jestem w porządku! Ale przecież to nie moje dzieci. To nie moja wina. To nie ja związałam się z pokręconym facetem i nie ja zginęłam w wypadku!

To ona. Ja tylko wykonuję wyrok.

To niesprawiedliwe. Dlaczego do końca życia mam nie móc spokojnie spojrzeć sobie w twarz? Przez jej cholerne, zapaprane życie i beznadziejną śmierć stracę całe dobre mniemanie o sobie. Może rzeczywiście inni mało mnie obchodzą, może i jestem zakłamana i zapatrzona w siebie, ale jeśli zdecyduję się zostawić tu dzieciaki, to już nigdy nie będzie tak jak dawniej. Dlaczego mam płacić taką cenę? Dlaczego ja? Dlatego, że odebrałam ten idiotyczny telefon?

Wszystkie dzieciaki, które widziałam przed budynkiem sierocińca, miały przezroczystą skórę.

Nawet nie bladą, tylko pergaminową i przezroczystą. Za mało są na powietrzu? Nie, to nie to. Tu przecież jest mikroklimat.

One wszystkie były w jakiś sposób do siebie podobne. Podobne mimo ładnych, kolorowych ubrań — wyglądały tak samo biednie. Czy Łukasz też tak będzie wyglądał za pół roku?

Gdzieś z tyłu głowy pojawiło mi się wspomnienie jakiejś rozmowy, już nie pamiętam z kim. Rozmowy, w której padło stwierdzenie, że wszystkie dziewczyny w domu dziecka są gwałcone przez kolegów w chwili ukończenia czternastu lat. Aśka ma trzynaście lat!

Ale to przecież niemożliwe, to musi być jakaś obrzydliwa plotka.

A jeśli to prawda? Co ja mam zrobić? Przecież nie mogą zostać ze mną! Mam własne życie, w którym nie ma miejsca na dwójkę dzieci. Mam szanse mieć pracę, jakieś obowiązki, plany, perspektywy. Nie mogę się nimi zająć. Choćbym nawet chciała.

Nie mogę, czy nie chcę? Zgoda, nie chcę. Nie muszę chcieć. Nikt mi nie każe. Każdy zrozumie, że nie miałam innego wyjścia. Tylko czy ja to zrozumiem?

Tu wcale nie chodzi o dzieciaki, tu chodzi o mnie. O to, jak ja sobie poradzę ze świadomością, że skazałam je na dom dziecka. Wszystko przez to cholerne wychowanie. Chęć bycia przyzwoitym człowiekiem. Nie ma co, zawdzięczam to rodzicom, bo komuż by innemu.

Drzwi gabinetu dyrektorki otworzyły się gwałtownie.

— Pani do mnie? — zapytała drobna, szczupła szatynka. — W sprawie Łukasza i Asi?

W milczeniu kiwam głową.

— Zapraszam. Musimy omówić szczegóły. Może
pokażę pani dom?

Nie chcę niczego oglądać. Chcę stąd uciec. Nie chcę
omawiać żadnych szczegółów. Nie mam z nią nic do
omówienia. Chcę do domu, do dzieciaków. Czy rodzice
nie pozwalają Łukaszowi za długo siedzieć przed telewizorem? Ja sama pozwalam. Muszę coś z tym zrobić,
on stanowczo ogląda za dużo kreskówek. Może ustalić
nieprzekraczalny czas oglądania? Albo razem z nim
wybierać programy? Powinnam być konsekwentna
i nie ustępować, nawet jeśli Łukasz marudzi.

Zaraz, o czym ja myślę? Szatynka w drzwiach przyglądała mi się uważnie.

— Wie pani — zaczęłam — ja jeszcze nie podjęłam
decyzji. To wszystko jest takie trudne.

Dyrektorka przyglądała mi się w milczeniu.

— Zaczynam się zastanawiać, czy nie będzie lepiej
dla dzieci, jeśli zostaną ze mną.

— Dla dzieci pewnie tak. A dla pani?

Dlaczego zadała mi to pytanie?

— Zapraszam. Porozmawiajmy.

Rozmawiałyśmy bardzo długo. O procedurach,
składaniu wniosku do sądu i o uczuciach. O moim do-
tychczasowym życiu i o tym, co może się wydarzyć. Że
może być trudno. Że będzie trudno. Rozmawiałyśmy
o konieczności wielokrotnego przemyślenia tej decyzji.

I że nie można na emocjach. O tym, że jeśli mam się wycofać, to lepiej, żeby stało się to teraz. Że nie można na próbę, bo w życiu tych dzieciaków nie ma już miejsca na żadne próby.

Wiedziałam, że już się nie wycofam. Klamka zapadła. Od dziś jestem matką dwójki dzieci. Mentalnie, bo procedury sądowe muszą potrwać. Jestem matką dwójki dzieci. Samotną matką. No to co z tego, że samotną? Nie ja pierwsza, nie ja ostatnia. Samotna matka też może stworzyć dzieciom dobre dzieciństwo. Żeby tylko nie wpakować się w układ „my troje przeciwko światu". Muszę o tym pomyśleć. O wielu rzeczach muszę jeszcze pomyśleć.

W każdym razie nie będzie już problemów ze zwolnieniami lekarskimi, gdyby któreś znowu zachorowało. Ciekawe, wszystkie dzieci tak dużo chorują, czy tylko moje? Chyba jednak lepiej mieć dzieci od początku, a nie od pewnego momentu ich życia, więcej się wtedy o nich wie. Powinnam poznać ich przyjaciół. I rodziny ich przyjaciół. Nie możemy przecież żyć w próżni. Na święta kupimy dużą choinkę. Święta bez dużej, żywej choinki to żadne święta. I będziemy robili łańcuchy z kolorowego papieru. Może powinnam skorzystać z pomocy psychologa? Nie w sprawie łańcuchów na choinkę, bo te na szczęście umiem zrobić sama, przynajmniej taką mam nadzieję. Kiedyś umiałam, a tego raczej się nie zapomina. Może w sprawie dzieciaków i sytuacji powinnam skorzystać. To też powinnam przemyśleć.

Wracałam do domu, słysząc za plecami drwiący chichot losu. Mamusia się ucieszy. Moja mamusia. I tatuś. Będą ze mnie dumni. Wychowali córkę na przyzwoitego człowieka, co to gotów jest się zająć sierotami w potrzebie. Tylko czy oni się zastanowili, jak ja mam sobie poradzić? Jak mnie wychowywali, to czy się zastanowili? Co za bezmyślność z ich strony!

A może czepiam się całkiem bez sensu, bo wychowywali, jak umieli, a nie przewidzieli sierot po drodze? Ładnie, nie ma co. Co ja mam zrobić z pracą? Może Aśka będzie mogła odbierać Łukasza. Chwileczkę, z jaką pracą? Przecież ja nie mam żadnej pracy. Muszę mieć pracę! Przecież ja muszę utrzymać dwoje dzieci! Żaden sąd nie powierzy mi opieki nad nimi, jeśli natychmiast nie znajdę pracy. Jakiejkolwiek. Nie mogę wracać nad morze. Dosyć zawieszenia w próżni. Rodzice zajmą się potworkami, z tym nie ma problemu, a ja muszę coś znaleźć.

Zastępcza matka… Nieźle brzmi. Może też powinnam czuć się dumna z tego powodu?

Czy w związku z powyższym przysługuje mi przywilej chodzenia na przedstawienia przedszkolaków w Dniu Matki? Zaraz, chwileczkę, przecież Łukasz już nie chodzi do przedszkola. Od września zaczynamy szkołę. Mój mały, dzielny mężczyzna!

Czy ja zupełnie zwariowałam? Skąd ta euforia? Może to nie euforia, tylko atak totalnego ogłupienia spowodowany szokiem. Szokiem wywołanym decyzją.

Moją własną decyzją.

Nieważne, mam to już za sobą. Zdecydowałam i teraz niech się dzieje wola nieba. Nie z takimi sytuacjami sobie radziłam.

Stop. Nieprawda.

Z różnymi sobie radziłam, ale z taką nie. No to się nauczę, jak sobie radzić. Co to dla mnie! W końcu jestem zdolna, wszyscy tak mówią. Jestem młoda, silna, zdecydowana, odporna i inteligentna. Wszystko dla ludzi. Dzieci też.

*

Postanowiłam, że nie zadzwonię do dzieciaków. Poczekam kilka dni, oswoję się z myślą, zrobię poważniejsze rozeznanie w sprawie pracy i pojadę. Przekażę im nowinę osobiście. Usiądziemy wszyscy razem, powiem, co zdecydowałam i zapytam o zgodę. Czy chcą być ze mną. Bo ja z nimi tak.

Nagle dotarło do mnie, że mogą nie chcieć. Zawsze istniało prawdopodobieństwo, że będą wolały czekać w domu dziecka na ojca. Jak sobie te surowe płatki owsiane z zimnym mlekiem przypomnę, to nawet rozumiem, że mogą woleć. I skandaliczne godziny, o których odbierałam Łukasza z przedszkola.

Powinnam być przygotowana na odmowę. I niczemu się nie dziwić. Nie mieć pretensji. Opiekuńczo to ja jednak jestem pień. Grubo ciosany. Ale za to się staram! Więc może jednak zechcą.

Zapewne snułabym dalej swoje dywagacje, gdyby nie telefon Agaty. Nawet nie dała mi dojść do słowa, tylko zaraz, natychmiast, zaczęła wyrzucać z siebie potok informacji. Ba, żeby to chociaż były informacje…

— Zabiję! Wszystkie was zabiję! Hurtem! Na takie coś mnie narazić! Kretynki! Tak mnie namawiałyście, głównie Ulka, a wy dwie słowa nie powiedziałyście, żeby nie! „Powinnaś coś z tym zrobić", „Masz problem", „Prywatna kolekcja maszkaronów". Same jesteście nienormalne, wpuścić człowieka w taki kanał!

— Agata, spokojnie! Co ci zrobiłyśmy? Oświeć mnie, proszę, bo jako żywo, żadnego kanału nie pamiętam. Chciałam zwolnienia, fakt, ale to nie miało związku z żadną zbiorowością. Co ma Ula do mojej skrobanki? A Anka?

— Głupie jesteście wszystkie. Ty i one też. Tu nie chodzi o skrobankę, gorzej, tu chodzi o psychologa.

— Słuchaj, nawet myślałam dziś o psychologu, ale jeszcze mi się myślenie nie wcieliło w życie. Nie zdążyło.

— Tobie to psychiatra jest potrzebny, a nie psycholog. I to najlepiej specjalista wysokiej klasy. Im też. Wysyłałyście mnie do psychologa, tak? Na terapię, tak? Uznałyście, że potrzebuję pomocy, tak? Że mam pokręcone z facetami, tak?

— Tak. Wszystko tak. No i co z tego?

— Poszłam. Zapisałam się, odczekałam i poszłam, bo myślałam, że wiecie, co mówicie. Dobrze mi życzycie. Przyjaciółki, cholera jasna! Większego koszmaru dawno nie przeżyłam!

— Psycholog był facet? Chyba cię nie molestował zaraz od progu?

— On nie był facet, to znaczy to była ona. I nikt mnie nie molestował. Wręcz przeciwnie, to znaczy inaczej. Pojechałam do nich i nastawiłam się, że to załatwię. Otworzę się, wyrzucę wszystko aż do bebechów, poddam się im i może mi coś pomogą. Bo ja z tymi facetami chyba rzeczywiście mam coś nie tak.

— Tak jak ci mówiłyśmy? — zapytałam z nieukrywaną ironią. Agata nie podjęła wątku.

— To był horror. Najpierw jakiś debil przesłuchiwał mnie na okoliczność danych personalnych, problemu i objawów w poczekalni pełnej ludzi. Wyobrażasz to sobie? Ile pani ma lat, gdzie pani mieszka i wszystkie pozostałe. Dobrze, że o numer konta nie zapytał.

— A ludzie co? I dlaczego sądzisz, że on był debil? — Zaczęłam być żywo zainteresowana, myśląc o swojej potencjalnej wizycie u psychologa. Chciałam wiedzieć, co mnie czeka.

— Ludzie się gapili. — Agata nie znosi, jak ktoś się na nią gapi, tyle wiem. — Dostarczałam im darmowej rozrywki w tej kolejce, mogę ich zrozumieć, jak się długo czeka, to można się zacząć gapić choćby z nudów. A on był debil, bo pytać człowieka o problem na oczach tłumu to przesada.

— I co, porady też udzielił ci na miejscu? Znaczy na tych oczach?

— Coś ty! To była dopiero wstępna selekcja, to znaczy wstępna konsultacja, czy się nadaję. Jakbym się nie nadawała, to by mnie pewnie wyrzucili z hukiem albo co. Sama nie wiem. Może wezwaliby pogotowie? No, w każdym razie zaliczyłam wstępną konsultację i kazał mi czekać. A po godzinie poprosił mnie do gabinetu.

— Zaraz, Agata, a przez tą godzinę co?

— Ja czekałam, a on przesłuchiwał innych. W porządku, przyznaję się, też się na nich gapiłam. Więc weszłam do gabinetu, a tam siedziała jakaś kobieta. Pytała mnie o takie różne, nawet do pewnego stopnia z sensem. A na koniec powiedziała, że utyłam po to, żeby odciąć się od swojej kobiecości i żeby w relacjach z facetami pełnić rolę opiekuńczą, znaczy matczyną i że mam iść na grupę otwarcia. Joanna, ty mi powiedz, czy ja utyłam? Kiedy? Chyba jako niemowlak! Zawsze taka byłam, moja matka jest taka, babcia też.

— Nie utyłaś. Odkąd cię znam nie utyłaś. Owszem, jesteś pulchna, ale nawet na zdjęciach z dzieciństwa tak wyglądasz. Taki twój urok.

— No właśnie. A ona mi cały czas o odcinaniu się od kobiecości. W końcu nie wytrzymałam i zapytałam, po co ona utyła, bo ona jest naprawdę duża. Znaczy gruba, dużo grubsza niż ja. Nie powinnam, wiem, może ona w przeciwieństwie do mnie ma z tym kłopot, ale szlag mnie trafił. A ona na to, że nie spotykamy się tu po to, żeby rozmawiać o niej i jej problemach, tylko o mnie i że na grupę otwarcia. Jak myślisz, Joanna, czy na tę grupę otwarcia to za karę?

— Bladego pojęcia nie mam. Ale z tym matkowaniem facetom to trafiła.

— Przez przypadek. Ale za to nabiła mi ćwieka z odcinaniem się od kobiecości. Więcej tam nie pójdę — stwierdziła stanowczo.

— Agata, może źle wybrałaś miejsce? Z psychologami pewnie jak z ludźmi, różni są. Może poszukaj kogoś z polecenia? Mówiłaś, że masz jakąś znajomą, która zajmuje się dziećmi.

— Ona mnie tam wysłała. Mają wszystkie możliwe rekomendacje. Sądząc po debilu na wejściu, chyba sami je sobie nadali. Widzisz, namawiałyście mnie, a teraz przez tą odciętą kobiecość jest mi gorzej. To nie wasza wina, wiem. Tylko co ja mam zrobić? Ulka cię rano szukała — nagle zmieniła temat.

— Znajdź kogoś, kto wzbudzi twoje zaufanie. Przy kim poczujesz się bezpieczna. Nie znam się na odciętej kobiecości, ale skoro już raz się odważyłaś, to nie rezygnuj. U ciebie mnie szukała?

— Tak, u mnie, bo ma coś pilnego, a ty miałaś wyłączoną komórkę. Pytała, czy jesteś w Warszawie. Teraz ma jakieś spotkanie, więc raczej się do niej nie dodzwonisz, ale mówiła, że musi cię jeszcze dziś złapać, bo chodzi o pracę.

— Nie żartuj! Praca dla mnie?

— Jak u niej w banku, to raczej nie dla mnie. Genetyków w bankach nie zatrudniają, a szkoda. Znam paru bankowców, którym przydałoby się zrobić badania genetyczne.

— Rewelacja! Wiesz coś więcej?

— Prawie nic. Mówiła tylko, że robota nudna jak

flaki z olejem, ale podobno nieźle płacą. Więcej sama ci pewnie powie.

— Życie mi ratujecie!

— Żebyś tylko nie wyszła na tym ratowaniu jak na moim zwolnieniu.

— Agata, mnie już wszystko jedno, praca może być nudna, ja po prostu muszę mieć pracę, bo inaczej żaden sąd nie da mi dzieciaków. Występuję o przyznanie opieki prawnej nad Asią i Łukaszem i o ustanowienie rodziny zastępczej.

Po drugiej stronie słuchawki zapadła cisza.

— Agata! Agata, jesteś tam?

— Wiedziałam. Wiedziałam, że to się tak skończy. Od początku wiedziałam. Wszystkie trzy wiedziałyśmy. A ty ociągałaś się, ile wlezie. Jakbyś nie mogła szybciej podjąć decyzji. Co ty sobie wyobrażasz, ile można trzymać dzieciaki w niepewności?

— Myślisz, że to dobrze?

— Co ty się mnie głupio pytasz? Łap Ulkę, żeby ci ta praca nie uciekła. Tylko nie mów o dzieciach, a zacznij od pracy, bo nigdy się niczego od niej nie dowiesz. Ja zadzwonię do Anki. Ale się ucieszy! Małe już wiedzą?

— Jeszcze nie. Nie chcę z nimi rozmawiać o tym przez telefon. Za kilka dni do nich pojadę. Nie wiadomo, czy będą chciały. Teraz wszystko zależy od nich.

— Będą, będą, już ty się o to nie martw. Drugiej takiej zakręconej zastępczej matki ze świecą szukać. Przynajmniej mają z tobą rozrywkowo.

I w tym była cała moja nadzieja.

*

Praca, owszem, była. I fakt, że nudna. Nijak się miała do tego, co robiłam dotychczas i co, nie da się ukryć, lubiłam.

— Złóż aplikację i o nic się nie martw. Jedź do dzieciaków. Jakby cię chcieli zobaczyć na własne oczy, to dam ci znać i przyjedziesz. Przecież musisz dzieciom w końcu powiedzieć. A praca jak ma być, to i tak będzie.

Ulka nie miała wątpliwości, co w tej sytuacji jest naprawdę ważne.

— Myślisz? Może powinnam jakoś pilnować tej sprawy?

— Niby jak? Usiądziesz na progu banku i będziesz pilnowała? Daj spokój, równie dobrze pilnować mogę ja. I nawet nie muszę siedzieć na progu, bo w końcu tam pracuję. A ty jedź do dzieci. Odezwę się, jak tylko ktoś coś zadecyduje w tej sprawie.

Pojechałam.

Przez całą drogę rozważałam, w jaki sposób mam im powiedzieć o swojej decyzji. „Zdecydowałam się na was”? Bez sensu. Zdecydować to się można na pralkę, a nie na rodzinę zastępczą. „Postanowiłam, że zostaniemy razem”? Jeszcze gorzej. Tak, jakby oni nie mieli nic do powiedzenia.

Problem poniekąd sam się rozwiązał. Łukasz zawisł mi na szyi i jednych tchem wyrzucił z siebie:

— Joanna, jak ja za tobą tęskniłem! I Asia też! Zostaniesz już z nami, prawda?

— Parę dni tak, ale później muszę wracać do Warszawy. Załatwiam sobie pracę.

— Mnie nie o to chodzi. Wiem, że teraz musisz. Nam tu jest dobrze i wakacje są fajne i w ogóle. Ja pytam, czy na zawsze? Bo ja chcę.

— Ja też. Bardzo chcę. Nie wiem tylko, co na to Asia.

Asia, która do tej pory stała oparta o drzwi domu, podbiegła do mnie i zarzuciła mi ręce na szyję.

*

Pogoda nareszcie zaczęła się poprawiać. Nie lało już bez przerwy, wiatr ucichł, a słońce od czasu do czasu przebłyskiwało zza chmur.

Od mojego przyjazdu minął prawie tydzień. Ulka zadzwoniła tylko raz.

— Bank myśli — oświadczyła. — To pewnie chwilę potrwa, instytucja taka mało rychliwa, ale niech myśli, nie należy zanadto przeszkadzać.

W zasadzie nie były to złe wiadomości.

Póki co znowu chodziłam z dzieciakami na spacery i pomagałam matce w obsłudze wczasowiczów, którzy wraz z lepszą pogodą tłumnie zjawili się na Wybrzeżu. Całkiem nieźle czułam się w kuchni przy przygotowywaniu posiłków. W pewnym momencie pomyślałam nawet, że jeśli mnie bank nie zechce, to może złapię jakąś fuchę w barze mlecznym. Chociaż nie, raczej nie miałabym szans ze względu na brak kwalifikacji.

Któregoś dnia siedziałam sobie najspokojniej w kuchni, obierając ziemniaki, gdy w drzwiach stanęła matka. Widać było, że jest czymś mocno zaaferowana. W zasadzie ostatnio to nic nowego. Matka była nieustannie podekscytowana od momentu, gdy razem z dzieciakami poinformowaliśmy moich rodziców o decyzji pozostania razem.

Wyjawiła mi nawet w tajemnicy, że o dawna marzyła o wnukach. Nie omieszkała przy tym zauważyć, że oboje z ojcem byli przekonani, że właśnie taką decyzję w końcu podejmę. W ich mniemaniu jedyną słuszną. Nie spodziewali się niczego innego, przecież wychowali mnie na przyzwoitego człowieka.

Swoją drogą, czułam się poniekąd idiotycznie. Wszyscy dookoła mnie doskonale potrafili przewidzieć przyszłość i niejako z góry wiedzieli, co zrobię. Nikt nie był zaskoczony. Oprócz mnie samej, oczywiście. No więc skoro wiedzieli, to dlaczego, do cholery, nikt mi o tym nie powiedział? Uniknęłabym niepotrzebnej szarpaniny. Ja i moje dzieci.

— Joasiu, jakiś pan do ciebie.

— Listonosz?

— Jaki listonosz, dziecko, mówię przecież, że jakiś pan.

Marek? Poczułam mocne bicie serca. Marek zmienił decyzję. Dowiedział się, choćby od którejś z dziewczyn, gdzie mnie szukać i postanowił przyjechać. Zrozumiał. Pogodził się z sytuacją. Zaakceptował moją decyzję. Hurrra!

Za matką, z tyłu, zobaczyłam wysoką, męską sylwetkę.

Życie to nie amerykański film. Szkoda.

W drzwiach stał Marcin.

Euforia, której doświadczałam jeszcze przed chwilą, znikła bez śladu, a jej miejsce zajęła wściekłość.

Czego on, do cholery, chce? Wylali mnie z roboty, słusznie co prawda, na ich miejscu postąpiłabym tak samo. Nic mnie już z firmą nie łączy. Nie mamy żadnych wspólnych spraw. Drań jeden, przyjechał rozkoszować się moją klęską. Napawać widokiem konkurencji w kartoflach. Jakby mu było mało, że teraz sam jest gwiazdą. Dopiął swego. Teraz już nikt mu w firmie nie zagrozi. Jest najlepszy, jedyny i bezkonkurencyjny. Cała chwała jego. Najchętniej złapałabym stojący przede mną gar wypełniony do połowy obranymi ziemniakami i wylała mu całą zawartość na głowę. Sama jego obecność była poniżająca. Niech no on się tylko do mnie odezwie!

— Cześć. Ślicznie wyglądasz.

Zwariował. Słowo daję, że zwariował. Przyjechał po to, żeby oceniać mój wygląd?

— Przyjechałeś, żeby mi to powiedzieć? — warknęłam.

— Daj spokój. Oczywiście, że nie po to. Przyjechałem, bo dowiedziałem się, że masz kłopoty.

— I co, popastwić się chciałeś? Mam kłopoty. Przez takich jak ty je mam. Przez nadętych, egoistycznych bubków.

— Joasiu! — w głosie mojej matki brzmiało głębokie oburzenie. — Może zaproponuj panu kawę. Pan na pewno zmęczony, jedzie przecież z Warszawy. Usiądźcie i spokojnie porozmawiajcie.

— Nie mamy o czym. A kawę może sobie kupić w kawiarni. Ma pracę, to go stać.

— Joanna, daj spokój. To nie tak, jak myślisz. Wiem, że masz kłopoty i chcę pomóc.

— Właśnie, Joasiu, widzisz? Zrób panu kawę, a ja już skończę te ziemniaki. Usiądźcie w ogrodzie i porozmawiajcie.

— Za litość szanownemu panu serdecznie dziękuję. Nie wierzę w twoje czyste intencje. Od dawna mam kłopoty i co? Od miesiąca nie pracuję. Co ty chcesz mi wmówić? Że przyjechałeś, bo się o mnie martwisz? Marcin, przestań grać idiotę, bo to mało zabawne. Mów, czego chcesz i nie ma cię. Nie mam ochoty na ciebie patrzeć.

— Uspokój się i posłuchaj. Byłem na urlopie, kiedy to się stało. Nie wiedziałem. Wróciłem do firmy dwa tygodnie temu i szef stwierdził, że odeszłaś. Trochę się zdziwiłem, ale twoja wola. Dopiero Grzesiek wyjaśnił mi całą sytuację. Za dużo powiedziane. Powiedział, co wiedział. A potem miałem kłopot, żeby cię znaleźć. Nie odbierałaś moich telefonów.

Jasne, że nie odbierałam. Po co miałam odbierać?

— Po co miałam odbierać? Żebyś mi jeszcze dokładał?

— Niesprawiedliwie mnie oceniasz. Martwiłem się o ciebie. Wiem, że ostatnio trochę tobą życie zakręciło, więc chciałem pomóc. Tylko miałem problem, żeby cię znaleźć.

— Joasiu, zrób panu kawę — matka nie dawała za wygraną. — Pan Marek, prawda? Przedstawił się pan, ale z tego wszystkiego wyleciało mi z głowy. Pan jest narzeczonym Joasi? Joasiu, nie powinnaś wyjeżdżać, nie zostawiając panu żadnej informacji.

— Mamo, ja już jestem przyzwoitym człowiekiem, nie musisz mnie dalej wychowywać. I nie Marek, a Marcin. I nie narzeczony. Żaden z nich nie jest moim narzeczonym.

— To jak to się teraz u was nazywa? — zainteresowała się żywo moja matka. — Chyba nie gach?

— Konkubent. Teraz to się nazywa konkubent. Później ci wyjaśnię. Sytuację ci wyjaśnię i z tymi narzeczonymi też. I nazewnictwo.

— Napijesz się kawy? — zwróciłam się do Marcina. Rzeczywiście, wyniesienie się do ogrodu stanowiło jedyne wyjście z sytuacji. Inaczej matka mnie zamęczy.

Uśmiechnięty Marcin skinął głową. Ciekawe, co mu tak dobrze robi na humor? Może lubi takie wylewne powitania?

— Nie odbierałaś moich telefonów, nie miałem pojęcia, jak cię namierzyć. Twoje mieszkanie stoi puste, sąsiedzi nie mają pojęcia, gdzie cię szukać — kontynuował rozparty w ogrodowym fotelu.

— Po co miałam się im spowiadać? Od kilku miesięcy nie mieszkam w domu.

— Tyle wiem. Do spowiadania się ze swoich spraw to ty tak w ogóle jesteś pierwsza. Jak się ciebie do muru nie przyciśnie, to nic z siebie dobrowolnie nie wydusisz.

— Bo i po co? Zastanów się, człowieku. Po co mam opowiadać o swoich sprawach? Kogo to obchodzi? A poza tym świat jest, jaki jest i nigdy nie wiadomo kto, co i do czego wykorzysta.

— Rany, dziewczyno, skąd w tobie tyle nieufności? Na oko robisz zupełnie normalne wrażenie.

—Życie mnie nauczyło. Praca. Warszawa. Ludzie.

— Ktoś musiał ci nieźle dokopać.

Akurat na ten temat zupełnie nie miałam ochoty z nim rozmawiać. Ani z nim, ani z nikim.

— Jak mnie znalazłeś? — Pytanie wydawało mi się bezpieczne, a poza tym, naprawdę byłam ciekawa. Wyglądało na to, że Marcin rzeczywiście włożył sporo wysiłku w odnalezienie mnie.

— Na szczęście świat jest przeraźliwie mały. Agatę kojarzysz?

— Agatę? Moją przyjaciółkę? Znasz Agatę?

— Z opowieści. Swoją drogą, czy ona wycina ci takie same numery jak facetom?

— Konkretnie jednemu wycina. Nic nie rozumiesz, ona go sprawdza z wewnętrznego przymusu.

— No i właśnie tego jednego znam. Tego sprawdzanego. Filipa. Jak ona nie przestanie, to biedny Filip któregoś dnia z nerwów padnie. A tak na marginesie, możesz na nią jakoś wpłynąć? Mogłaby już przestać, on naprawdę jest w porządku.

Pokręciłam głową.

— Niestety, nie mogę. Chciałabym, ale tak daleko moja moc nie sięga. No, to co z tym Filipem?

— Przyjaźnimy się. Opowiadałem mu, że mam kłopot, bo ziemia się pod tobą zapadła i całkiem znikłaś. A on zna całą historię od Agaty. Zadzwoniłem do niej, Filip wystawił mi uprzednio świadectwo moralności, bo inaczej też by słowa z siebie nie wydusiła. Opowiedziała mi, jak jest i dała adres. I oto jestem.

— Nie bardzo tylko rozumiem, po co?

— Bo chcę pomóc. Bo nie zostawia się ludzi w takiej sytuacji. Bo sądziłem, że mogę się jakoś przydać. Umiem na przykład uprawiać wspinaczkę wysokogórską. Z asekuracją — dodał, uśmiechając się szeroko.

— O tym też wiesz?

— O wypadku Łukasza? Wiem o wypadku, o zwolnieniu i o lodach na Starym Mieście. O tym, że nie masz pracy i że zostałaś szczęśliwą matką dwójki nieco podrośniętych pociech. Dużo wiem, ale nie wszystko. Nie wiem na przykład, kim jest Marek.

— Nieważne. Był. Był nikim, ale o tym musiałam się dopiero przekonać.

Ja to powiedziałam! Ja sama, osobiście! Wydusiłam, wyartykułowałam. Obwieściłam całemu światu. Może był to efekt rozczarowania wywołanego widokiem Marcina w drzwiach kuchni mojej matki, a może świadomość, że jednak jestem dla kogoś ważna. I że tym kimś nie jest Marek.

Marcin spędził z nami dwa dni. Ostatnie dwa dni, jakie pozostały mu z urlopu. Właśnie „z nami", a nie ze mną. Grał z Łukaszem w piłkę, rozmawiał z Asią o książkach, chodził z nami na spacery i w ogóle zachowywał się nad wyraz dziwnie. Jak, bo ja wiem, przyjaciel? Nie znam żadnego mężczyzny, który zachowywałby się w taki sposób. Nie podrywał mnie i nie uwodził. Traktował jak kogoś równego sobie — jak człowieka. Gdzieś ulotniła się cała atmosfera rywalizacji, którą przesiąknięte były nasze dotychczasowe relacje. Znikły nawet drobne złośliwości. Marcin po prostu był.

Nie rozmawialiśmy o niczym ważnym. Raz czy dwa wspomniał coś na temat ewentualnej możliwości załatwienia mi pracy, ale tego tematu z kolei ja wolałam unikać. Czekałam na wiadomość od Ulki, poza tym nie chciałam go nadmiernie angażować w swoje sprawy. Znalazł mnie, przyjechał. To miłe, ale pozwolić, żeby szukał dla mnie pracy byłoby przesadą. Mogłam przyjąć pomoc od którejś z dziewczyn. Ba, nawet nie miałam innego wyjścia. Ale angażować Marcina, który jeszcze przed miesiącem pełnił zaszczytną rolę nadwornego rywala — co to, to nie. Jeśli chce spędzić z nami ostatnie dwa dni swojego urlopu — jego wybór, ale w żadnym wypadku nie mogę zgodzić się na większą zależność, a taką zależnością byłoby angażowanie go w sprawę poszukiwania dla mnie pracy.

Tymczasem miałam dosyć facetów. Doświadczenia z Markiem utwierdziły mnie w przekonaniu, że należy ich unikać. Nie, żeby mój eks zrobił coś szczególnie nagannego. Dokładnie rzecz biorąc, robił tylko to, na co ja sama pozwoliłam. I to ja sama byłam teraz dla siebie głównym źródłem lęku. To już drugi taki przypadek w moim życiu. Mój pierwszy facet, jeszcze w czasie studiów…

No cóż, przy nim Marek prezentował się jako ideał oddania i opiekuńczości. Bardzo paskudna historia z jeszcze bardziej paskudnym finałem. Wyszłam z niej poobijana i zupełnie pozbawiona wiary w siebie i w ludzi. Upłynęło trochę czasu i pojawił się Marek ze swoimi weekendowymi spotkaniami.

Im dłużej o tym myślałam, tym bardziej dochodziłam do wniosku, że nic w tym związku nie działo się bez mojej zgody.

To ja dałam mu przyzwolenie na kompletny brak zaangażowania i troski, to ja zgadzałam się na mieszkanie oddzielnie i brak planów na przyszłość. Przynajmniej na początku, a właściwie przez kilka pierwszych lat. Być może dlatego, że ciągle jeszcze nie do końca wygrzebałam się z tamtej historii. Marek bał się bliskości? Być może, ale jego lęk to nic w porównaniu z lękiem, jaki ja przeżywałam. Po tamtym związku zostało mi głębokie przekonanie, że bycie z kimś naprawdę blisko może zakończyć się w jeden tylko sposób — trzeba będzie za to zapłacić i to nie byle jaką cenę. Owszem, trzymam ludzi na dystans, ale to jedyny sposób, jaki znam, żeby się ochronić i uniknąć zranienia. Z drugiej strony, kiedy coś zaczęło się zmieniać, kiedy mój lęk skurczył się odrobinę, okazało się, że Marek nie chce zmian. A na dodatek pojawiły się dzieciaki i cały ten galimatias.

Stop! Ten tok myślenia za chwilę doprowadzi mnie do przekonania, że Marek jest ofiarą. Sytuacji, moją, zbiegu okoliczności.

I w gruncie rzeczy jest. Zwyczajnie z niego wyrosłam. Przestało mi wystarczać to, co mógł, a przede wszystkim chciał mi zaoferować. Gdyby nie dzieciaki, pewnie jeszcze przez ładnych kilka lat funkcjonowałabym w uwierającym mnie związku. A tak — proszę — samo się rozwiązało.

Trochę bez sensu, że mam teraz do faceta jakiekolwiek pretensje. Sama wybrałam takiego, który nie miał mi nic do zaoferowania, więc czepianie się człowieka o to, że jest poniekąd kulawy emocjonalnie jakoś nie uchodzi. Trudno, było, minęło, kolejnej próby nie będzie. Teraz mam dzieci, którym będą potrzebne wszystkie moje uczucia. Obejdziemy się bez mężczyzn.

— Marcin, a w Warszawie też będziesz ze mną grał w piłkę? — Łukasz stał oparty o drzwi samochodu Marcina. Od strony kierowcy, jakby wcale nie miał zamiaru pozwolić mu wsiąść do samochodu. Bo Marcin wyjeżdżał do Warszawy. Dwa ostatnie dni jego urlopu dobiegły końca.

— Jasne, że tak. — Spojrzał na mnie. — O ile Joanna nie będzie miała nic przeciwko temu.

— I obiecałeś mi przywieźć „Mistrza i Małgorzatę"
— dorzuciła swoje trzy grosze Asia.

— No to jak? Mogę wpaść z książką i porwać na
trochę Łukasza?

— I pójdziemy na lody. Joanna pokazała nam takie
fajne miejsce na Starym Mieście i tam są lody cytrynowe i brzoskwiniowe, i takie niebieskie, ale nie jagodowe
i jakbyś takich nie lubił, to inne też są. Pójdziesz z nami?
— Łukasz nie dawał za wygraną.

— Nie wiem, czy Marcin z nami pójdzie na lody. Po
pierwsze za chwilę jesień, wracacie do Warszawy pod
koniec sierpnia i może już być za zimno na lody, a po
drugie Marcin raczej nie będzie miał czasu. Pamiętaj-
cie, dużo pracuje, jak ja kiedyś. — Miałam nieodparte
wrażenie, że dzieciaki za wszelką cenę chcą włączyć
Marcina w nasze życie. Głównie Łukasz, choć Asia
pewnie też nie miałaby nic przeciwko temu. Ona po
prostu tylko mniej o tym mówiła. Jak to Asia.

— Joanna, jesienią też zdarzają się ciepłe dni. A co
do pracy... Zawsze jakoś się wyrwę. W najgorszym
wypadku wezmę zwolnienie. — Marcin uśmiechnął się
do mnie porozumiewawczo. — Chyba że nie chcesz.
Możesz sobie nie życzyć i wtedy nie pójdę.

Oczywiście, że nie chciałam. Żadnych facetów! Żadnych lodów z mężczyznami i żadnych spacerów po Starym Mieście. Niech sobie to wybiją z głowy, on i te potwory. Tylko że nijak nie wypadało mi tego powiedzieć.

— Nie, oczywiście, że możesz się z nami wybrać,
o ile znajdziesz na to czas. Nie chciałabym tylko, żebyś

poczuł się w jakikolwiek sposób zmuszany, a znając Łukasza, będzie usiłował ostatnie soki z ciebie wycisnąć.

— Wcale nie czuję się zmuszany. Wręcz przeciwnie, cieszy mnie zainteresowanie i sympatia ze strony młodych ludzi. No to jak, mogę się wprosić?

Wbrew sobie kiwnęłam głową. Dzieci do Warszawy wracają za trzy tygodnie, zawsze istnieje szansa, że zainteresowanie nami mu minie. Zamanifestował już fakt posiadania dobrego serca i ludzkich uczuć, może na razie wystarczy tego dobrodziejstwa.

O dziwo, po jego wyjeździe nie wiedzieć czemu zrobiło się trochę pusto. Ku mojemu zaskoczeniu okazał się miłym, zabawnym facetem. Nie nadętym bufonem, jak go do tej pory oceniałam, ale całkiem niezłym kumplem. Zaskakujące, ale nadal nic o nim nie wiedziałam. Żony i dzieci chyba nie ma. Żadna normalna żona nie pozwoliłaby mężowi pojechać na dwa dni do obcej baby.

Samotny? Jest starszy ode mnie o jakieś pięć, sześć lat. Jeśli do tej pory był sam, to coś z nim nie tak. Rozwiedziony? Może. Brak danych. Miałam ochotę sama dać sobie po łapach. Stanowczo za dużo myślałam o Marcinie.

Jakieś trzy dni po wyjeździe Marcina odezwał się bank w postaci Ulki.

— Mówią, że chcieliby cię zobaczyć naocznie. Znaczy, masz przyjechać. Ustaliłam, że w poniedziałek, o jedenastej. Może być?

— Jasne, że może. Jak myślisz, mam jakieś szanse?

— Raczej tak, ale diabli wiedzą. Sama wiesz jak jest. Jeśli się nie okaże, że o to samo stanowisko ubiega się niepiśmienna kuzynka prezesa, to na moje oko powinni cię zatrudnić. Masz kwalifikacje i w ogóle, a praca — żaden rarytas. Siedzenie za biurkiem i przekładanie papierów. Płacą też nierewelacyjnie. Joanna, jesteś pewna, że tego chcesz?

Chciałam jak nie wiem co. Na dobrą sprawę było mi wszystko jedno, co będę robiła. Byleby tylko mieć jakąś pracę. I żeby jeszcze ktoś mi za nią płacił. Nie pozostawało mi nic innego, jak tylko zapakować potwory w samochód i wracać do Warszawy.

*

Wbrew moim oczekiwaniom przedmiotem rozmowy kwalifikacyjnej nie była chęć ocenienia przez szacowne grono rekrutacyjne moich predyspozycji związanych z przewidywanym dla mnie stanowiskiem analityka.

Panowie, nie tracąc czasu, wystąpili z nieco zaskakującą propozycją.

— Pierwotnie myśleliśmy o nieco innym stanowisku dla pani, ale niestety, tamta propozycja jest już nieaktualna.

Jako żywo stanęła mi przed oczami niepiśmienna kuzynka prezesa.

— Ale mamy w zanadrzu inną koncepcję. Nastąpiły pewne nieprzewidziane komplikacje i... Przechodząc do rzeczy: otóż asystentka naszego wiceprezesa właśnie urodziła dziecko.

Powariowali? Z ich punktu widzenia to są nieprzewidziane komplikacje? Przecież większość ciąż tak się kończy!

— I dlatego właśnie chcielibyśmy zaproponować pani objęcie jej stanowiska. Ma pani duże doświadczenie w szkoleniach, a zatem kontakty z ludźmi nie będą stanowiły dla pani żadnego problemu. Wynagrodzenie identyczne z poprzednio proponowanym, te same godziny pracy. Chcemy mieć obsadzone to stanowisko od pierwszego września. To znaczy już za tydzień. Czy byłaby pani zainteresowana naszą propozycją?

Byłam zainteresowana. Zapowiadało się co prawda mało interesująco, w końcu umawianie spotkań i parzenie kawy nie należą do czynności nad wyraz rozrywkowych i w szczególny sposób rozwijających, ale niech tam. Grunt, że mam pracę.

*

Tak więc byłam szczęśliwą posiadaczką pracy. Najpewniej nudnej i monotonnej, przynajmniej tak mogłam sądzić, opierając się na opinii Ulki i informacjach uzyskanych w czasie rozmowy kwalifikacyjnej. Nie był to szczyt moich marzeń, zapewne, ale tym razem nie o realizację marzeń chodziło. Ulka uparcie twierdziła, że prezes jak na prezesa jest względnie normalny i raczej nie miewa fanaberii.

Tyle dobrego, resztę da się jakoś przeżyć.

Miałam zacząć pierwszego września. Jednocześnie pierwszego września Łukasz po raz pierwszy w życiu szedł do szkoły. Jakiś niefart, fatalny zbieg okoliczności, ale nic nie mogłam na to poradzić.

Powinnam towarzyszyć Łukaszowi. Wszystkie dzieci będą szły do szkoły z rodzicami, a przynajmniej z jednym z rodziców. A ja jak zwykle nawalam. Nie ma siły, pierwszego dnia muszę być w nowej pracy od rana do wieczora. Co gorsza, okazało się, że pani Aniela pierwszego września jedzie na badania, i to nie byle jakie, których termin mogłaby przesunąć w dowolny sposób, ale jakieś niezwykle specjalistyczne badania serca, na które czekała od dobrych trzech miesięcy. Asia miała rozpoczęcie roku szkolnego w swojej szkole, teoretycznie więc Łukasz powinien udać się do szkoły sam.

— Fajnie, jestem już duży, poradzę sobie. Ale przecież wszyscy inni będą z rodziną! — Wyraźnie się zasępił. — Czy mogę zabrać Platona? On też należy do rodziny, nie?

— Tak. Nie. To znaczy należy do rodziny. Nie, nie możesz zabrać kota do szkoły. Przepisy zabraniają. Zwierzęta nie mają wstępu na teren szkoły. Platon jest zwierzęciem, chociaż oczywiście należy do rodziny. Wniosek — nie możesz pójść z Platonem na rozpoczęcie roku szkolnego. — Byłam nieugięta.

— No, to skoro tak, to nie pójdę wcale. Ty nie możesz, pani Aniela nie może, Asia nie może, a na Platona się nie zgadzasz. Wszyscy inni będą z mamą albo z tatą. Nie chcę być sam!

187

— Łukasz, nie mamy wyjścia. Wiesz, że zawsze robiłam, co tylko mogłam, żeby być z tobą w ważnych chwilach, ale tym razem nie mogę nic zrobić w tej sprawie. Muszę być w nowej pracy. Inaczej mnie wyrzucą, a wtedy żaden sąd nie zgodzi się, żebym mogła się wami opiekować, rozumiesz? Dla sądu to jest ważne, żebym miała pracę, bo wtedy zarabiam pieniądze i sąd uważa, że dzięki temu zapewnię wam odpowiednie warunki.

Łukasz patrzył na mnie, ale odnosiłam wrażenie, że wcale mnie nie słucha. O czymś myślał i to nad wyraz intensywnie. Na efekty jego rozmyślań nie trzeba było długo czekać. Zniknął na chwilę, po to tylko, by za moment objawić się ze słuchawką telefoniczną w dłoni.

— To ja oddam telefon Joannie i sam jej powiesz, dobrze? — powiedział do słuchawki.

— Joanna, Marcin do ciebie — rzucił, przekazując mi słuchawkę i zanim się obejrzałam, zniknął, starannie zamykając za sobą drzwi.

— Cieszę się, że będę mógł się na coś przydać — usłyszałam głos Marcina. — O której mam się u was zjawić? Chyba odbiorę go z domu, tak będzie najwygodniej. Słuchaj, może poszlibyśmy na lody, jak już skończysz pracę? Poczekam na ciebie z Łukaszem i Asią. Chyba że masz coś przeciwko temu?

— Marcin, o czym ty właściwie mówisz?! Gdzie masz być, kogo masz zamiar zabrać od nas z domu i o co w ogóle chodzi?

Po drugiej stronie słuchawki najpierw zapadła cisza, a po chwili usłyszała śmiech. Marcin śmiał się i śmiał, wyraźnie nie mogąc opanować ogarniającej go wesołości.

— Chcesz powiedzieć... Czy chcesz mi powiedzieć, że on to sam wymyślił? Sam na to wpadł?

— Na co? Marcin, o co chodzi? Co Łukasz ci naopowiadał?

Marcin wyraźnie miał kłopot z odzyskaniem panowania nad sobą.

— Powiedział... Powiedział, że nie ma z kimś iść do szkoły pierwszego dnia, to znaczy na rozpoczęcie roku, że zaczynasz nową pracę, a Platona nie wpuszczą. I żebym z nim poszedł. Co z tą nową pracą? Od Agaty, to znaczy od Filipa wiem, że coś masz, ale nie znam szczegółów. Nie dzwoniłem do was, to w końcu ostatnie dni wakacji, więc nie chciałem zawracać ci głowy.

— Jeśli byłeś ciekaw, trzeba było zadzwonić. Skąd on ma twój telefon?

— Ostatnio nie przyjęłaś mnie zbyt przyjaźnie.

Miał rację. Raczej mało przyjaźnie go przyjęłam, szczególnie biorąc pod uwagę pomysły, jakie mi się wówczas roiły w głowie. Na szczęście nie wcieliłam ich w życie.

— A numer telefonu sam mu dałem. Pomyślałem, że może kiedyś skorzysta i popatrz, wcale się nie pomyliłem.

— I chciał, żebyś poszedł z nim na rozpoczęcie roku szkolnego? — nie mogłam w to uwierzyć.

— Owszem. A ja się zgodziłem. Od wieków nie byłem w szkole — dodał tytułem tłumaczenia.

— Weźmiesz wolny dzień i pójdziesz z Łukaszem na rozpoczęcie roku szkolnego? — miałam ochotę mówić dużymi literami.

— Już powiedziałem, że tak. Jakiś wolny dzień mi się należy, zdaje się mam coś do odebrania za dwa ostatnie weekendy. I chętnie poświęcę ten czas na spotkanie z systemem edukacji. Odświeżę sobie wspomnienia. To o której mam się pojawić? Może przyjadę rano, nie będziesz musiała się już nimi zajmować. O której on ma być w szkole?

— O dziewiątej. — Nadal nie mogłam wyjść z podziwu dla Łukasza, a jednocześnie narastała we mnie wściekłość. A to przebrzydły bachor! Mógł mnie przynajmniej zapytać o zgodę!

— Mogłem — zgodził się Łukasz bez protestu. — Ale byś mi nie pozwoliła, a ja nie chciałem iść sam. Chociaż Marcin nie należy do rodziny, ale nie jest zwierzęciem, więc może wejść na teren szkoły, prawda?

— Oczywiście, że może. Łukasz, tu nie chodzi o to, że Marcin nie jest zwie… To znaczy nie chodzi o to, że nie należy do rodziny, tylko o to, że nie możemy angażować całego świata w nasze sprawy. Nie mamy do tego prawa. Inni ludzie mają swoje życie i swoje problemy i nie ma żadnego powodu…

— Jakby nie chciał, to by się nie zgodził, nie? A poza tym, chciałem, żeby do nas przyjechał. Ty go nie lubisz, to do niego sama nie zadzwonisz.

Aż tak to widać? Nie, żebym jakoś specjalnie nie lubiła Marcina. Wręcz przeciwnie, chyba mogę nawet uznać, że jest sympatyczny. Za sympatyczny jak na moje potrzeby. Problem w tym, że nie chcę jego udziału w naszym życiu. Boję się, że za mu się chwilę znudzi. Albo odwidzi. Że okaże się, że stanowiliśmy dla niego tymczasową rozrywkę. Nie chcę ze względu na dzieci.

Bzdura. Nie chodzi mi o dzieci. Ten facet jest niebezpiecznie ciepły. W jego obecności czuję się jak ktoś ważny. Boję się, że mogę się przyzwyczaić. I kiedy zniknie z naszego życia, znowu mnie będzie bolało.

— To jak będzie? Zgadzasz się?

Już się zgodziłam. Wbrew sobie powiedziałam Marcinowi, że tak, oczywiście, bardzo dziękuję, czy to aby dla niego nie za duży kłopot, lody też, jasne, bardzo chętnie, dzieci się ucieszą.

Marcin pojawił się przed ósmą i z godną podziwu wprawą przejął ode mnie wyprawianie dzieciaków do szkoły.

— Mam dwóch siostrzeńców w ich wieku, stąd umiejętności — tłumaczył. Mogłam spokojnie zająć się sobą.

Prezes, niewiele starszy ode mnie, rzeczywiście okazał się istotą nad wyraz mało fanaberyjną. Miły i zrównoważony, zadawał przy tym pytania w stylu: „Pani Joanno, czy to nie za dużo obowiązków jak na pierwszy dzień w nowej pracy?" albo „Czy jest pani pewna, że zdąży pani jeszcze dziś to wykonać?". Pytanie dotyczyło jakiegoś absolutnego drobiazgu, z którym uporałam się w kilkanaście minut.

— Bo widzisz, jego poprzednia asystentka łaskę mu robiła, zdążając z czymkolwiek. Taka była, jak by to powiedzieć, więcej ślamazarna, szczególnie ostatnio, no i on się przyzwyczaił, że nawet na kawę musi poczekać do następnego dnia. Nic dziwnego, że przy tobie przeżywa szok. Tylko go nie rozpaskudź — ostrzegała Ulka.

Nie zamierzałam rozpaskudzać prezesa, ale też nie miałam zamiaru pracować poniżej swoich zwyczajowych standardów.

W sumie praca okazała się może niespecjalnie rozwijająca intelektualnie, ale za to mało stresująca, co przy moim nadmiarze rozrywek życiowych uprawianych ostatnimi czasy stanowiło pewnego rodzaju przyjemne i ze wszech miar pożądane urozmaicenie. Innymi słowy, było nieźle.

Dużo gorzej, przynamniej z mojego punktu widzenia, prezentowała się sprawa z Marcinem. Poszliśmy na lody, ale zaraz, natychmiast, okazało się, że dzieciaki zachwycone jego obecnością nie wyobrażają sobie kolacji bez jego udziału. Zjedliśmy więc razem kolację. Łukasz pozwolił sobie nawet na skierowanie do Marcina propozycji związanej z zamieszkaniem z nami na stałe. Był wręcz gotów podzielić się z nim swoim pokojem. Swoim i Asi. Na moje szczęście Marcin odmówił, choć w pierwszej chwili odniosłam wrażenie, że całkiem na poważnie rozważa propozycję małego.

Byłam zazdrosna. O dzieci, które zdawały się akceptować go od pierwszej chwili i o Platona, który nie opuszczał jego kolan zaciekle mrucząc. Cholera, zawsze wiedziałam, że koty są wredne. Swoją drogą, muszę pospieszyć się ze składaniem do sądu dokumentów o przyznanie opieki prawnej i ustanowienie rodziny zastępczej. Zanim ubiegnie mnie Marcin albo zanim dzieciaki rozmyślą się i zrezygnują z mojego towarzystwa. Na rzecz Marcina, oczywiście.

*

Życie toczyło się utartym rytmem i nic nie zwiastowało pojawienia się na horyzoncie kolejnej katastrofy. Zawdzięczałam ją sama sobie. I jak to zwykle u mnie, kłopoty zaczęły się od telefonu.

— Joanna, mam dla ciebie przykrą wiadomość. Przykrą z mojego punktu widzenia, bo ty oczywiście możesz inaczej ocenić tę sytuację. Na jakiś czas przestajemy ze sobą współpracować. — Już sam fakt, że dzwoni do mnie mój nowy szef, a w dodatku czyni to późnym wieczorem, był aż nadto niepokojący. Po prostu nie miał takiego zwyczaju. Przez przeszło miesiąc wspólnej pracy nie zdarzyło się ani razu, by z jakiegokolwiek powodu kontaktował się ze mną po godzinach pracy.

— Przed chwilą odebrałem telefon od Matyldy, naszej pani prezes, jak zapewne się orientujesz. Zadecydowała, że od jutra pracujesz dla niej.

— Dlaczego? — może nie było to pytanie, które w tej sytuacji należało zadać szefowi, ale poczułam się nieco zaskoczona.

— To moja wina. Cieszyłem się, że nareszcie mam przyjemność współpracować z kimś kompetentnym i odpowiedzialnym. Myślę o tobie. I pewnie cieszyłem się za głośno. W każdym razie Matylda, której asystentka dość niespodziewanie zrezygnowała dziś z pracy, wpadła na pomysł, że przez jakiś czas ty możesz ją zastąpić. Dopóki nie znajdzie kogoś odpowiedniego. Przed chwilą mnie o tym poinformowała. I stąd mój telefon o tak nietypowej porze. Od jutra pracujesz dla pani prezes.

— Cóż, skoro nie mam innego wyjścia…

— Nie masz. Oboje nie mamy. Joanna… Przykro mi. Mogę tylko mieć nadzieję, że to nie potrwa zbyt długo.

*

Następnego dnia jak zwykle byłam w pracy tuż po ósmej. Na szczęście Łukasz o ósmej zaczynał zajęcia, po lekcjach chwilę spędzał w świetlicy, skąd odbierały go na zmianę Asia i pani Aniela. W sumie dawało się żyć.

Przed dziewiątą zadzwonił telefon na moim nowym biurku.

— Zejdź do samochodu — zakomenderował kobiecy głos w słuchawce.

Cholera, kto to może być? Nie wygląda na kogoś z ochrony, choćby dlatego, że w ochronie biurowca pracują sami mężczyźni.

I o czyj samochód chodzi? Mój? Osoba po drugiej stronie linii telefonicznej odłożyła słuchawkę natychmiast po przekazaniu tego krótkiego komunikatu, więc na uzyskanie jakichkolwiek dodatkowych informacji nie miałam szans.

Nie pozostawało mi nic innego, jak tylko zjechać windą do garaży.

Lekko ogłupiała stałam na progu ogromnej hali. Do którego samochodu mam podejść? W równych rzędach zaparkowano kilkaset pojazdów i nic nie wskazywało, który z nich jest tym właściwym.

Niespodziewanie ktoś dotknął mojego ramienia.

— Pani dzisiaj zamiast pani Agnieszki? Słyszałem, że nie wytrzymała i wczoraj odeszła z pracy. — Obok mnie stał młody chłopak z ekipy ochroniarskiej.

— Jeśli ma pan na myśli asystentkę pani prezes, to i owszem, mam ją zastąpić. A skoro już o tym rozmawiamy, czy mógłby mi pan pomóc? Ktoś zadzwonił, żebym zeszła do samochodu. Jakaś kobieta. Rozłączyła się, zanim zdołałam zapytać, o który samochód chodzi. Nie orientuje się pan przypadkiem, w czym rzecz?

Ochroniarz z wyraźnym wysiłkiem stłumił uśmiech.

— Czerwone audi, tam po prawej. Dzwoniła pani prezes, widać jak co rano potrzebuje pomocy.

Ruszyłam we wskazanym kierunku i już po kilku krokach wiedziałam, że będzie źle.

Obok samochodu stała młoda, trzydziestokilkuletnia kobieta o bardzo jasnych włosach i nad wyraz obfitym biuście. Niewątpliwie sprawiałaby sympatyczne wrażenie, gdyby nie jej zacięta, wroga mina i zaciśnięte ze złości usta. Obok niej zaś, ubrane w fikuśny kubraczek i ustrojone w maleńki kapelusik przypięty do spiętej spinką grzywki, uwijało się ucieleśnienie moich złych przeczuć.

Miniaturowy york na długiej smyczy.

— Cukiereczku — usłyszałam. — Cukiereczku, podejdź tu szybciutko, wezmę cię na rączki.

Zamarłam w pół kroku. To chyba nie do mnie? Abstrahując już od faktu, że do tej pory żaden szef nie zwracał się do mnie per „Cukiereczku", to na dodatek żaden z nich nie wyrażał chęci noszenia mnie na rękach. Jednocześnie prawdą jest, że dotychczas moimi przełożonymi byli mężczyźni. Może z kobietami jest inaczej? Aktualna szefowa należała do osób raczej wyrośniętych i masywnych, na oko wyższa ode mnie o jakieś trzydzieści centymetrów i cięższa o dobre pięćdziesiąt kilo, mogła sobie od biedy pozwolić na takie fanaberie, jak noszenie na rękach niewyrośniętej sekretarki. Przepraszam, asystentki. Czyżby rzeczona pani Agnieszka z tego właśnie powodu nagle porzuciła pracę? Noszenia na rękach nie wytrzymała?

Jednakowoż dalszy ciąg wypowiedzi mojej nowej szefowej pozbawił mnie złudzeń.

— Cukiereczku! Chodź tu natychmiast, niegrzeczny piesku. Jak tylko ona przyjdzie, będziemy jechali windą.

„Ona" to zapewne ja. A słowo „Cukiereczek" jak nic odnosiło się do ustrojonej w kapelusz pokraki uwiązanej do drugiego końca smyczy.

— Cukiereczek boi się windy, musimy przytulić Cukiereczka — szczebiotała.

Co najdziwniejsze, mimo radosnego szczebiotu wyraz jej twarzy nie ulegał żadnej zmianie. Nadal malowała się na niej chęć mordu. Pomyślałam nawet, że ja sama podchodzę do szefowej niejako z zawodowego obowiązku, nic więc dziwnego, że Cukiereczek usiłuje oddalić się od swojej pani, na ile tylko pozwala mu na to długość smyczy. Ja, niestety, nie mogłam.

— Nareszcie jesteś! — warknęła głucho na mój widok.

— Masz codziennie czekać na mnie przy moim miejscu parkingowym. Nie zamierzam tracić czasu, czekając, aż zjedziesz windą. Pudło — rzuciła, patrząc w przestrzeń, gdzieś nad moją głową.

Rozejrzałam się nerwowo dookoła, ale żadne pudło nie rzuciło mi się w oczy.

— Jesteś równie mało rozgarnięta, jak twoja poprzedniczka. Powiedziałam — pudło. Wyjmij pudło z tylnego siedzenia i zanieś na górę, do mojego gabinetu. Nie zamierzam powtarzać ci niczego dwa razy.

Rzeczywiście, na tylnym siedzeniu audi tkwiło ogromne, fioletowe pudło z dziurkowaną pokrywą. Tak duże, że z trudem udawało mi się utrzymać je w rękach.

— Ostrożnie! — huknęła ponad moją głową. — Wylejesz wodę.

Rany, co ona tam ma? Basen dla Cukiereczka?

W windzie stanęła do mnie tyłem. Widać zakłóca-
łam jej odczucia estetyczne. Na rękach przez cały czas
trzymała warczące i miotające się paskudztwo w kapeluszu i z zaciętym wyrazem twarzy przemawiała do
niego czułym tonem:

— Zaraz, Cukiereczku, zaraz cię pani puści, zaraz
maleński będzie u siebie.

Postawiła go na podłogę dopiero w tak zwanym
sekretariacie, co zwierzak natychmiast wykorzystał,
zwracając na wykładzinę całą zawartość żołądka. Raczej dwóch żołądków, biorąc pod uwagę ilość. Czy to
możliwe, żeby yorki miały dwa żołądki? Krowy owszem, ale yorki?

— Ścierka! I krakersy. Herbata — rzuciła w moją
stronę i nie czekając na dalszy rozwój wypadków, weszła do siebie.

Kompletnie ogłupiała stałam na środku pokoju,
kurczowo obejmując fioletowy pojemnik. Nagle coś
się w jego środku poruszyło. Najpierw delikatnie,
po chwili śmielej. Coś szło po dnie, szurając i chro-
bocząc.

Tego jak dla mnie było już stanowczo za dużo. Sytuacja wyraźnie mnie przerosła. Miałam ochotę zacząć
wrzeszczeć.

Niemalże siłą opanowałam się na tyle, by nie cisnąć
pudłem o podłogę. Postawiłam je ostrożnie na biurku
i udałam się na poszukiwanie ścierki. Ze względu na
przejmującą woń należało jak najszybciej uprzątnąć
z podłogi lekko strawione śniadanie Cukiereczka.

O ile dostęp do ścierki uzyskałam bez większych trudności, o tyle herbata i krakersy stanowiły pewien problem. Herbaty, owszem, było w biurze pod dostatkiem, tyle tylko, że jej różnorodność stanowiła niemały kłopot. Co ja właściwie mam podać? Czarną czy zieloną? A może owocową? Z cukrem czy bez? Na wszelki wypadek wolałam nie zadawać żadnych pytań nowej szefowej.

— Cześć! Ty jesteś nowa, na miejsce Agnieszki? — usłyszałam za sobą kobiecy głos. Skinęłam głową. — Pewnie szukasz herbaty dla tego śmierdziela? Jestem Dorota. Gdybyś czegoś potrzebowała, to znajdziesz mnie tam. — Wskazała głową w kierunku korytarza.

— Joanna — przedstawiłam się. — Słuchaj, nie wiesz przypadkiem, o jaką herbatę jej chodzi? I chciała krakersy.

— A co, śmierdziel znowu zarzygał całą wykładzinę? Zawsze trzymaj ścierki pod ręką, dobrze ci radzę, on ma taki zwyczaj. Zdaniem szefowej należy wtedy zaaplikować mu czarną, mocną herbatę plus dwie łyżeczki cukru, plus mleko. Uważaj na kożuchy, bo ona się wścieknie. Krakersy znajdziesz w biurku Agnieszki. Zawsze miała zapas. Ona karmi go krakersami moczonymi w herbacie. Wiem, bo kiedyś przez dwa dni zastępowałam Agnieszkę. Słuchaj, myślałam, że umrę. Mówię ci, zgroza.

Byłam tego samego zdania.

Ledwie postawiłam przed szefową herbatę i odnalezione w biurku krakersy, gdy ta przedstawiła mi kolejną zagadkę do rozwiązania.

— Sprawdź, czy nie przewrócił się na plecy. Może się od tego utopić.

Zamurowało mnie. Najwyraźniej pani prezes nie zamierzała zniżać się do udzielania jakichkolwiek wskazówek niższemu personelowi.

Najpewniej nie chodziło jej o psa, którego miętosiła na kolanach, próbując jednocześnie wciskać mu do pyska krakersy rozmoczone w herbacie.

Utopi się? Kto może się utopić? W czym?

Mam! Woda! Jakaś woda była w pudle.

Cholera! Czy ja się tu najęłam na wróżkę? Albo na jasnowidza? W swoim życiorysie nic nie wspominałam o takich umiejętnościach. Czytanie w cudzych myślach nigdy nie było moją mocną stroną.

Najchętniej wyszłabym stąd od razu, nie sprawdzając nawet zawartości fioletowego pojemnika. Za to trzaskając drzwiami.

A tego akurat nie mogłam zrobić.

Nie pozostawało mi więc nic innego, jak tylko unieść dziurkowaną pokrywę w celu sprawdzenia, komu ewentualnie mam udzielać pierwszej pomocy dla topielców.

W środku siedział żółw.

Nie siedział. Leżał na plecach w płytkiej wodzie, przeraźliwie machając nogami. Odruchowo przewróciłam go na brzuch.

No cóż, najwyraźniej uratowałam dla świata jedno istnienie. Ktoś kiedyś powiedział, że jeśli uratujesz jedno życie, to ratujesz cały świat. Czy dotyczy to również żółwi? I dlaczego ta cholera nie umie pływać? Jak dla mnie, to on jest wodny. Nie znam się, ale raczej tak wygląda. Kaleki jakiś? Dobrze, że nie kazała mi jeszcze szukać dla niego instruktora pływania.

— Wyprowadź Marusię na spacer — usłyszałam zza przymkniętych drzwi. Nie śmiałam zapytać, kim jest Marusia. Równie dobrze mógł to być zwierzak zwany potocznie Cukiereczkiem, jak i upośledzony ruchowo żółw. Na wszelki wypadek wolałam zasięgnąć informacji u Doroty. Bez trudu odnalazłam ją w pokoju informatyków. Właśnie popijali kawę i zaśmiewali się z opowiadanych dowcipów. Znaczy, mieli przerwę śniadaniową. Wszyscy, oprócz mnie.

— Marusia? Marusia to żółw. — Dorota nie miała najmniejszych wątpliwości. — Cukiereczek, tfu, spasiony york szefowej ma na imię Cyprys. Właściwie to nawet jakoś dłużej ma na imię, bo jest okropnie rodowodowy. Masz wyprowadzać żółwia na trawnik, na jakieś pół godziny. Codziennie, do późnej jesieni.

Wcale nie byłam pewna, czy wytrzymam aż tak długo. Do późnej jesieni jeszcze przeszło miesiąc.

— Skoro już będziesz na zewnątrz, to kup od razu świeżą wołowinę dla żółwia i zamów w chińskim barze sajgonki. Niech ci przyniosą koło dwunastej, bo wtedy ten parszywek z kokardą jada posiłki.

— Nie ma kokardy. Ma kapelusz — wtrąciłam niemal odruchowo.

— Ma dziś kapelusz? Znaczy, po pracy idą na spotkanie. A sajgonki zamów w barku po lewej stronie od wejścia, bo innych nie bierze do pyska. Jakoś poznaje, skąd pochodzą. Sama nie wiem jak, ale poznaje.

— Dorota, ty chyba kpisz. Wszystko to razem nie mieści mi się w głowie. A poza tym, to chyba niemożliwe, żeby pies jadł sajgonki. Jeszcze się od tego pochoruje i zdechnie. — Miałam nieodparte wrażenie, że wszyscy dookoła wpuszczają mnie w jakiś kanał.

Dorota wzruszyła ramionami.

— I bardzo dobrze. Sorry, lubię zwierzęta, ale ten nie łapie się do kategorii. A co do reszty… Nie chcesz, to nie wierz. Sama się przekonasz. Tylko lepiej, żebyś miała w zanadrzu tę wołowinę. I sajgonki. Inaczej marny twój los.

Postanowiłam nie ryzykować.

Na spacerze czułam się jak idiotka. Bo tylko ostatnia idiotka może wietrzyć żółwia, nerwowo wykrzykując co chwila jego imię. Marusia. Nie powinnam wykrzykiwać, wiem. Nawet nie jestem do końca pewna, czy żółwie słyszą. Problem polegał na tym, że opancerzony stwór skrył się w klombie kwiatów na biurowym trawniku. Nie chciałam deptać trawy, miałam nadzieję, że w odpowiedzi na wołanie sam do mnie przyjdzie. Nie przyszedł.

W sklepie mięsnym było jeszcze gorzej. Czułam się jak kretynka, stojąc w kolejce z żółwiem w objęciach. Prosząc o dziesięć deko wołowiny poczułam się jeszcze gorzej.

Po powrocie ze spaceru umieściłam żółwia w pojemniku i podparłam konstrukcją złożoną z trzech ołówków. Widać na coś mi się przydały geny po tatusiu inżynierze. Konstrukcja robiła wrażenie dość stabilnej. Co prawda żółw nie mógł się poruszać, ale za to miałam pewność, że nie zdoła się również przewrócić na plecy, a tym samym nie utopi. Czyli jeden problem z głowy, mogłam zająć się pracą.

Istotnym punktem programu było spotkanie mojej szefowej z menedżerami. Z racji obowiązków zawodowych miałam w nim uczestniczyć. Nie wiedziałam tylko, po co. Sądziłam, że w udziale przypadnie mi parzenie kawy i sporządzanie notatek.

Okazało się, że owszem, też, ale moim głównym obowiązkiem była opieka nad Cukiereczkiem. Przez całe spotkanie jedną ręką miałam podtrzymywać kość z bawolej skóry, którą ciamkał stwór. Tak jak Dorota lubię zwierzęta, ale po pięciu minutach zrobiło mi się niedobrze, bo kość była okropnie obśliniona i cała pokryta lepką mazią niewiadomego pochodzenia.

Ku mojemu zaskoczeniu, nowa szefowa okazała się osobą niezwykle kompetentną. Mimo wstrętu, jaki budziła we mnie i zdaje się nie tylko we mnie, nie mogłam zaprzeczyć, że jest świetnym fachowcem. Imponował mi sposób, w jaki prowadziła spotkanie. Do pewnego momentu. A konkretnie do momentu, w którym kończąc zdanie dotyczące kwestii merytorycznych, dorzuciła:

— A teraz przerwa, panowie. — Oczywiście, zwracała się do obecnych na sali mężczyzn, ignorując moją obecność. W końcu nie musiała zauważać asystentki.

— Cukiereczek musi wyjść na spacer.

Chociaż nie padło ani jedno słowo w moim kierunku, zrozumiałam natychmiast. Wyrwałam zwierzakowi z pyska wyciamkanego gnata i dyskretnie ukryłam za nogą od stołu, a następnie niosąc pod pachą wijące się stworzenie, ruszyłam w kierunku drzwi.

— Spotkamy się za dwadzieścia minut — usłyszałam za sobą. Wiedziałam, że to również jest informacja dla mnie.

W sekretariacie rzuciłam okiem na żółwia, który szczęśliwie nadal tkwił uwięziony w konstrukcji z ołówków, wykonałam rzecz praktycznie niewykonalną, a mianowicie przyodziałam zwierzę w kubraczek, darowałam sobie kapelusik i udałam się na wybieg przed biurem.

W windzie natknęłam się na Dorotę.

— Dorota, czy z szefową wszystko jest w porządku? Jakaś jest dziwna.

— Chodzi ci o zwierzaki czy o sposób, w jaki traktuje swoje asystentki?

— O zwierzaki mniej, każdy ma prawo do własnych zboczeń. Bardziej o asystentki. Skoro Agnieszka uciekła, a ja mam, co mam… Dorota, to zakrawa na mobbing.

Dorota machnęła ręką.

— Jasne, że tak, ale lepiej się nie skarż. To u niej normalne. Nie lubi kobiet i tyle. Szczególnie kobiet, które wyglądają jak ty czy Agnieszka.

— To może powinna trzymać faceta w sekretariacie?

— Żartujesz? I nad kim miałaby się wtedy pastwić?
A poza tym, wyobrażasz sobie faceta wietrzącego żółwia na trawniku albo kupującego dziesięć deko wołowiny?

Nie wyobrażałam sobie. Każdy normalny facet po-
słałby ją do diabła. Tak, jak najpewniej zrobiła to wczoraj Agnieszka i jak niewątpliwie powinnam zrobić ja.
Tyle tylko, że ja nie mogłam.

Właśnie złożyłam w sądzie wszystkie wymagane
dokumenty i rozpoczęłam mozolny proces oczekiwania
na decyzję. Jakieś trzy miesiące, a może nawet dłużej,
tak przynajmniej stwierdziła urzędniczka przyjmują-
ca dokumenty. Po drodze jeszcze kupa formalności,
spotkanie z opieką społeczną, kuratorem sądowym
i inne takie. Byłabym zapomniała — muszę sobie zrobić
badania lekarskie. Że niby nie posiadam na stanie licznych chorób uniemożliwiających opiekę nad dziećmi.
Trzy miesiące w najlepszym wypadku. Co w praktyce
oznaczało, że muszę utrzymać tę pracę. Za wszelką
cenę. Nawet za cenę prowadzania żółwia na wystawy
do Muzeum Narodowego.

Z sajgonkami Dorota też oczywiście miała rację.
Piętnaście po dwunastej szefowa ogłosiła kolejną
przerwę w spotkaniu w celu nakarmienia Cukiérecz-
ka produktami kuchni azjatyckiej. Na szczęście robiła
to osobiście. Ja w tym czasie miałam sprawdzić, co
porabia Marusia.

Nic nie porabiała. Tkwiła między ołówkami, od czasu do czasu łypiąc badawczo okiem. Położyłam jej wołowinę w zasięgu pyska. Niech się przynajmniej zwierzątko naje.

Dzień ciągnął się w nieskończoność, a przy tym miałam nieodparte wrażenie, że do wykonywania moich nowych obowiązków zawodowych trzy klasy szkoły podstawowej w zasadzie powinny wystarczyć i to aż nadto. Do wyprowadzania na spacery psa, trzymania mu oślinionej kości i kontrolowania stanu żółwia nie były konieczne ukończone studia wyższe plus podyplomowe.

W pewnym momencie pomyślałam z satysfakcją, że na szczęście nigdy nie dałam namówić się na doktorat. I bardzo dobrze. Gdybym miała w kieszeni doktorat, czułabym się jeszcze bardziej kretyńsko, budując dla zaburzonego żółwia konstrukcję z ołówków. A tak przynajmniej nie było mi żal.

*

O czwartej szefowa postanowiła opuścić biuro.

— Czekaj — rzuciła, wychodząc, i jak sądzę, miała na myśli mnie, bo Cukiereczek podreptał za nią na swoich chudych nogach.

Prawie do siódmej bezczynnie wpatrywałam się w jej płaszcz wiszący smętnie na wieszaku. Przepraszam, nie całkiem bezczynnie. Raz czy dwa zajrzałam do żółwia, pozwalając mu nawet swobodnie poruszać się po dnie pudła. Był pod kontrolą, więc na utopienie się miał stosunkowo niewielkie szanse.

Pani prezes pojawiła się w pokoju po to tylko, żeby zakomunikować kolejne polecenie na dzisiaj i zabrać płaszcz, którego z takim oddaniem pilnowałam przez ostatnie trzy godziny.

Do domu zawitałam koło ósmej, bo okazało się, że kapelusz zamiast kokardki na głowie yorka oznacza konieczność odwiezienia żółwia razem z plastikowym mieszkaniem do domu szefowej.

W zasadzie nic zaskakującego — trudno mi było wyobrazić sobie szefową pędzącą na spotkanie z fioletowym pojemnikiem nadludzkich rozmiarów w objęciach. Do dźwigania Cukiereczka musiałaby mieć jeszcze dwie dodatkowe ręce.

Wyprawa do Falenicy i z powrotem zżarła mi masę czasu. Na szczęście gosposia pani prezes przyjęła zwierzątko bez protestów, mogłam więc spokojnie wrócić do domu. Średnio spokojnie, bo perspektywa asystowania aktualnej szefowej nie wyglądała zbyt różowo.

Kolejny dzień pracy pod rządami pani prezes rozpoczął się równie malowniczo. Jak kretynka tkwiłam do jedenastej przy jej miejscu parkingowym.

Widać szefowa odsypiała spotkanie.

Kiedy w końcu zajechała na parking, nie zaszczyciła mnie nawet jednym spojrzeniem, a za to bez słowa wskazała ręką fioletowy pojemnik.

Dalej wszystko potoczyło się utartym rytmem, łącznie z koniecznością używania szmaty do czyszczenia wykładziny.

I tak działo się codziennie.

*

Praca mnie wykańczała. Po raz pierwszy w życiu z obrzydzeniem myślałam o pójściu do firmy. Coraz trudniej wstawało mi się rano, a sama myśl o szefowej powodowała dreszcze.

Między nami nic się nie zmieniało. Pani prezes ograniczała się do wydawania poleceń i nigdy nie pozwalała sobie na jakiekolwiek wyjaśnienia. Co więcej, nie zdarzyło się nigdy, by w jakikolwiek sposób dała po sobie poznać, że dostrzega moje wysiłki.

Nigdy też mnie nie krytykowała. Inna sprawa, że starałam się nie dawać jej powodów do krytyki. Bardzo szybko nauczyłam się szukać potrzebnych mi informacji u Doroty lub informatyków, którzy znakomicie znali jej nawyki i przyzwyczajenia.

Nigdy nie odzywałam się pierwsza. Powiem więcej, prawie wcale nie odzywałam się do szefowej, a jej najwyraźniej to nie przeszkadzało. Czas płynął, a mimo rutyny i powtarzania ciągle tych samych czynności wcale nie było lepiej. Wręcz przeciwnie, z dnia na dzień miałam większą ochotę uciec.

Nic nie wskazywało na to, że upomni się o mnie mój poprzedni szef. Napotkany raz i drugi w windzie starannie unikał mojego wzroku.

Być może napięcie powodowane pracą sprawiło, że prawie nie dostrzegałam, co dzieje się w naszym domu.

A w naszym domu zagnieździł się Marcin. Nie, oczywiście nie na stałe, nie mieszkał z nami. Ale za to bywał nieustannie. Poza momentami, gdy wyjeżdżał na szkolenia był u nas ciągle.

Grał z Łukaszem w piłkę, pomagał Asi w matematyce, chodził z dzieciakami na spacery. Prowadził przyjacielskie pogawędki z panią Anielą, niańczył na kolanach mruczącego Platona. Z dnia na dzień coraz bardziej wrastał w domowy krajobraz.

Raz i drugi zastałam go w trakcie zmywania naczyń, a któregoś dnia weszłam do domu, gdy zajęty był właśnie przyszywaniem guzików do koszuli małego.

To Marcin był osobą, która udała się na pierwszą wywiadówkę w zerówce Łukasza.

Ja nie mogłam. W porze wywiadówki odwoziłam żółwia do Falenicy.

Gdzieś, z tyłu głowy, zaczęła mi świtać myśl, że coś jest nie tak. Coś tu nie gra. Dorosły, zdrowy na ciele i umyśle facet przesiaduje godzinami z dwójką całkiem obcych dzieci. Bez żadnego powodu zdejmuje ze mnie całe mnóstwo domowych obowiązków. Pierze, sprząta, czasem gotuje. Bez wyraźnego wstrętu, o nic przez nikogo nieproszony. Sam z siebie. To nie mogło być normalne. Wykończona pracą odepchnęłam ją od siebie najszybciej, jak to tylko możliwe. Nie teraz. Później się tym zajmę. Kiedyś o tym pomyślę. Może jutro znajdę dość siły. Ale nie dziś.

Musiałam przetrwać. Ciągle miałam nadzieję, że pewnego dnia pani prezes znajdzie kogoś na moje miejsce. Przecież miało to być tylko tymczasowe zastępstwo!

Gdyby nie wizja toczącego się postępowania są-
dowego, gdyby nie perspektywa braku dochodów
i niemożności utrzymania domu, rzuciłabym tę pracę
w jednej chwili i to od zaraz.

Minął październik i naturalną koleją rzeczy rozpoczynał się listopad. Pierwszego wybraliśmy się na grób
Elżbiety.

Było mgliście, smutno i przygnębiająco. Siąpił drobny deszcz, z drzew spadały ostatnie liście, a przez cmen-
tarz przetaczały się tłumy odwiedzających groby.

Złość na Elżbietę minęła mi już dawno. To, co się
wydarzyło, było porażająco smutne, ale też po raz
pierwszy zdałam sobie sprawę, że jestem jej wdzięczna, że to właśnie mnie wybrała owej marcowej nocy.
Tylko jakiś zły duszek w mojej głowie szeptał mi, że
przecież nie miała nikogo innego.

Nic nie szkodzi. Uczucie wdzięczności pozostało.

Przeciskaliśmy się do wyjścia, gdy nagle ktoś złapał
nie za rękaw płaszcza.

— Joanna? To ty?

Odwróciłam się. Przede mną stał mój szef. Poprzedni szef, ten sam, który kilka miesięcy temu z hukiem
wyrzucił mnie z roboty.

— Joanna, co ty tu robisz? Głupio pytam… Co można robić na cmentarzu? Słuchaj, cieszę się, że cię widzę.
O, nie jesteś sama. — Widać dopiero w tym momencie
zauważył obecność uczepionego do mojej ręki Łukasza
i stojącą obok Asię.

— Nie wiedziałem, że masz dzieci! — wypalił nagle. — Wtedy nie wiedziałem, bo ostatnio Marcin coś wspominał... Słuchaj, może moglibyśmy spotkać się któregoś dnia i spokojnie porozmawiać. Wtedy... Byłem wściekły, wiesz.

Jasne, że był wściekły, miał pełne prawo. Dobrze go rozumiałam. Jedyne, o co mogłam mieć pretensje, to to, że nie pozwolił mi wyjaśnić sytuacji. Chociaż bardzo skora do wyjaśniania czegokolwiek to ja nie byłam, fakt. Jedno warte drugiego — pomyślałam.

— Może któregoś dnia po pracy... — nalegał.

— Posłuchaj, stało się. Miałeś prawo mieć mnie dosyć. Dobrze cię rozumiem. Nie ma o czym mówić. A poza tym, ja długo pracuję, a po pracy mam inne obowiązki, sam widzisz.

Nie miałam ochoty tłumaczyć mu, że przeciętnie trzy razy w tygodniu stoję w korkach w drodze do Falenicy.

— Gdzie pracujesz?

— W banku.

Mój były szef z uznaniem pokiwał głową.

— No tak, dla takich jak ty zawsze znajdzie się coś ciekawego.

Żebyś tak zobaczył mnie rano na parkingu czekającą na fioletowe pudło — pomyślałam. Ale o tym nie musisz wiedzieć.

— Pomyślałem... Pomyślałem, że może zbyt pochopnie podjąłem wtedy decyzję. Nie chciałem wyrzucać cię dyscyplinarnie, wiedziałem, że masz kłopoty. Powinienem zapytać. Ty przecież chciałaś coś powiedzieć, a ja ci nie pozwoliłem. Teraz żałuję. Sam miałem kłopoty, firma omal nie padła. Inne sprawy też nie szły najlepiej. Joanna! A może wróciłabyś do nas? Brakuje nam ciebie w zespole.

— Komu? Darkowi? — nie zdołałam powstrzymać się od uszczypliwości. Machnął ręką.

— Darka już z nami nie ma. Odszedł zaraz po tobie, o ile wiem, do konkurencji. Marcin ci nie mówił? Zdaje się, że utrzymujecie ze sobą kontakt. Zastanów się, może jednak chciałabyś wrócić? Ostatnio jest więcej zamówień. Chociaż… Zrozumiem, jeśli odmówisz. W końcu bank to nie byle co.

Przez moment byłam bliska rzucenia się mu na szyję. Czy ja chcę wrócić? Bardzo chcę. Uwolnić się od żółwia, rzygającego na wykładzinę psa i szefowej. Przestać robić z siebie idiotkę w mięsnym i na trawniku. Wrócić do normalnej pracy. Znów z przyjemnością budzić się co rano.

Mój entuzjazm trwał tylko chwilę. Co ja chcę najlepszego zrobić? A dzieciaki? Ciągłe wyjazdy, matka ostatnio gorzej się czuje, nie mogę jej obciążać nieustannymi podróżami do nas i z powrotem. Pani Aniela? Pani Aniela nie ma dosyć sił. Nie da rady.

Poczułam, że ogarnia mnie złość. Stracić taką szansę!

Stop. Powinnam sama dać sobie po łapach. Coś w życiu wybrałam. Za moim wyborem idą określone konsekwencje. Jedną z nich jest niemożność powrotu do poprzedniej pracy. To nie szansa, to drwina losu i tak należy tę sytuację traktować.

— Nie. Nie wrócę. Bardzo bym chciała, ale uwierz mi, że to niemożliwe.

— Jednak wybierasz bank? — Miałam wrażenie, że zrobiło mu się przykro.

— Żółwia na spacer kiedyś wyprowadzałeś? Pewnie nie. A sprzątałeś po wymiotującym rano psie? Codziennie? Do tego po psie, który chodzi w kubraku wartym tyle, że niejedna dziewczyna ubrałaby się za te pieniądze od stóp do głów? I w kapeluszu na głowie. To właśnie jest moja praca. I zapewniam cię, że nie wybieram banku z powodów ambicjonalnych. Nawet nie wiesz, jak bardzo chciałabym wrócić. Ale to niemożliwe. Może kiedyś, kiedy dzieciaki podrosną. Jeśli twoja propozycja będzie nadal aktualna. Może wtedy. Ja nie mam innego wyjścia, rozumiesz?

Kiwnął głową i po raz pierwszy miałam świadomość, że naprawdę się rozumiemy. Nie jak dotychczas, wyłącznie w kwestiach zawodowych, tylko zwyczajnie, jak ludzie. I było mi z tym dobrze.

*

Marcin pojawił się z samego rana. Bez uprzedzenia, za to w towarzystwie pani Anieli i z siatką świeżych bułek na śniadanie.

— Wstawaj, postanowiłem cię porwać. Pani Aniela zostanie z dziećmi, a my pojedziemy do lasu. Padasz na nos, potrzebna ci chwila wytchnienia.

Fakt, padałam. I bardzo potrzebowałam wytchnienia. Ale dlaczego w lesie? Osobiście wolałabym poleżeć na kanapie i popachnieć. Pachnieć nawet nie muszę, co mi tam, byleby tylko świat pozwolił mi poleżeć. A o leżeniu w listopadowym lesie nie mogło być mowy.

— Marcinku, musimy do tego lasu? Gdzie indziej się nie da? — próbowałam przeforsować swoją wersję.

— Kiedy ostatnio widziałaś świat inaczej niż przez szybę? Albo poza biurowym trawnikiem?

Miał rację, ale perspektywa włóczenia się po lesie nie była jakoś nadmiernie porywająca.

— Na dwie, trzy godziny. Nie marudź, proszę — Marcin nie dawał za wygraną.

Przez całą drogę oboje milczeliśmy. Dobrze, że w towarzystwie tego faceta można sobie spokojnie pomilczeć a cisza nie staje się ciężarem nie do udźwignięcia. Po raz pierwszy odezwał się dopiero, kiedy weszliśmy już do lasu.

— Właściwie, to chciałem z tobą porozmawiać — zaczął tak jakoś niepewnie.

— Człowieku, chciałeś ze mną porozmawiać i dlatego ciągniesz mnie czterdzieści kilometrów i domagasz się, żebym radośnie przeskakiwała przez kałuże zamiast w cywilizowany sposób zalegać przed telewizorem?

— A dużo ostatnio zalegasz? Tak na marginesie pytam.

Miał rację, o żadnym zaleganiu nie było mowy. Za święto można było uznać dni, gdy przed zaśnięciem zdołałam przeczytać dwie strony książki. Nie to, co kiedyś.

— Chodź, wejdziemy głębiej w las — jakoś nie kwa-
pił się do rozwinięcia zasadniczego wątku. Zeszliśmy
z głównej ścieżki, a później wydarzenia potoczyły się
już bardzo szybko.

Bez wątpienia zwierzak zawdzięcza życie Marcinowi. Ja najpewniej wcale bym go nie zauważyła. Pod
drzewem, zagrzebana w stertę zeschłych liści leżała
brązowo-szara kupka psiego nieszczęścia.

Leżała chyba od dawna, bo na nasz widok pies nawet nie podniósł głowy. Zdaje się, że nie miał siły.

Marcin wyciągniętym z kieszeni scyzorykiem od-
ciął sznurek, którym ktoś przywiązał zwierzaka do
drzewa. Próbował go wziąć na ręce, ale gabaryty stwo-
rzonka nie bardzo na to pozwalały. Pies do małych
nie należał.

Na oko sądząc, podrośnięty szczeniak wzrostem
przypominał dorosłego owczarka. Co to może być?
Potomek psa Baskervillów? Poskręcana, oblepiona bło-
tem sierść, sterczące żebra.

Marcin bez słowa ściągnął z siebie kurtkę, rozłożył
ją na ziemi i próbował umieścić na niej zwierzę.

Pies nawet nie otworzył oczu.

— Musi być bardzo osłabiony. Zastanawiam się,
gdzie znaleźć najbliższego weterynarza.

Do samochodu nie było specjalnie daleko, a mimo
to droga zajęła nam dobre pół godziny. Zwierzak leżał
bezwładnie na kurtce Marcina.

Zerwał się lodowaty wiatr a mżawka przybrała na
intensywności. Ręce mdlały mi z wysiłku.

Genialny sposób na wypoczynek w sobotnie przedpołudnie — pomyślałam nie bez złośliwości. Różne rzeczy można o mnie w tym momencie powiedzieć, ale nie pachnę na pewno. Potargane włosy, czerwona z wysiłku twarz, sweter lepiący się od potu. Jeśli tak ma wyglądać aktywny wypoczynek według Marcina, to ja jednak stanowczo wolę swoją wersję.

— Pojedziemy do Śródmieścia. Tu nawet nie wiem, gdzie szukać dla niego pomocy.

*

— Musiał być przywiązany do tego drzewa od co najmniej kilku dni. Dostał już kroplówkę, wygrzebie się z tego. Ale jest skrajnie wycieńczony. Ktoś skazał go na potworną śmierć. — Sądząc po tonie głosu dla brodatego weterynarza musiała to być codzienność. — Mamy coraz więcej takich przypadków. Ludzie strasznie się zachowują w tych strasznych czasach.

— Doktorze, czy mógłby pan powiedzieć coś więcej o tym zwierzaku?

— Chodzi pani o wiek i tak dalej?

— Będziemy musieli znaleźć dla niego dom. Nie po to ratujemy mu życie, żeby skończył z schroniska.

— Samiec, poniżej roku, myślę, że jakieś dziewięć, dziesięć miesięcy, mieszaniec, przewaga genów wilczarza irlandzkiego.

— Chce pan powiedzieć, że będzie jeszcze większy? — wtrącił się Marcin.

— Dużo nie, ale trochę.

— Fantastycznie, gdzie my znajdziemy amatora na taką górę brzydoty? Marcin, masz jakiś pomysł?

— Niech się pani nie martwi, on naprawdę nie jest aż tak brzydki, jak można by sądzić na pierwszy rzut oka. Na co dzień powinien wyglądać lepiej. Generalnie to ładne psy. I bardzo łagodne. Tylko zajmują sporo miejsca. Ale przez najbliższych kilka dni i tak musi zostać u nas, więc póki co nie macie państwo kłopotu.

Niezły bilans jak na jedno sobotnie przedpołudnie. Mam przynajmniej dwa nowe problemy. Jeden to znalezienie kogoś, kto ma w domu wystarczająco dużo miejsca, by pomieścić w nim zwierzę gabarytów małego osła i drugi wbrew pozorom dużo poważniejszy.

Marcin chciał ze mną porozmawiać i to właśnie był ten bardziej istotny problem. Ciekawe tylko, o czym?

*

Marcin nie zdradzał chęci powrotu do tematu, a mnie ani było w głowie nawiązywanie do przerwanego wątku. Z nie do końca jasnych dla siebie powodów wolałam odwlec tę rozmowę na tak długo, jak to tylko było możliwe. Przez skórę czułam, że jeśli już ją zaczniemy, to wiele się zmieni, a wcale nie byłam pewna, czy tego chcę. Inaczej. Bałam się tego, co mógł mi powiedzieć. Może Marcin miał ochotę zadeklarować swoją dozgonną przyjaźń? Potwierdzi niczym nieuzasadnione przywiązanie do dzieci i zobowiąże się opiekować się nami do momentu uzyskania przez nie pełnoletności. Tak bez powodu? Albo powie, że starczy już tego szaleństwa, pokłady przyzwoitości ma na wyczerpaniu, na więcej mogę nie liczyć?

A może chce mi zaproponować, że skoro ja pasjami zajmuję się Cukiereczkiem szefowej i upośledzonym ruchowo żółwiem, to on chętnie zajmie się dziećmi? W końcu realnie patrząc, spędza z nimi więcej czasu niż ja.

Zaraz, moment, to do mnie Elżbieta zadzwoniła w środku nocy, nie do niego. I nie jest żadnym wytłumaczeniem tego stanu rzeczy fakt, że Marcina nie znała. Koniec, kropka, dzieci mają zostać ze mną, a on niech sobie z głowy wybije inną możliwość. Los tak chciał, los jest sprawiedliwy i dlatego należy poddać się jego wyrokom. Niczego nie będziemy tu zmieniali. Na wszelki wypadek postanowiłam unikać rozmów z Marcinem sam na sam. Przy dzieciach się nie odważy i w tym cała moja nadzieja.

*

W przeciwieństwie do problemu Marcina problem owłosionej pokraki rozwiązał się prawie natychmiast i szczęśliwie całkiem bez mojego udziału.

— Zgadnij, jaką mam nowinę. — Marcinowi aż oczy się śmiały. — Nie uwierzysz. Nigdy bym na to nie wpadł.

Łukasz, który zawisł na ramieniu Marcina, gdy ten tylko przekroczył drzwi mieszkania, natychmiast mocno zainteresował się tematem rozmowy.

— Masz dla nas jakąś niespodziankę? Dla mnie i dla Asi? Tak?

— Nie, brzdącu, tym razem nie dla was. Dla Joanny.

Domyślałam się, że chodzi o psa. Nie wspominaliśmy dzieciakom o naszej leśnej przygodzie, bo mogłoby się to skończyć w jeden tylko sposób. Całkiem nieakceptowalny jak dla mnie. Lubię psy zdecydowanie bardziej niż koty, ale dobrowolne dołożenie sobie jeszcze jednej rozrywki życiowej w postaci nieustających walk zwierzyny domowej absolutnie nie wchodziło w grę.

— Szef, mój obecny, twój były…

— Cyborg? Żartujesz? — nie mogłam w to uwierzyć.

— Wcale nie. Był dziś ze mną w lecznicy.

— I…? Jakiś ludzki odruch?

— Uczucie od pierwszego wejrzenia. Mam nadzieję, że obustronne, bo jedna ze stron ma stanowczo większe zęby.

— Wilk? — zainteresował się znowu Łukasz.

— Prawie. Zwierzątko ma już nowego właściciela i sponsora, bo zdaje się, że przy tych gabarytach dobry sponsor będzie jak znalazł.

*

Jakoś wyraźnie lepiej zaczęłam dogadywać się z Asią. Może na tle zwierzyńca szefowej doceniłam dziecko, a może dziecko doszło do wniosku, że skoro nie zamierzam ich porzucić, to zasługuję na większe zaufanie.

Efekty bywały zaiste porażające. Znałam klasowe plotki, wiedziałam, w czyim domu rodzice zawzięcie się kłócą i o co. Udało mi się nawet namówić małą na wspólne ciuchozakupy i fryzjera. Za moją namową pozbyła się w końcu swoich beznadziejnych mysich ogonków i zaczęła wyglądać jak człowiek.

Nareszcie zaczynało też do mnie docierać, czemu ta Asia taka grzeczna i dobrze ułożona.

Asia mianowicie nie chce nikomu sprawiać kłopotu, ani w czymkolwiek przeszkadzać. Powiedzenie „nie" stanowi dla niej nie lada wyzwanie. Czuje się organicznie zmuszona do wyrażania zgody na wszystko dookoła.

Wszystko jej pasuje, wszystko odpowiada. Bardzo chciałabym kiedyś usłyszeć, jak to dziecko trzaska drzwiami. Albo chociaż podnosi głos. Niegrzecznie odpowiada. Słowo daję.

Zdaje się, że panicznie boi się odrzucenia. Jak tak dalej pójdzie — pomyślałam — kłopoty murowane. Też będzie sobie musiała zasłużyć na akceptację mężczyzn, jak niejaka Agata, nie przymierzając.

No właśnie, Agata. Agata podjęła terapię.

Zadzwoniła do mnie, ciskając się okropnie, że wszystko przez nas i że jej ta amputowana kobiecość przeszkadza, ale teraz musi pójść do psychologa, nie ma innego wyjścia, bo z odciętą kobiecością żyć się nie da.

Na moją subtelną uwagę, że zakładając prawdziwość tezy o amputacji, żyje z tym od dawna i jakoś jej do tej pory nie przeszkadzało, stwierdziła, że owszem, można żyć z problemem, póki się go nie nazwie, bo jak się nazwie, to już trzeba coś z nim zrobić. Albo zabrać się za rozwiązywanie, albo polubić i mieć dalej. Ona niestety, jako kobieta świadoma i wykształcona nie jest w stanie polubić i koniecznie chce sprawdzić, czy inny terapeuta też będzie zdania, że sobie amputowała.

Jej nowa terapeutka tymczasem nic nie mówi na temat kobiecości, wszystko jedno, odciętej czy nie, a w zamian podobno pracują — cokolwiek by to miało znaczyć — nad samoakceptacją Agaty.

Poza tym, wieść gminna niesie, że jakoby Agatka obiecała Filipowi wyjść za niego, jak tylko się dowie, czy tego chce. Od terapeutki chce się dowiedzieć? Nie wiem, jaki to ma związek z jej terapią, mam tylko nadzieję, że w tym systemie to nie terapeutka ma powiedzieć Agacie, czego Agata oczekuje od życia. Jeśli nie, to hipotetycznie mogłoby się zdarzyć, że terapeutka zadecydowałaby o sensowności związku Agaty i Filipa i w rezultacie Agata zostałaby jego żoną, wcale tego nie chcąc.

Sama już nie wiem, jak to jest z tą terapią. Jedni stroszą się na sam dźwięk tego słowa, inni, jak Agata są zachwyceni. Już nawet chciałam pójść do tej jej terapeutki z wrzeszczącym po nocach Łukaszem, ale ona nie zajmuje się dziećmi. Szkoda. Szkoda też, że inna znajoma Agaty, specjalistka od dzieci wyjechała pod koniec wakacji na kilkumiesięczne stypendium. A ryzykować nie miałam ochoty. Owszem, gdyby chodziło o mnie, czemu nie, ale tu w grę wchodziło dobro i bezpieczeństwo dziecka. I to nie jakiegoś abstrakcyjnego, a mojego.

Takie rozmyślania wywodziły się z moich codziennych spacerów z Marusią. Ze względu na nadzwyczajną aktywność tłustego czworonoga szefowej należało zwracać baczną uwagę, byśmy oboje cali i zdrowi zdołali powrócić do biura i myśleć się przy tym specjalnie nie dawało. Żółw to zupełnie co innego. Przy żółwiu myślenie szło jak złoto.

Ze względu na typowo listopadową pogodę spacerowałyśmy z Marusią po korytarzu naszego piętra. Pół godziny dziennie. Na szczęście żółw stosunkowo wolno chodzi, przynajmniej w porównaniu z Cukiereczkiem, bo inaczej spędzałabym czas, gnając od wind na jednym końcu korytarza do wind na drugim i z powrotem. A tak — zaczynałyśmy przy windach i kończyłyśmy w połowie piętra. Codziennie zaczynałyśmy od innego końca, żeby zwierzak miał urozmaicenie.

Mijający mnie koledzy posyłali mi porozumiewawcze uśmiechy, ale nikt niczego nie komentował.

Niestety, za sprawą Cukiereczka nie omijały mnie wizyty na biurowym trawniku. Ze względu na pogodę zwierzątko dorobiło się kożuszka. Czerwonego i wyszywanego w góralskie motywy ludowe.

W zasadzie spacery przebiegały bez zakłóceń, to znaczy ja stałam w miejscu, a york biegał dookoła mnie uwiązany na naprężonej smyczy, poza sytuacją, gdy na horyzoncie pojawiała się jakaś suka z cieczką. Wówczas w samcu karmionym krakersami zaczynały buzować hormony i w efekcie sytuacja przedstawiała się o wiele mniej zabawnie. No, zależy dla kogo, może dla postronnego obserwatora nawet zdecydowanie bardziej zabawnie, ale nie dla mnie.

Dla mnie oznaczało to bieganie po terenie za wyjącym i wyrywającym się zwierzakiem i ponawiane co chwila próby przekonania go, że panienka nie dla niego. Szczególnie, że szarpiący się na uwięzi Cukiereczek nie wiadomo dlaczego upodobał sobie przedstawicielki dużych ras. I wtedy znów nie bez satysfakcji wracałam myślą do zlekceważonego doktoratu.

*

Wymagane przez sąd badania miałam w porządku, internista wydał mi stosowny papier na okoliczność mojego zadowalającego stanu zdrowia, opieka społeczna oceniła warunki, w jakich dzieci miały ze mną mieszkać, czyli stan lokalu zajmowanego przez nie dotychczas, zmuszono mnie prawie siłą do udzielenia odpowiedzi na kilka nad wyraz inteligentnych pytań, na przykład czy w momencie ustanowienia mnie przez sąd rodziną zastępczą dzieciaki będą miały dostęp do ciepłej wody, i postępowanie sądowe toczyło się swoim rytmem. Nie ma co ukrywać, nadzwyczajnie mnie to pytanie o ciepłą wodę ucieszyło. Przez moment nawet sądziłam, że z oczu mi tak jakoś patrzy, jakbym miała zamiar im tę wodę zaraz odciąć, albo i co gorszego. W każdym razie opieka wypowiedziała się pozytywnie o warunkach. Teraz przyszła kolej na kuratora.

Pani kurator umówiła się na spotkanie z nami wszystkimi. U nas w domu, bo pewnie też miała ochotę rzucić okiem na tak zwane warunki. Najpierw zaplanowała sobie rozmowę z dziećmi, później miała nadejść moja kolej. Na pierwszy ogień poszedł Łukasz.

— Najwięcej to jemy chipsów i frytek. Na każdy posiłek — usłyszałam zza niedomkniętych drzwi. — I pizzę. Bardzo często, przynajmniej trzy razy w tygodniu. Coli mamy, ile chcemy i wolno nam ciągle oglądać telewizję. A spać to chodzimy, kiedy mamy ochotę, Joanna nam pozwala. I nie musimy się myć. W ogóle — podkreślił z naciskiem.

Zdrętwiałam. Co on za bzdury wygaduje? Wszystkie szanse na pozytywną decyzję sądu szlag nam zaraz trafi! Jeśli ta kobieta mu uwierzy, nikt przy zdrowych zmysłach nie powierzy mi opieki nad dziećmi!

— I niech się pani nie martwi, że my będziemy niepełną rodziną, to znaczy bez taty — kontynuował z pełnym przekonaniem. — To się zaraz zmieni, zamieszka z nami taki jeden Marcin, wie pani, on mi nawet guziki przyszywa, tylko Joanna czeka, żeby sąd coś zdecydował, bo teraz nie ma czasu zająć się tym Marcinem, bo się denerwuje. On naprawdę nadaje się do dzieci, nie tak jak ten poprzedni narzeczony, co chciał zamordować Joannę. To znaczy ja już wiem, że on jej nie chciał zamordować, bo mi Joanna wszystko wytłumaczyła, ale jak ludzie uprawiają seks, to wygląda jakby się mordowali, prawda? I Joanna rzuci wtedy pracę, bo ile można wyprowadzać żółwia na spacer. Jak pani myśli, bo mnie się wydaje, że żółwie są głupie, nie tak jak koty. Lubi pani koty?

Wolałam nie słyszeć, co odpowiedziała mu pani kurator. Szczególnie w kwestii swoich poglądów związanych z podobieństwem zachowań seksualnych do usiłowania mordu.

Ale zaraz, co on powiedział? Że zamieszka z nami Marcin? Zabiję bachora, słowo, niech no tylko ta kobieta opuści nasze progi. Szkoda, że już teraz nie mogę dostać go w swoje ręce!

Szczerze mówiąc, żałowałam, że drzwi były niedomknięte. Nie mam zwyczaju podsłuchiwać, czytać czyichś pamiętników ani sprawdzać cudzych kieszeni. Do tego stopnia, że często nie sprawdzam zawartości własnych. Nie raz i nie dwa uprałam sobie dokumenty. A teraz przez przypadek usłyszałam coś, co absolutnie nie było przeznaczone dla mnie. I włosy mi się zjeżyły na głowie. Niech no jeszcze Aśka dorzuci swoje trzy grosze i odmowną decyzję sądu mamy jak w banku.

Nie wiem, co powiedziała Aśka, ale pierwsze pytanie pani kurator skierowane do mnie powaliło mnie na kolana.

— Proszę mi powiedzieć, dlaczego pani to robi? Dlaczego chce pani ustanowić rodzinę zastępczą?

Jasne, pewnie pomyślała, że rzucam robotę, bo mam dosyć wyprowadzania żółwia i chcę zacząć się utrzymywać z zasiłku na dzieci. Po rewelacjach Łukasza taka hipoteza wydawała się dosyć prawdopodobna.

— Szczerze mówiąc... To wbrew pozorom bardzo trudne pytanie. Po prostu w tej sytuacji chyba nie umiem inaczej. Nie chcę, żeby resztę dzieciństwa spędziły w domu dziecka.

— Czy wcześniej, zanim to wszystko się wydarzyło, myślała pani o takim posunięciu? Tak abstrakcyjnie? Że może kiedyś, żeby pomóc w ten sposób jakiemuś dziecku...?

Odnosiłam wrażenie, że pani kurator usiłuje naprowadzić mnie na właściwy tok myślenia.

— Nie, nawet mi taka myśl nie zaświtała w głowie. Wie pani, gdyby nie śmierć ich matki, to moje życie nadal wyglądałoby tak jak kiedyś. Nie widziałabym powodu, by cokolwiek w nim zmieniać.

Pani kurator zanotowała coś w swoich papierach.

— Czyli rozumiem, że dla pani samej ta decyzja jest do pewnego stopnia zaskoczeniem?

— W pewien sposób tak. Nigdy nie myślałam o sobie jako o matce dwójki dzieci. Szczególnie matce samotnej. W ogóle nie myślałam o posiadaniu rodziny. Raczej zajmowałam się czymś innym — zdołałam słabo się uśmiechnąć.

— W takim razie skąd przypuszczenie, że da pani radę wytrwać w tej decyzji? Opieka nad dwójką dzieci potrafi mocno skomplikować człowiekowi życie.

Jakbym tego aż za dobrze nie wiedziała!

— Cóż, wiem, że potrafi. Tego już zdołałam doświadczyć. Ja... Myślę, że dostatecznie zmieniłam swo-

226

je życie pod ich kątem. Postarałam się nawet o inną pracę, żeby ograniczyć wyjazdy służbowe.

Właściwie to praca zmieniła mnie, ale tego nie zamierzałam głośno mówić.

— A pani życie osobiste? Zapewne zdaje pani sobie sprawę, że wolelibyśmy, żeby dzieci trafiły do pełnej rodziny? Brak męskich wzorców może się niekorzystnie odbić na ich rozwoju.

Fantastycznie! Zaraz się okaże, że Łukasz swoimi bredniami uratował mi skórę.

— W tym zakresie nie planuję żadnych zmian. Przynajmniej na razie.

— A Marcin? Zdaje mi się, że Łukasz wymieniał właśnie takie imię?

— To... To tylko znajomy, zaprzyjaźniony chyba bardziej z dziećmi niż ze mną. Naprawdę trudno mi odpowiadać za wymysły sześciolatka.

— Nie pomyślała pani, że chłopiec może bardzo tego pragnąć?

— Nie wiem, nie zastanawiałam się nad tym. Już mówiłam, że na razie nie planuję żadnych zmian w życiu osobistym. Nawet jeśli Łukasz sądzi inaczej.

— W takim razie proszę z nim o tym porozmawiać, po co chłopiec ma żywić nadzieję, że będzie inaczej. I jeszcze jedno. Sugerowałabym ograniczenie ilości chipsów i telewizji. Jedno i drugie nie jest najzdrowsze.

Nie pozostawało mi nic innego, jak tylko zgodzić się z panią kurator.

*

— Podsłuchiwałaś! — obruszył się Łukasz, gdy tylko przedstawiłam mu listę zarzutów. — A mnie mówisz, że nie wolno słuchać pod drzwiami. Ani czytać cudzych listów.

— Łukasz, nie. Nie podsłuchiwałam. Usłyszałam przez przypadek i teraz oczekuję wyjaśnień. Co to wszystko ma, do pioruna, znaczyć? Chipsy, frytki, telewizja bez ograniczeń? Nie musicie się myć? — wolałam na razie nie poruszać tematu Marcina.

Mały wzruszył ramionami.

— Chcesz z nami być, prawda? A my z tobą. No, to chciałem, żeby zobaczyła, że dobrze się nami zajmujesz. Dbasz, żebyśmy byli zadowoleni. Sama mówiłaś, że jak ta pani uzna, że się nadajesz, to wtedy mamy szanse.

— Czy chcesz mi powiedzieć, że zmyśliłeś to wszystko, żeby pani kurator mogła mi wystawić jak najbardziej pochlebną opinię?

Łukasz pokiwał głową.

— Wydawało ci się, że taki wizerunek sprawi... Mały, przecież wiesz, że nie wolno kłamać.

— Ale ja tylko w twojej obronie. Przecież taka nie jesteś, każesz mi się myć i chipsów pozwalasz jeść jak na lekarstwo, i muszę jeść marchewkę, ale jakbym powiedział prawdę, to nikt by ci nas nie dał, bo ja wcale nie jestem z tego zadowolony.

— Chcesz powiedzieć, że kłamałeś, bo bałeś się, że sąd nie wyrazi zgody?

228

— Jasne. Żaden sąd na świecie nie da dzieci komuś, kto nie pozwala im oglądać kreskówek — stwierdził z pełnym przekonaniem. — Słyszałem, jak rozmawiałaś z panią Anielą. Interes dziecka przede wszystkim. Sama tak powiedziałaś.

— Dobrze, już rozumiem, chociaż nadal jestem zdania, że nie powinieneś był kłamać. Jeszcze jedno... Dlaczego sądzisz, że Marcin wkrótce z nami zamieszka?

— No bo tak. Asia też tak myśli. Fajnie by było... I on się nadaje, mówię ci. Nawet Platon go lubi.

— Łukasz, jak sądzisz, czy ja przypadkiem też nie powinnam mieć czegoś w tej sprawie do powiedzenia?

— No tak, ale wiesz, nawet jak go teraz za bardzo nie lubisz, to może się przyzwyczaisz? W końcu do nas też się przyzwyczaiłaś, prawda? A na początku wcale za nami nie przepadałaś.

Zrobiło mi się przykro i głupio. Nigdy z nim o tym nie rozmawiałam i nie zdawałam sobie sprawy, że Łukasz tak trafnie ocenia całą sytuację. W końcu to tylko mały chłopiec. Kto by pomyślał, że pod tą piegowatą powłoką kryje się kawał wrażliwca.

*

Kilka dni później telefon znów obudził mnie w środku nocy.

— Mamuśka? — zapytał nieprzyjemny, męski głos po drugiej stronie słuchawki. — Mamuśka, śpisz? Chyba cię nie obudziłem? Mamuśka! — zachrypiał. — Odezwij się, wiem, że tam jesteś!

Zboczeniec — pomyślałam. Jak nic zboczeniec, albo pijany, albo też jakiś kretyn pomylił numery telefonów. W słuchawce coś zachrobotało.

— No, mówię, odezwij się. Powiedz coś. Wiem, że tam jesteś.

Już miałam odłożyć słuchawkę, gdy głos zazgrzytał ponownie.

— Siedzisz z Łukaszem i Aśką, nie? W moim mieszkaniu, nie? Jesteś dla nich jak mamuśka, nie? No, powiedz coś!

Kompletnie nieprzytomna usiadłam na łóżku.

— Kim pan jest, do pioruna?

— Tatusiem. Co, mamuśka, zdziwiłaś się, prawda? Mało powiedziane.

— Jakim tatusiem? Znaczy czyim?

Na pewno nie moim. Mój tatuś brzmi inaczej. I nie wydzwania do mnie w środku nocy. A ja nie jestem niczyją mamuśką.

— Jak to czyim? Moich dzieciaków!

Nagle wróciła mi pełnia świadomości.

— Żartuje pan? Jest pan ojcem Asi i Łukasza?

— Przecież mówię. Nowacki jestem. — Nie wiedzieć czemu zarechotał w słuchawkę. Jego śmiech brzmiał równie nieprzyjemnie jak głos, który z siebie wydobywał.

— Skąd pan dzwoni?

— Nie twoja sprawa, mamuśka. Z daleka. Dzwonię, żebyście się wszyscy ode mnie odczepili. Te twoje psy gończe żyć mi nie dają.

— Nie moje, tylko Interpolu — starałam się uściślić sytuację.

— Nie obchodzi mnie czyje. Chcę, żeby przestali węszyć.

— Zaraz, chwileczkę. Skoro budzi mnie pan w środku nocy, skoro twierdzi pan, że jest pan ojcem dzieci, skoro już pan wie, że się nimi opiekuję, to może zdołalibyśmy wspólnie coś ustalić. Na przykład, czy zamierza pan się nimi zająć?

Chyba go zirytowałam.

— Ty, mamuśka, za dużo sobie nie wyobrażaj. Ja tam niczego nie będę z tobą ustalał. A dzieciaków nie chcę, weź je sobie, oddaj do domu dziecka. Nie obchodzi mnie, co z nimi zrobisz. Już ci powiedziałem, odczepcie się ode mnie, bo popamiętacie.

— Przecież to pana dzieci! — nie kryłam oburzenia.

— No i co z tego? Może i moje, kto ich tam wie. Badań nie robiłem. Wszystko jedno czyje. Nawet jak moje, nie chcę ich i koniec. Już ci powiedziałem, zrób z nimi, co chcesz. Ja tylko chcę, żebyście się odczepili. Rozumiesz? Wyraźnie mówię — macie się odczepić. I ty mnie lepiej posłuchaj, bo jak nie, to pożałujesz. Już nie będziesz się miała kim zajmować.

Zanim zdołałam cokolwiek z siebie wykrztusić odłożył słuchawkę.

Zrobiło mi się zimno z przerażenia.

Jeśli to nie głupi dowcip, jeśli rzeczywiście rozmawiałam z ich ojcem... O co w tym wszystkim chodzi? Chciał, żebyśmy się odczepili... Nie chce dzieci... Po-

231

czułam ulgę. Ostatnio coraz częściej z przerażeniem myślałam o chwili, w której Interpol odnajdzie ich ojca, a stęskniony tatuś chwyci dzieciaki w ramiona i nie wypuszczając z objęć, odleci z nimi do Ameryki. Zabierze mi je na zawsze. Nie miałabym żadnych szans na uzyskanie praw do opieki. Ojciec, choćby najgorszy, zawsze ma pierwszeństwo.

Zaraz. Powiedział, że nie chce dzieci i że mamy, to znaczy Interpol, przestać węszyć. Bo jak nie, to pożałujemy. Nie będę miała się kim opiekować.

On nam grozi!!! Co ja mam zrobić? Skontaktować się z Jakubczykiem, to na pewno. Ale przecież ja nie mam żadnego wpływu na poczynania Interpolu! Mam im powiedzieć, że co? Mają zaprzestać poszukiwań? A oni niby mnie posłuchają?! Nie mam nawet żadnego dowodu na to, że Nowacki dzwonił do mnie dziś w nocy, a tym bardziej, że mi groził. Pomyślą, że histeryzuję.

Spokojnie. Muszę skontaktować się rano z Jakubczykiem, może on coś wymyśli. Nie mam innego wyjścia. Mogłabym jeszcze co prawda w odwecie próbować wynająć bandę zbirów, którzy udaliby się do Stanów straszyć Nowackiego, ale po pierwsze, chyba nie było mnie na to stać, jako że finanse ostatnimi czasy miałam nieco nadwątlone, a po drugie, nie miałam pojęcia, gdzie ich szukać. Gdzie szukać zbirów do wynajęcia i Nowackiego do straszenia. Siłą rzeczy pozostawał mi tylko Jakubczyk.

*

Zadzwoniłam do Jakubczyka jeszcze przed udaniem się na miejsce parkingowe w celu odebrania fioletowego lokum żółwia razem z zawartością.

Sierżant spokojnie wysłuchał przekazanych przeze mnie rewelacji, po czym zażądał spotkania. Najlepiej natychmiast i najlepiej u mnie w pracy. Co prawda wieczorem moglibyśmy spotkać się choćby w mieszkaniu Elżbiety, ale nie, uparł się, żebyśmy zrobili to niezwłocznie. Miałam niejasne podejrzenia, że wieczorem sierżant jest już po godzinach pracy i w związku z tym zdecydowanie bardziej woli umówić sie ze mną przed południem na biurowym trawniku, w porze wietrzenia Cukiereczka, niż wieczorem przyjeżdżać na Mokotów.

Mimo moich wątpliwości stanowczo obstawał przy trawniku.

Pogoda raczej nie sprzyjała ani spacerom, ani też prowadzeniu konwersacji w plenerze. Wiał lodowaty wiatr, a z nieba siąpił drobny, zacinający deszcz. Wszelkie znaki na niebie i ziemi wskazywały, że za chwilę rozpocznie się prawdziwa zima.

Jakubczyk nadszedł w chwili, gdy upiorne zwierzę zajęte było wykonywaniem akrobacji powietrznych. York odbijał się od ziemi, wykonywał obrót, zawisał na chwilę w przestrzeni, a następnie spadał, wydając z siebie przeciągły pisk, a wszystko to za sprawą przechadzającej się za płotem dorodnej dobermanki. Być może Cukiereczek uskuteczniał właśnie taniec godowy, ale tego nie byłam pewna, natomiast bez wątpienia usiłował odzyskać wolność. Uparty był jak muł, bo pomimo licznych, bezskutecznych prób wyrwania mi z dłoni smyczy ciągle widać miał nadzieję, że tym razem jego wyczyny zostaną uwieńczone sukcesem.

Osłupiały Jakubczyk dłuższą chwilę przyglądał się ewolucjom Cukiereczka.

— Pani zawsze tu pracuje? — wydusił w końcu.

— Na trawniku? Nie, od czasu do czasu bywam też w środku, w biurze. Na przykład prowadzam żółwia po korytarzu. Po co ja to panu mówię! Przecież to może być tajemnica bankowa.

Sierżant najwyraźniej nie zamierzał prowadzić dochodzenia w sprawie niedotrzymania tajemnic zawodowych, bo moją ostatnią uwagę pominął milczeniem.

— A nie dałoby się tak na przykład wejść do środka? Coś mi kapie za kołnierz.

Spojrzałam na zegarek.

— Za jakieś piętnaście minut i owszem, ale obawiam się, że nie będę wtedy mogła służyć panu swoją osobą. Rozumie pan, obowiązki zawodowe. Szczerze mówiąc, mamy piętnaście minut, tu i teraz. Proponowałam Mokotów, ale wybrał pan trawnik. Cieplej by nam było — dorzuciłam nieco złośliwie.

Sierżant najwyraźniej uznał, że nie warto wdawać się ze mną w dyskusję na temat hipotetycznych zalet Mokotowa, bo od razu przeszedł do zasadniczego tematu.

— Jest tak, jak się spodziewaliśmy. Nie dzwoniłem do pani, bo jeszcze czekamy na potwierdzenie informacji, ale wszystko wskazuje na to, że udało się zlokalizować Nowackiego. Jeszcze kilka dni i powinno być po sprawie.

— Niechże mi pan to powie jaśniej. Ten człowiek nam groził. Cyprys, potworze, uspokój się, bo ci nogi parami powiążę! — huknęłam na wyrywającego się psa. — Przepraszam, ale sam pan widzi, co on wyczynia. Nie potrzebujecie przypadkiem psów bojowych do policji?

— Nie wiem, nie jestem w temacie — odpowiedział odruchowo sierżant. — Czy mówił coś konkretnego?

— Nowacki? Tak jak już mówiłam panu rano, nie chce dzieci, nie jest nimi zainteresowany. Jak dla niego, mogę je choćby wyrzucić na śmietnik. Natomiast wyraźnie przeszkadza mu Interpol. Nie precyzował dokładnie w czym mu przeszkadza, ale sugerował, że bardzo. Chyba jakoś mu komplikuje życie. W każdym razie domagał się, żebyśmy się odczepili. Znaczy, żebyście wy się odczepili, bo ja posiadłam już interesujące mnie informacje i nic więcej od niego nie chcę. Wiem, że nie zabierze dzieci, a reszta mnie nie obchodzi. To jak? Odczepicie się?

— Raczej nie. Cała ta sprawa za bardzo śmierdzi.

— Co ma śmierdzieć? Nie on pierwszy nie chce mieć nic wspólnego z własnymi dziećmi, nie ostatni. Sam pan mówił, że związał się z jakąś babą. Ona pewnie ma pieniądze, on woli pieniądze od dzieciaków, bo mu dzieciaki życie skomplikują i tyle. Proste jak drut.

— Niestety, nie takie proste, ale na razie nie mogę powiedzieć nic więcej. Prawdopodobnie za trzy, cztery dni, najdalej za tydzień będziemy mogli się spotkać i wtedy pozna pani szczegóły.

— Zaraz, a co z groźbami? Powiedział, że jeśli nie dacie mu spokoju, to ja za chwilę nie będę się miała już kim zajmować. Nie znam się na tym, ale jak dla mnie brzmi to jak szantaż. Rozumiem, że macie bardzo ważne powody, żeby nadal kręcić się wokół Nowackiego, ale naprawdę nie mam ochoty być znowu szantażowana przez jakiegoś nieokrzesanego gbura i to w środku nocy. Żeby było jasne, w środku dnia też nie mam ochoty być szantażowana.

— Przykro mi, nic nie możemy na to poradzić. Tak jak powiedziałem, za kilka dni cała sprawa się wyjaśni.

— A przez te kilka dni co? Dzieciaki mam w szafie pozamykać, tak? Nie wychodzić z domu? Barykadować się?

— Moim zdaniem pani mocno przesadza. Sądzę, że nic się nie wydarzy.

— Mnie nie interesuje, co pan sądzi, ja się boję o dzieci. Skoro nie zamierzacie przestać deptać mu po piętach, to nikt nie może przewidzieć, na jaki on wpadnie pomysł. Lepiej niech im pan przydzieli ochronę. Przynajmniej będę mogła w spokoju wyprowadzać na trawnik psa szefowej.

— Przykro mi, ale to niemożliwe. Proszę mi wierzyć, naprawdę istnieje bardzo nikłe prawdopodobieństwo, że Nowacki zrealizuje swoje groźby.

Nie czułam się do końca przekonana. Z drugiej strony, może sierżant ma rację? Z nas dwojga to w końcu on jest fachowcem od przestępców, a nie ja. I całe szczęście.

W tej sytuacji postanowiłam na razie przestać zajmować się tematem.

*

Zapewne tkwiłaby w błogim przeświadczeniu o bezpieczeństwie otaczającego świata, gdyby nie zdarzenie, które w trzy dni później wstrząsnęło szkołą, a co za tym idzie naszym życiem.

Wyjątkowo mogłam odebrać Łukasza osobiście. Szefowa poprzedniego wieczoru odbywała jakieś spotkanie i szczęśliwie nie przyszła do pracy. Widać się jej przeciągnęło. Zwyczajowo do jedenastej sterczałam na parkingu, błogosławiąc bank za posiadanie miejsc parkingowych pod dachem, co przy szalejącej na zewnątrz wichurze miało niejakie znaczenie, następnie zaś udałam się na górę, odbębniłam całą papierkową robotę zadaną na dziś, uznałam, że jak na jeden dzień w zupełności mi wystarczy i czas do domu.

Czułam się nieco dziwnie, opuszczając miejsce pracy sporo przed trzecią, ale nie do tego stopnia, żeby mnie sumienie gryzło. Co to, to nie. Żadnych wyrzutów sumienia. Co najwyżej uczucie, że jestem na wagarach. Zupełnie jak w szkole.

Tuż po trzeciej weszłam do budynku szkoły.

— Dlaczego nas pani nie uprzedziła, że Łukasz ma agresywnego dziadka? — zaatakowała mnie od progu pani woźna.

— Łukasz? Dziadka? Łukasz nie ma żadnego dziadka. Kiedyś zapewne miał, ale obaj od dawna nie żyją.

— Nie ma dziadka? A ten awanturnik to kto? O! Niech pani sama zobaczy! — dramatycznym gestem wskazała mi przeszklone drzwi świetlicy. Zazwyczaj przeszklone, bo na chwilę obecną w ich górnej części znajdowała się malownicza dziura. — Ledwie zdążyłam szkło pozamiatać. Dobrze, że żadnemu dziecku nic się nie stało.

Nie czekając na dalszy ciąg jej wywodów, pognałam do świetlicy.

Łukasz cały i zdrowy siedział na kolanach świetliczanki i widać było, że okropnie jest z siebie zadowolony. Widząc, że podchodzę, zerwał się z jej kolan i podbiegł do mnie, wykrzykując:

— Joanna, chcieli mnie porwać! Zabrać! Dla okupu! I byłyby komunikaty w telewizji! Na pewno dla okupu!

Przytuliłam go mocno do siebie, ale małemu najwidoczniej wcale nie o to chodziło. Nie sprawiał wrażenia przestraszonego. Wręcz przeciwnie — był podniecony i bardzo z siebie dumny.

— Tylko mnie chcieli porwać! Nikogo innego, tylko mnie!

Zdecydowałam, że wyjaśnień poszukam raczej u świetliczanki, bo Łukasz przejęty ostatnimi wydarzeniami nie robił wrażenia wiarygodnego świadka.

W przeciwieństwie do młodego człowieka świetliczanka była mocno przerażona.

— Wtargnął tu jakiś mężczyzna. Twierdził, że jest dziadkiem Łukasza i ma go dzisiaj odebrać ze szkoły. A przecież ja wiem, że jego odbiera albo jego siostra, albo pani mąż. — Chyba myślała o Marcinie, któremu też zdarzało się bywać w szkole. — Czasem jeszcze babcia. — Pani Aniela, zapewne. — A dziadek nigdy. I do tego Łukasz twierdził, że go nie zna. A ja nie mogę wydać dziecka tylko dlatego, że ktoś chce je odebrać.

— Oczywiście, że pani nie może. I bardzo dobrze się stało, bo Łukasz nie ma dziadka. Jak on wyglądał, ten niby dziadek?

— Moim zdaniem on był za młody na dziadka. I pani do niego niepodobna i mąż. — Zaparła się na tego męża, znaczy Marcina, ale nie miałam zamiaru tłumaczyć jej w tym momencie skomplikowanych relacji rodzinno-sytuacyjnych panujących w naszym domu.

— To znaczy jak wyglądał? I co się w ogóle stało?

— Taki łysiejący, z wąsami. Mówiłam, że chciał zabrać Łukasza, a jak powiedziałam, że nie może, to chciał na siłę. Siłą próbował mi go wyrwać. Woźne wezwały ochronę, a on tak się rzucał, że aż szyba poleciała. No to wezwali policję, ale uciekł.

Nowacki! Może nie tyle Nowacki osobiście, co jakiś nasłany przez niego zbir. A mówiłam Jakubczykowi, że coś się może stać! Nie sądził, cholera jasna! Specjalista! A ja mu, kretynka, zaufałam!

Z drugiej strony, trudno oczekiwać, że z powodu każdej groźby zawisającej w powietrzu policja zechce przydzielać ochronę potencjalnej ofierze. Ludzi by im zabrakło. Już choćby same awantury rodzinne, albo wykrzykiwanie pod adresem dzieci „Ja ci pokażę". Niepotrzebnie się czepiam, Jakubczyk nie mógł przewidzieć. Zresztą, jakie to ma teraz znaczenie?

Bardziej istotne, co dalej. Nie mogę wychodzić z pracy w porze zakończenia zajęć w zerówce. Po prostu nie mogę. Żadna praca tego nie wytrzyma, a moja w szczególności. Asia… Asi lekcje też trwają dłużej niż lekcje w szkole małego, a poza tym jest zagrożona tak samo jak Łukasz. Wynająć im ochronę? Chwilowo mnie nie stać. Ochrona zdaje się drogo kosztuje, z pieniędzmi raczej średnio, a za chwilę mamy święta. Niezależnie od świąt też mnie nie stać. Dobrze chociaż, że Łukasz nie wygląda na wystraszonego. Chyba powinnam wyjaśnić mu sytuację.

Bez sensu. Lepiej niech myśli, że spotkało go nie wiadomo jakie wyróżnienie. Najpewniej wydaje mu się, że jest bohaterem serialu kryminalnego. Cholera, on stanowczo ogląda za dużo filmów. Moja wina. Powinnam bardziej to kontrolować.

Natychmiast po wejściu do domu Łukasz zawisł na telefonie.

— Marcin, chcieli mnie porwać dla okupu! Prawdziwi bandyci! No, przecież mówię! Jeden nawet wybił szybę w drzwiach od świetlicy! Naprawdę! Niczego nie zmyślam! — wykrzykiwał do słuchawki.

Postanowiłam sama wyjaśnić sytuację. Łukasz niechętnie dopuścił mnie do telefonu. Uważał się za bohatera akcji i najwyraźniej nie widział powodu, by ktoś poza nim udzielał informacji. Najchętniej zacząłby od zaraz udzielać wywiadów prasie.

Marcin uznał, że powinnam natychmiast skontaktować się z Jakubczykiem. Tyle wiedziałam i bez niego. Nie wiedziałam natomiast, że mamy do czynienia z groźnym przestępcą, a być może całą szajką przestępców, najpewniej międzynarodowym gangiem, zbirami różnej maści, a co za tym idzie, zarówno ja, jak i dzieci potrzebujemy jego, Marcina nieustannej obecności. Obiecał przyjechać za pół godziny, odbierając po drodze Asię ze szkoły.

*

Oczywiście, nie udało mi się dopaść Jakubczyka. Sierżant wyszedł już z pracy, a jego telefonu komórkowego nikt nie zamierzał mi podać. Zabronione i tajne przez poufne. Mogę ewentualnie zostawić wiadomość, wiadomość dla sierżanta przyjmą, czemu nie. Nawet przekażą.

Zostawiłam.

Marcin został u nas do rana. Było ekstatycznie. Po raz pierwszy od wakacji przespałam całą noc. Od dziewiątej do szóstej, bez przerwy. Marcin siedział przy Łukaszu, uspokajając go za każdym razem, gdy małego dręczyły koszmary. Byłam mu dozgonnie wdzięczna. Nie tyle za ochronę, bo siedząc w domu za zamknięty-mi drzwiami, bałam się raczej średnio, ile za przespaną noc i świadomość, że ktoś się o mnie troszczy. Całkiem obcy ktoś.

No, może już nie całkiem obcy. Jakby się nad tym poważniej zastanowić, to coraz mniej obcy. W gruncie rzeczy całkiem bliski ktoś.

*

Sierżant Jakubczyk zadzwonił o szóstej rano. Właściwie za piętnaście szósta.

Czy ci ludzie nigdy się nie nauczą, że w nocy to ja śpię? Jeszcze kilka takich ekscesów i słowo daję, popro-szę telekomunikację o odłączenie telefonu. Bo komórkę to sobie sama, bez niczyjej łaski mogę wyłączyć.

— Chciałbym panią zaprosić na spotkanie — po-wiedział tajemniczo.

— O tej porze?

— Nie, skądże, w ciągu dnia.

— W ciągu dnia to ja nie mogę. Mogę teraz. Na przykład o siódmej, bo po ósmej muszę być w firmie. Teraz albo wieczorem. Ale wolałabym teraz, bo jak pan już może wie, wczoraj jakiś podejrzany osobnik usiłował zabrać Łukasza ze świetlicy. Doszło nawet do rękoczynów. Mówiłam, że ten cymbał nam groził, pan to zlekceważył i proszę, już mamy efekty.

— Przepraszam. Wiem, co się stało. Przekazano mi wiadomość i dlatego właśnie ośmielam się panią budzić. Proszę się nie niepokoić, już po wszystkim. Mogę udzielić pani wszelkich wyjaśnień. No więc jak, podjedzie pani o siódmej do komendy?

W komendzie byłam za kwadrans siódma.

Sierżant już czekał na mnie w swoim pokoju i na szczęście dla nas obojga od razu zaproponował mi kawę.

— Nowacki został aresztowany za bigamię.

— Mówiłam! Nowa panienka, ślub, dzieci by mu przeszkadzały. Wielkie uczucie najpewniej mu wybuchło. Chyba naprawdę wielkie, skoro zerwał kontakt z dziećmi. A pan sugerował, że to nie takie proste!

Sierżant pokręcił głową.

— Aresztowano go za bigamię, bo dowody dotyczące całej reszty jego działalności póki co są za słabe. Uczucie owszem, ale do pieniędzy. Narkotyki, przemyt ludzi przez zieloną granicę. Kobieta też w tym jest. Jego szefowa. Nawet się z nią ożenił, swoją drogą ciekawe, co go do tego skłoniło.

— To dlatego ten jego amerykański znajomy, jak mu tam było…?

— Ziębiński. Stefan Ziębiński.

— No właśnie. To dlatego Ziębiński uznał, że Nowacki zrobił się okropnie tajemniczy na okoliczność tej baby.

— Zgadza się, tyle tylko, że nie na jej okoliczność, a na okoliczność podjętej działalności. Jedno powiązane było z drugim.

— Teraz rozumiem, dlaczego Interpol nie chciał przestać deptać mu po piętach i czemu go to tak irytowało. Ile posiedzi?

— Zależy od tego, co jeszcze znajdą. Za bigamię niewiele. Gorzej z handlem narkotykami i zakrojonym na szeroką skalę procederem przemytu ludzi przez granicę. Amerykanie sumują wyroki.

— I całe szczęście. A ona? Z czystej ciekawości pytam.

— Czysta jak łza. Może po to był ten ślub? Ona oficjalnie nie ma z tym nic wspólnego.

— Czy to znaczy, że nie miała pojęcia, że facet ma w Polsce żonę i dzieci?

— Oczywiście, że nie. O niczym jej nie powiedział. Tak twierdzi. Teraz to ona występuje w roli pokrzywdzonej i oszukanej. Przynajmniej oficjalnie.

— I co, upiecze jej się? Jak pan sądzi?

— Pewnie nie, ale to kwestia czasu. A swoją drogą, gdyby nie śmierć pani Elżbiety i fakt, że dzieciaki zostały bez opieki, to Nowacki razem z nową żoną mógłby pewnie jeszcze przez najbliższych parę lat uprawiać swoją działalność. Dotychczas nikt się tam nim nie interesował. Wszystko wyszło niejako przy okazji.

Dla mnie istotne było tylko jedno. Ojciec przestał zagrażać Asi i Łukaszowi. Co prawda być może mały wolałby nadal uczestniczyć w gangsterskich poczynaniach wysłanników tatusia odbywających się na terenie szkoły, ale ja wolałam spokój i stabilizację.

A skoro nic już nam nie grozi, to Marcin mógł wrócić do siebie. Tyle tylko, że wcale nie byłam pewna, czy ja tego chcę.

*

Marcin też najwyraźniej nie chciał. Jakoś dziwnie się ociągał przy pakowaniu nielicznych rzeczy, które przywiózł do nas poprzedniego dnia. Do siebie pojechał dopiero po kolacji.

Położyłam spać dzieciaki i razem z panią Anielą wsiadłam do samochodu. Zgodnie z umową odwoziłam ją zawsze, gdy do nas przyjeżdżała, a przyjeżdżała dwa, trzy razy w tygodniu. Nadal nie chciała przyjmować ode mnie pieniędzy.

— Od rodziny nie bierze się pieniędzy, a wy jesteście moją jedyną rodziną — zwykła mawiać. — A poza tym, z kim ja bym miała tak wesoło? Musiałabym chodzić do kina, a gdzie starej kobiecie do kina? A tak mam rozrywki za darmo, na bilecie oszczędzę, to jak ja bym mogła brać pieniądze?

Tego dnia pani Aniela w dużym skupieniu przyglądała się to mnie, to znów Marcinowi. Swoje obserwacje podsumowała dopiero w samochodzie.

— Długo tak pani jeszcze zamierza? — zapytała.

— Czy długo zamierzam co?

— Tego chłopaka na dystans trzymać. Przecież on za panią mało oczu nie wypatrzy! No, niech się pani nie dziwi, o panu Marcinie mówię.

— Ale przecież…

— Ale, ale. Nic pani nie widzi? Chłopak dobry, dzieciaki go lubią. Łukasz to nawet zaraz do niego dzwoni, jak tylko pana Marcina dzień czy dwa u was nie ma. Tak jakby dzieciak miał w końcu ojca. A i dla Asi inaczej. A sam pan Marcin... Dzieci to on, owszem, lubi, ale to wszystko robi dla pani. Niech go pani nie zwodzi, już się chłopak dosyć w życiu nacierpiał. Chociażby ten rozwód...

Wiedziałam, że Marcin jest rozwiedziony, ostatnio o tym wspominał, ale nie znałam żadnych szczegółów.

— Nie wie pani? Zostawiła go. On chciał mieć dom i dzieci, a ona karierę. Wymieniła go na takiego od kariery, prezesa jakiejś firmy. W ciągu jednego dnia się spakowała i poszła. Pan Marcin nic wcześniej nie wiedział, niczego się nie domyślał. No cóż, bywa, mężczyźni często bywają naiwni jak dzieci. Więc niech go pani nie zwodzi. Ja to sobie myślę, że pani się boi — zakończyła.

Zapewne miała rację. Obecność Marcina, jego uwaga i troska sprawiały, że łatwiej mi było żyć. Tyle tylko, że ciągle się bałam, że pewnego dnia znów wydarzy się coś, co sprawi, że znowu poczuję się samotna i oszukana. A tego chciałam uniknąć za wszelką cenę.

— Jak się pani w końcu nie odważy, to nigdy pani nie wygra. Będzie się pani całe życie bała, a potem okaże się, że coś ważnego pani umknęło. Więc zamiast się bać, niech pani spróbuje. Mnie nie chodzi o to, żeby to był pan Marcin, tylko żeby się pani w skorupie nie zamknęła, bo nie ma się czego bać. A pana Marcina lubię, bo to porządny człowiek.

Wiedziałam, że muszę to wszystko przemyśleć.

*

Święta zbliżały się wielkimi krokami. Początkowo zamierzałam spędzić je w domu, z dziećmi, ale moja matka miała inny pomysł na ten temat.

— Przyjedź do nas. Niech dzieciaki spędzą te pierwsze święta bez matki w innym otoczeniu. I przywieźcie też panią Anielę, nie powinna zostać sama. Przecież ona dla nich jak babcia. Aha, i jeszcze ten młody człowiek. Tak, wiem, że to nie twój narzeczony, już mi to mówiłaś. Gdyby znalazł czas, byłoby nam miło. I przywieź Platona. Jakoś sobie poradzimy.

Jej „jakoś sobie poradzimy" dotyczyło psów ojca. Oczywiście, psy należały do obojga rodziców, ale matka nieustannie twierdziła, że należą do niego, ona ma z nimi wyłącznie kłopoty, a w ogóle, to nie lubi tych jego ogromnych wodołazów. Osobiście od zawsze podejrzewałam, że jest to rodzaj gry od lat prowadzonej pomiędzy rodzicami, bo nie raz, nie dwa, widywałam matkę wygłaskującą dwa czarne olbrzymy i na własne uszy słyszałam, jak zwracała się do nich per „mój malutki". Ale działo się to wyłącznie wtedy, gdy ojca nie było w zasięgu wzroku.

Pomysł matki wydał mi się wcale sensowny, dzieciaki wydały z siebie pisk radości, pani Aniela wyraziła zgodę, nawet Marcin, któremu zgodnie z życzeniem matki przekazałam zaproszenie, o dziwo postanowił z niego skorzystać. Może nie do końca, miał zamiar spędzić Wigilię ze swoimi rodzicami w Warszawie, ale obiecał pojawić się w pierwszy dzień świąt.

Pozostawało tylko przetrwać najbliższe tygodnie.

W pracy sytuacja nie ulegała zmianie. Do moich obowiązków niezmiennie należało zaspakajanie wszelkich fanaberii pani prezes, wyprowadzanie na spacery Cukiereczka i noszenie w tą i z powrotem fioletowego pojemnika razem z zawartością.

Aż do dnia, w którym zostałam wezwana przez szefową do jej gabinetu.

— Pakujesz się — rzuciła ponad moją głową.

Zamarłam. Wyrzuca mnie z pracy. Za co?! Nieważne za co, może żółw padł z powodu zatrucia albo się przeżarł. W ramach oszczędzania sobie kompromitacji w miejscach publicznych chodziłam po tę jego wołowinę raz na trzy dni i kupowałam większe porcje. Karmiłam go też dosyć obficie, w końcu co zwierzątko ma z życia między trzema ołówkami? Może tego nie wytrzymał? Jak nic ona mnie właśnie wyrzuca! Co ja teraz zrobię? Muszę mieć pracę! Sąd nie był jeszcze uprzejmy podjąć decyzji. A nawet gdyby już podjął, to przepraszam, co? Dam dzieciom do jedzenia decyzję sądu? Na papierze?

— Pakujesz się i przenosisz do sekretariatu prezesa Grabczyka.

Hura!!! Wracałam na stare miejsce! Nareszcie! Miałam ochotę rzucić się szefowej na szyję, ale ta odwróciła się już ode mnie i zagłębiła nos w komputerze.

Poszłam podzielić się radosną nowiną z Dorotą i informatykami.

— No, to ile wytrzymałaś? — zapytała Dorota, kiedy wszyscy złożyli mi już gratulacje z powodu powrotu z zasłania. — Byłaś tu od końca września. Niech policzę: październik, większy kawałek listopada. Prawie dwa miesiące! Słowo daję, rekordzistka! Średnio dziewczyny nie dociągały do pełnego miesiąca. Jedna nie wytrzymała nawet tygodnia.

Zaczęłam się zastanawiać, czy w wyniku długotrwałego treningu nie okaże się przypadkiem, że rytualnie rozpoczynam dzień od wystawania na parkingu. Chyba się będę musiała siłą powstrzymywać.

Prezes Grabczyk, zwany potocznie Kubą, ucieszył się na mój widok równie bardzo, jak ja na jego.

— Nareszcie! Już myślałem, że zostaniesz tam na zawsze!

— Na zsyłce? Chwilami też tak sądziłam. A w ogóle, to sam mnie tam przecież przydzieliłeś.

— Nie miałem innego wyjścia. Gorzej, Matylda była tobą zachwycona i dlatego trwało to tak długo.

Ciekawe, nigdy, w żaden sposób nie dała mi odczuć swojego zachwytu. Cóż, ludzie mają różnie, może ona ma właśnie tak. W tym momencie było mi to ze wszech miar obojętne

— Prawdopodobnie utknęłabyś tam na zawsze — kontynuował — gdyby nie szczęśliwy zbieg okoliczności. Pewien klient, prezes firmy korzystającej z usług naszego banku bardzo chciał umieścić u nas swoją kuzynkę. Najchętniej na stanowisku asystentki prezesa. A ja nie zgodziłem się na zamianę. Nie myśl sobie, musiałem stoczyć z Matyldą prawdziwy bój o ciebie.

Byłam mu za to niezmiernie wdzięczna, a moja wdzięczność osiągnęła szczyty swoich możliwości, kiedy następnego dnia, wyjrzawszy przez okno, zobaczyłam młodą dziewczynę miotającą się bezradnie po biurowym trawniku. Za sprawą Cukiereczka oczywiście.

*

Wysiłek wkładany w unikanie spotkań sam na sam z Marcinem przynosił efekty tylko do pewnego momentu.

To znaczy przynosił efekt o tyle, że widywaliśmy się wyłącznie w obecności dzieci, o co zresztą nie było specjalnie trudno. Nie przewidziałam tylko jednego, a mianowicie, że Marcin nie będzie na to zważał.

Wieczór zapowiadał się zupełnie normalnie. Jak zwykle cała nasza czwórka okupowała kuchnię. Marcin przy stole grał z dzieciakami w jakąś grę planszową, ja na zamówienie wyżej wymienionego towarzystwa smażyłam placki z jabłkami.

Rok temu nie do pomyślenia. Placki z jabłkami w moim wykonaniu nie do pomyślenia. Nie, żeby do ich sporządzenia trzeba było używać specjalnie dużo intelektu. Najprostsza książka kucharska w zupełności powinna wystarczyć, chociaż uczciwie przyznam, że rok temu nie miałam o tym pojęcia.

Rok temu byłam kimś innym. Rok temu miałam jeden cel — sukces.

Nie powiem, żeby teraz zupełnie przestał mnie interesować. Byłoby miło, dlaczego nie... Może kiedyś, jak czas dojrzeje, znów zajmę się sobą. Może napiszę doktorat, skoro nie grozi mi już perspektywa Cukiereczka, może kiedyś wrócę do szkoleń. Choć z drugiej strony przetrwanie ostatnich dziewięciu miesięcy też było sukcesem. Chyba powinnam być z siebie dumna.

— Wiesz, Joanna — usłyszałam za swoimi plecami głos Marcina. — Tak sobie myślę, że może powinniśmy wziąć ślub.

Poczułam mrówki przebiegające po krzyżu. Ślub? Powinniśmy wziąć ślub?

— Łukasz, chodź, pobawimy się z Platonem. Albo pooglądamy telewizję, chcesz? — Asia jak zwykle postanowiła stanąć na wysokości zadania.

— Platon śpi. Nie będę go budził. A w ogóle to już po dobranocce. Wiesz, że Joanna nie pozwala mi oglądać telewizji o tej porze.

— A zęby myłeś? Pewnie nie? — Asia nie dawała za wygraną.

— Myłeś, myłeś... Nie myłem, przecież mamy jeść placki. Nie będę mył dwa razy.

— Placki miały być na deser po kolacji. Idziemy myć zęby.

Łukasz z ociąganiem wstał zza stołu. Widać uznał, że dalszy opór nie ma sensu.

— Już dawno chciałem ci… — zaczął Marcin, gdy tylko dzieciaki opuściły kuchnię. — Od dawna… Zależy mi na tobie. Bardzo.

Odruchowo sięgnęłam po widelec, żeby przełożyć placki na drugą stronę. Jakbym chciała zyskać na czasie. Przez dłuższą chwilę oboje milczeliśmy.

— Marcin, ja… Nie wiem co powiedzieć… Nie zdawałam sobie sprawy…

I w tym momencie uświadomiłam sobie własne kłamstwo.

*

Tej nocy Łukasz nie przyszedł do sypialni. Po raz pierwszy od dnia, w którym sierżant Jakubczyk powiadomił nas o śmierci Elżbiety.

Kiedy nad ranem weszłam do pokoju dzieci, zobaczyłam go zwiniętego w kłębek na łóżku siostry. Spał przytulony do niej, a w nogach łóżka miarowo pomrukując, leżał wielki, rudy kot.

*

— No, więc co konkretnie masz mu do zarzucenia? — Ulkę, z którą pierwszą podzieliłam się nowiną interesowały jak zwykle fakty. — Zależy mu na tobie, lubi dzieciaki, sam po sobie sprząta, nie trzeba jakoś specjalnie koło niego chodzić, chce z wami zamieszkać. Właściwie już z wami mieszka. Nie leci na twoją pozycję zawodową ani na pieniądze, bo chwilowo ani jednego, ani drugiego nie posiadasz. Nie ma alergii na koty i chodzi na wywiadówki. Zdaje się, że jest w twoim typie. Więc?

— Zwyczajnie i po ludzku się boję. Że coś się wydarzy. Jasne, że mi na nim zależy, tylko widzisz... Jakoś tak wyszło...

— Jak wyszło? Konkretnie chodzi ci o co?

— Nie wiem, dziwnie. Jakoś tak niepostrzeżenie. Samo z siebie.

— Bez fanfar i czerwonego dywanu? Pioruny nie biły o ziemię? O tym mówisz? Ależ z ciebie niepoprawna romantyczka! A ja myślałam, wszystkie myślałyśmy, że kto jak kto, ale ty, kobieta interesów, nasz faworyt w wyścigu szczurów... No wiesz, rozczarowujesz mnie.

Wzruszyłam ramionami.

— To nie tak. Ulka, ty nie masz pojęcia, jak jest spokojnie. Normalnie. Codziennie wstajemy godzinę wcześniej, żeby ze sobą porozmawiać. Po raz pierwszy od lat czuję się bezpiecznie. Jak dla mnie, mogłoby tak zostać już do końca świata. Aż głupio o tym mówić.

— Jasne, tylko za bardzo to się z tymi swoimi przemyśleniami przed światem nie wychylaj. Teraz są w modzie toksyczne związki i cicha przemoc. Jak nie cierpisz, to nie ma uczuć. Musi być skomplikowanie. Normalnie już się nie liczy.

— Właśnie. Mniej więcej o to chodzi. I dlatego się zastanawiam... Rozumiesz... Czy to jest to...

Ulka aż prychnęła z oburzenia.

— Dziewczyno, Agacie osobiście wypominałaś kolekcję maszkaronów. I że nie umie normalnie, a jak co do czego przyszło, to sama nie potrafisz poradzić sobie z brakiem komplikacji. W życiu nie wszystko musi być okropnie zagmatwane. Sama też lepiej tego nie gmatwaj, i tak starczy ci rozrywek na najbliższych parę lat. Zwyczajnie nie myśl za dużo. Był nawet taki jeden, dawno temu, który mówił, że nie należy mnożyć niepotrzebnych bytów. Więc nie mnóż.

*

Być może zatopiona w wypełniającym moje wnętrze błogostanie i posłuszna radzie Ulki dałabym spokój niepotrzebnym bytom, gdyby nie los. Tym razem los przybrał postać pilnej potrzeby posiadania przez Asię papieru milimetrowego.

Wróciłam do domu nieco wcześniej niż zwykle, po drodze odbierając ze świetlicy Łukasza. Marcin miał być trochę później, Asia dzwoniła do mnie jeszcze ze szkoły, że po lekcjach udaje się na poszukiwanie dużej płachty papieru milimetrowego. Z dziś na jutro kazali przynieść, jakby każdy w domu posiadał skład papierniczy. Nie ma jak szkoła. Powoli zaczynałam podejrzewać, że system oświatowy zastąpił z powodzeniem selekcję naturalną — kto przeżyje szkołę, przetrwa wszystko. Słabsze jednostki muszą odpaść. Żeby nie odpaść, Asia wybrała się więc do Śródmieścia, a my z Łukaszem zabraliśmy się za gotowanie obiadu.

Mały z lubością pastwił się nad osobiście tartą marchewką, gdy w drzwiach stanęła jego starsza siostra.

— Zmarzłaś? Dostałaś ten papier? — ciągle jeszcze nie mogłam się nauczyć zadawania dzieciom tylko jednego pytania na raz.

— Tak. Nie. To znaczy mam papier, zmarzłam tylko trochę. Joanna, muszę ci o czymś powiedzieć.

Znieruchomiałam. Jeśli Asia już od progu musi mi o czymś powiedzieć, o czymś, o czym nie wiedziała wczoraj wieczorem ani dziś po południu, to znaczy to, że musiało się stać coś naprawdę ważnego.

— Tylko się nie denerwuj — zaczęła i natychmiast zdenerwowałam się jeszcze bardziej.

— Chodzi o to... Wiesz, koło Domów Centrum jest taka kawiarnia...

— Nawet kilka. Dziecko, mów od razu, o co chodzi, wstęp zrobisz na końcu.

— Od razu to jest tak: widziałam Marcina z jakąś blondynką przez okno kawiarni, siedział obok niej, tak blisko. Bardzo ładna kobieta. Siedzieli przy samym oknie, Marcin prawie tyłem, nie był w stanie mnie zobaczyć, chociaż stałam tam dosyć długo, żeby się przyjrzeć. Na początku nie mogłam uwierzyć, że to on. Ona się jakoś tak do niego specjalnie uśmiechała.

— Asiu, daj spokój, może to jakaś klientka.

— Nie wiem, ale chyba nie. Nie znam się, ale myślę, że klientki nie patrzą na człowieka w taki sposób. Jakby jej bardzo na Marcinie zależało.

— Może ci się wydawało?

Mała pokręciła głową.

— Jestem pewna, że nie. Nie mówiłabym ci, gdyby było inaczej. Joanna, ja... Ja się boję. Po tym wszystkim... Myślałam, że teraz jakoś się ułoży, że będziemy razem. Ja nie chcę, żeby wszystko znowu się pogmatwało — powiedziała żałośnie.

Też tego nie chciałam. Jak bardzo, przekonałam się dopiero w chwili, gdy w pełni dotarło do mnie to, o czym opowiada dziecko.

No tak, to było do przewidzenia. Facet ma drugie życie. A jeśli nawet nie ma, to zaraz będzie miał. Co ja mówię? Drugie? Skąd mam wiedzieć, że nie trzecie albo i czwarte? Żeby chociaż po kolei, ale nie, on ma te życia równolegle. A ja, idiotka, dałam się przekonać Ulce, że nie powinnam mnożyć niepotrzebnych bytów. Same się widać mnożą, bez mojego udziału. Cholerna szkoła! Gdyby nie ten papier... Zaraz, co ja się papieru czepiam, to nie papier ma drugie życie, tylko Marcin. I dobrze się stało, powinnam szkole zanieść kwiaty, gdyby nie jej fanaberie, tkwiłabym w błogim przekonaniu, że facet mnie kocha. Tak mówił. Dobrowolnie. Że mnie kocha i chce ze mną być. Nawet zachowywał się, jakby to była prawda. Przynajmniej do dzisiaj.

Bzdura. Nie wiem jak się zachowywał, nie było mnie przy tym. Może wcale nie wyjeżdżał na szkolenia, tylko spędzał czas z tym blond bóstwem, które patrzy na niego w jakiś specjalny sposób?

Spokojnie, nie dać się zwariować. Marcin siedział tyłem, Asia nie widziała, jak reagował na awanse blondynki.

Chociaż przecież nikt go siłą przy stoliku nie trzymał, mógł uciec w dowolnym momencie, widać mu jej zaloty nie przeszkadzały.

Czas wlókł się w nieskończoność.

Marcin zawitał do domu godzinę później. Całkiem normalnie zawitał, jak gdyby nigdy nic. Nie miał na twarzy wypisanej zdrady, nie pachniał obcymi perfumami, chociaż... Może ja nie wiem, jak wygląda zdrada na twarzy? Zachowywał się mniej więcej normalnie i to właśnie spowodowało, że znów bardziej się zdenerwowałam. Zamiast strategicznie podać człowiekowi obiad postanowiłam wyjaśnić sprawę natychmiast. Niech się dzieje wola nieba! Zapisano w gwiazdach, że mam być samotną matką — będę. Najlepszą na świecie samotną matką. Perfekcyjną do bólu. Koniec z facetami!

— Wyprowadzasz się od razu, czy zechcesz mi najpierw wyjaśnić sytuację? Na obiad nie licz, zdrajcom nie przysługuje. Rozumiem, że mogłeś coś takiego zrobić mnie, ale dzieciom? Kazał ci kto? Wiesz, przez co przeszły, trzeba naprawdę nie mieć serca!

Marcin zatrzymał się w pół kroku.

— Przecież sama mówiłaś, że ty odbierzesz dzisiaj Łukasza. Tak się umawialiśmy. Trzeba było zadzwonić, że nie możesz, żaden problem, mogłem wcześniej wrócić.

— Odebrać Łukasza? A kto mówi o odebraniu Łukasza? Chcesz jeszcze wplątać w to dziecko!

— Spokojnie. Nie chodzi ci o Łukasza, więc o co?

— O drugie życie. Twoje drugie życie.

— Moje co?

— Przecież mówię wyraźnie. Twoje drugie życie! — tym razem już podniosłam głos. Tylko trochę.

— Zdaje się, że o czymś nie wiem. Spróbuj mi spokojnie wyjaśnić skąd pomysł, że ja mam drugie życie? Spróbuj wyjaśnić mi to od początku, dobrze?

— Od początku się nie da, bo na początku był papier.

— Papier sobie daruj, nie leży w obszarze moich zainteresowań. No więc, co z tym drugim życiem?

— Marcin, czy ty nie za dużo ode mnie oczekujesz? To ty powinieneś mi coś wyjaśnić. I nawet nie musisz spokojnie. Ja chcę wiedzieć, dlaczego denerwujesz dzieci, bo ja jestem dorosła i dam sobie radę.

— Joanna, proszę. Jeszcze raz od początku, dobrze? Czym denerwuję dzieci i z czym masz zamiar dać sobie radę? Twierdzisz, że nici z obiadu, bo zdrajcom nie przysługuje. Zdrada plus drugie życie najpewniej oznacza inną kobietę. Tak sądzę.

— Tu nie ma co sądzić, tu są fakty. Blondynka, kawiarnia koło Domów Centrum? Mówi ci to coś?

— A, to. Spotkałem się dziś z moją byłą żoną. Maryla zadzwoniła w ciągu dnia, prosiła, żebym poświęcił jej godzinę. Wiedziałem, że odbierasz Łukasza, więc nie musiałem się spieszyć. I rzeczywiście byliśmy na kawie niedaleko Domów Centrum. Czy teraz dostanę obiad? Bo kontakt z byłą żoną nie zapełnił mi żołądka.

Oniemiałam.

On nawet nie ma do mnie pretensji, że ja mam do niego pretensje bez powodu? Spokojnie radzi sobie z wyprodukowanym przeze mnie na poczekaniu absurdem. Potraktował awanturę, którą mu zrobiłam, jak zwykłe nieporozumienie. Nieporozumienia należy wyjaśniać. To chyba oczywiste. Tak robią dorośli ludzie. Gdzie ja miałam oczy?

Nie teraz oczywiście, tylko przez ostatnich kilka lat? Jak kretynka ulokowałam uczucia w całkiem nieodpowiednim człowieku, a Marcina traktowałam jak wroga. No, powiedzmy, że rywala. Niech będzie, że zawodowego. Idiotka.

— Maryla... Wiesz, że odeszła do kogoś innego. Nie mieliśmy kontaktu od rozwodu. Okazuje się, że tamten związek się rozpadł. Mamy nie do końca uregulowane sprawy finansowe. To znaczy ja sądziłem inaczej, na etapie rozwodu Maryla twierdziła, że mieszkanie nie jest jej potrzebne, w końcu wyprowadzała się do willi swojego ówczesnego narzeczonego, ale teraz postanowiła, że należy jej się część jego wartości. Poniekąd nawet mogę ją zrozumieć. Rozstając się z narzeczonym, rozstała się również z jego posiadłością, a gdzieś przecież mieszkać musi. Innymi słowy nie pozostaje mi nic innego, jak tylko sprzedać mieszkanie i połowę pieniędzy przekazać jej.

Jak dla mnie, mógł jej przekazać całość. Nie posiadał drugiego życia i tylko to miało znaczenie.

*

Nie wiem dlaczego sędzina uznała, że dzieciaki mają szczęście. Po odczytaniu decyzji sądu ustanawiającej mnie rodziną zastępczą dla Joanny i Łukasza Nowackich dodała od siebie, że cieszy się, że dzieci miały szczęście.

A mnie przed oczami jak żywa stanęła pani Zosia z przedszkola Łukasza robiąca mi wymówki z powodu godziny, o której byłam uprzejma pojawić się w przedszkolu po odbiór małego, a zaraz potem miseczka z surowymi płatkami owsianymi zalanymi zimnym mlekiem. I świadomość, że byłam gotowa wysłać do przedszkola chorego na anginę malca.

Od tamtych wydarzeń minęło zaledwie kilka miesięcy, a miałam wrażenie, jakby działo się to w innym życiu. W życiu całkiem innej kobiety.

*

W ostatni przedświąteczny czwartek umówiłam się z dziewczynami na wino. Co prawda żadna z nas nie była specjalną amatorką trunków, ale należało uczcić kilka istotnych wydarzeń w naszym życiu, jak choćby wyrok sądu rodzinnego, mój powrót na uprzednio zajmowane pozycje u boku wiceprezesa, rewolucyjną decyzję Agaty i nowo poznanego faceta Ulki, że o trwałym zainstalowaniu się Marcina w naszym życiu nie wspomnę.

Tak, w życiu Ulki pojawił się mężczyzna i wszystkie byłyśmy go bardzo ciekawe, choć trzeba przyznać, że decyzja Agaty wywołała wcale nie mniej potężny wstrząs. Otóż Agata postanowiła wyjść za mąż za Filipa. Nieodwołalnie i prawie natychmiast.

— To wszystko przez tatusia — zaczęła.

— Przez tatusia postanowiłaś wyjść za mąż? — Anka jako pierwsza wyartykułowała pytanie, które nam wszystkim cisnęło się na usta. Wiedziałyśmy doskonale, że tatuś Agaty porzucił jej matkę, gdy Agata była średnio podrośniętym niemowlakiem i generalnie od tego momentu nie przejawiał nadmiernej chęci podtrzymywania kontaktów z córką. Innymi słowy w ogóle się nią nie interesował. Nic więc dziwnego, że przypisywanie mu istotnego udziału w jej decyzji o zamążpójściu nieco nas zaskoczyło.

— Ojej, znowu nic nie rozumiecie — jęknęła. — Przez tatusia mam kłopoty z akceptacją siebie i co za tym idzie problemy w relacjach z mężczyznami. Tatuś porzucił moją matkę, tak? I przy okazji mnie, tak? I skwapliwie dbał o to, żebyśmy przypadkiem nie mieli ze sobą kontaktu, tak?

Pokiwałyśmy głowami.

— I to sprawiło, że zaczęłam się czuć mało ważna i mało warta. Bo skoro najważniejszy w życiu, no nie, przesadzam, niech będzie, że w moim dzieciństwie, mężczyzna mnie nie chciał, to widać jestem niepełnowartościowa, tak? Mało warta. Rozumiecie, wyrosłam w takim wewnętrznym przekonaniu i tak mi zostało na dorosłość. I właśnie dlatego wybierałam sobie mężczyzn, którzy de facto też mnie odrzucali. Tak jak tatuś — zakończyła z westchnieniem.

— Brzmi w zasadzie logicznie, ale czegoś tu nie rozumiem — Ulka nie dawała za wygraną. — Filip cię nie odrzucał. Wręcz przeciwnie, chciał na rękach nosić, jak nie przymierzając, szefowa Joanny swojego Cukiereczka. A ty uparcie utrudniałaś mu zadanie. Mało powiedziane. Prawie się nad nim znęcałaś. Może trochę przesadziłam, ale nie do wytrzymania byłaś na pewno. I tego właśnie nie rozumiem.

— Nic dziwnego, że nie rozumiesz. Sama na początku nie rozumiałam, ale to był przymus. Jak tylko Filip pokazywał się na horyzoncie, to we mnie wstępowało złe. Prowokowałam odrzucenie, bo żyłam w przekonaniu, że ono i tak kiedyś musi nastąpić. Nie wiem, ale podobno wiele kobiet z tatusiami w typie mojego tak właśnie działa. Słyszałam, że jak tatuś był alkoholikiem, albo miał inną poważną skazę, to też. One, to znaczy te kobiety, albo wybierają nieodpowiednich facetów, albo jak mężczyzna jest normalny, to dostaje od nich po uszach za swoją normalność, bo go źle traktują. Zdaje się, że na szczęście nie wszystkie, nie znam się na tym, pewnie jakieś dodatkowe czynniki muszą zadziałać, pojęcia nie mam, ale u mnie pewnie zadziałały i wyszło jak wyszło.

— Zaraz, Agata, to ty wychodzisz za Filipa, żeby go źle traktować w usankcjonowanym prawnie stadle? I on się na to godzi? — byłam pełna podziwu dla Filipa.

— Z wami nie można normalnie! — oburzyła się Agata. — Już go źle nie traktuję, bo już nie muszę.

Uwierzyłam, że zasługuję na zdrowy związek i wcale nie musi być tak, że pewnego dnia Filip mnie porzuci. Że w moim życiu może być normalnie, bo w końcu jestem przecież mądrą, atrakcyjną kobietą i zasługuję na to, żeby ktoś mnie kochał. I Filip mnie kocha i wszystko jest na swoim miejscu — zakończyła.

— A co z twoją uciętą kobiecością? — dopytywała się Ulka. — Bo rozumiem, że na resztę pomogła ci terapia. Kobiecość też ci przywróciła?

— Nic nie przywróciła, ale to na dziś mało ważne. W sumie tej pierwszej terapeutce chodziło mniej więcej o to samo, tylko inaczej mówiła o problemie. Nieistotne. Nad kobiecością będziemy pracowały później. Jest mi lżej, bo największą zmorę mam za sobą. Przynajmniej tak to czuję. I dlatego mogą spokojnie wyjść za mąż za Filipa.

— Wiesz, Agata, ja tak się dopytuję, bo może wkrótce pójdę w twoje ślady — zaczęła nieśmiało Ulka.

— Chcesz iść na terapię? Słuchaj, genialny pomysł! Mówię ci, nabierasz innej perspektywy, inaczej widzisz mnóstwo spraw, naprawdę warto. Poczekaj, dam ci namiary na moją terapeutkę. — Agata wyciągnęła z torebki notes i zaczęła go szybko kartkować w poszukiwaniu numeru telefonu.

— Agata, daj spokój. Nie wybieram się na terapię. Nie odczuwam takiej potrzeby. Ale może powinnaś dać ten telefon Joannie, ona też nie umie bez komplikacji. Wychodzę za mąż.

— Ty?!!! — wykrzyknęłyśmy zgodnym chórem.

— Ja. A co, zabronione?

— No, niby nie. Tylko zawsze myślałyśmy, że dla ciebie, to już na pewno musi być ktoś wyjątkowy. A poza tym nic nam nie mówiłaś — Anka zaczęła usprawiedliwiać się za nas wszystkie.

— Nie mówiłam, bo nie wiedziałam, co z tego będzie. A teraz już wiem, to mówię. Ma na imię Edmund.

— To na świecie istnieją jeszcze mężczyźni o imieniu Edmund? — zdziwiła się Agata.

— Nie wiem, czy istnieją inni, ale ten na pewno. I jest taki, jak jego imię. Staroświecki i uroczo miły. I jest mi z nim dobrze.

No i masz babo placek! Wszystko wskazywało na to, że aż dwie spośród nas wkrótce uroczyście wkroczą na nową drogę życia.

Tylko Anka nadal zawzięcie deklarowała niechęć do zmieniania czegokolwiek w swoim życiu. Uparcie twierdziła, że lubi je takim, jakim jest i póki co nie ma motywacji do przewracania go do góry nogami. Wewnętrznej motywacji, bo w brak zewnętrznej jakoś nie bardzo chciało mi się wierzyć.

*

Uczciwie muszę przyznać, że Maryla nie dzwoniła codziennie. Nie codziennie wieczorem. Co drugi, trzeci dzień, koło godziny dziesiątej komórka Marcina ożywała nagle, dając nam znać o istnieniu byłej żony. Powody bywały różne, ale najczęściej chodziło o informacje dotyczące sprzedaży mieszkania. Czy Marcin zgłosił mieszkanie do agencji? Zgłosił, nawet do kilku. Czy ktoś już je oglądał? Nikt poza agentami, w końcu za chwilę święta, ludzie mają w głowie zupełnie co innego. Czy mogłaby wpaść do ich wspólnego domu choć na chwilę i popatrzeć, zostawiła tam przecież tyle dobrych wspomnień?

Natychmiast nasunęła mi się myśl o swoistym braku logiki z jej strony. Poszła sobie do nowego narzeczonego, zostawiając tyle swoich dobrych wspomnień na pastwę losu? A teraz co, przepraszam? Postanowiła się nimi tak nagle zaopiekować?

Marcin swoim zwyczajem nie robił wrażenia zirytowanego. Maryla chce odwiedzić stare kąty? Proszę bardzo, on osobiście nie widzi przeszkód. Niestety, bez niego, on jest zajęty, ale chętnie podrzuci jej klucze. Uważa, że Marcin powinien przyspieszyć sprzedaż? Zrobi, co w jego mocy, ale po świętach. Mało kto kupuje mieszkanie na kilka dni przed Wigilią.

W przeciwieństwie do Marcina powoli traciłam cierpliwość. Nie, żebym była zazdrosna. No, może tylko trochę. W końcu była żona wydzwaniająca po nocy każdego może wyprowadzić z równowagi.

— Słuchaj, czy ty myślisz, że to długo jeszcze potrwa? Nie dałoby się czegoś zrobić? — zapytałam w końcu któregoś wieczoru.

— Już się z nią rozwiodłem, a na żadne inne kroki nie pozwala mi dobre wychowanie. Chyba, że masz jakieś stosowne propozycje.

Niestety, nie miałam. Tak więc problem dzwoniącej Maryli miał pozostać nierozwiązany do czasu sprzedaży mieszkania, choć przeczucie mówiło mi, że wcale nie o mieszkanie tu chodzi. Ale jak to z przeczuciami zwykle bywa, pozostają one poza wszelką dyskusją tak długo, jak długo nie zechcą się zamanifestować na poziomie faktów. A póki co jedynym faktem był dzwoniący co drugi dzień wieczorem telefon Marcina.

*

— Chciałem ci złożyć życzenia — usłyszałam po drugiej stronie męski głos. — Pomyślałem… Może powinniśmy się spotkać, chyba że jeszcze gdzieś wyjeżdżasz przed świętami. Masz zaplanowane jakieś szkolenia?

Zaplanowane szkolenia? O czym on mówi? Wysiadłam właśnie z samochodu i przytrzymując ramieniem komórkę, usiłowałam zamknąć go za pomocą pilota, nie wypuszczając jednocześnie z rąk trzech mocno wypchanych zakupami siatek.

— Załatwiłaś już swoje sprawy, prawda? Tyle czasu minęło… Mam na myśli dzieciaki.

Czy załatwiłam swoje sprawy? Jasne, że tak. Nawet mogę wziąć zwolnienie na Łukasza, gdyby ewentualnie przyszło mu do głowy zachorować.

— Jeśli nigdzie nie wyjeżdżasz, to może dałabyś się namówić na kolację w przyszłym tygodniu, powiedzmy w sobotę. Co ty na to?

— Marek? Dziękuję za życzenia.

Udało mi się w końcu zmusić pilota do posłuszeństwa, ale siatki nadal za wszelką cenę usiłowały wyrwać mi się z rąk.

266

— Nie poznałaś mnie? — wydawał się zdumiony.

— Co słychać? Dużo macie pracy?

— Tak. Nie. Zależy o co pytasz.

— No, o twoją firmę. Wszystko w porządku, prawda? Nic się nie zmieniło?

Człowieku, wszystko się zmieniło, ale nie chce mi się tłumaczyć ci świata od początku.

— Więc jak, dasz się wyciągnąć? Byłoby miło, jak dawniej.

Gdzie ja włożyłam klucze? Mam nadzieję, że do kieszeni płaszcza, a nie do torebki, chociaż wydobycie ich z kieszeni też wymaga niezłej ekwilibrystyki. W domu nikogo nie ma, Marcin zabrał dzieci do kina, będę sterczała pod drzwiami klatki schodowej, aż pojawi się któryś z sąsiadów.

— Halo? Jesteś tam? Joanna? Tracisz zasięg? — Nie zasięg, tylko cierpliwość. — Halo? Gdzie jesteś?

— Pod drzwiami klatki schodowej i nie mogę znaleźć kluczy. Nie pójdę z tobą na kolację ani w tę sobotę, ani w żadną inną. W soboty wychodzimy zazwyczaj z dziećmi. Całą czwórką. Po tygodniu parzenia kawy prezesowi należy mi się chyba jakaś rozrywka, nie sądzisz?

Po drugiej stronie przez dłuższą chwilę panowała cisza.

— Przepraszam panią, to pomyłka — powiedział mój były narzeczony i pospiesznie odłożył słuchawkę.

*

Gdybym tamtej nocy nie odebrała telefonu Elżbiety, dalszy ciąg tej historii byłby zapewne inny.

Nie czuję się z tego powodu nieszczęśliwa. Już nie czuję się nieszczęśliwa, choć muszę przyznać, że początki były jak to zwykle trudne i do pewnego stopnia do dziś brakuje mi dawnego życia. Brakuje mi pracy, którą lubiłam, nieustannego pędu, przekonania, że nie zależę od nikogo i świadomości, że nikt nie jest zależny ode mnie. Brakuje mi sukcesów i poczucia zawodowego spełnienia. W zamian mam uśmiechnięte pyszczki dzieciaków i Platona mruczącego całkiem bez powodu. Codzienność niezmiennie rozpoczynającą się o szóstej rano. Przekonanie, że jestem dla kogoś ważna i pewność, że oni są ważni dla mnie. Świadomość, że nasze przeróżne przekonania dotyczące nas samych mogą okazać się fałszywe, dopóki nie zostaną poddane weryfikującemu oddziaływaniu rzeczywistości.

Jak choćby, nie przymierzając, moje przeświadczenie, że nie lubię dzieci i kotów.

Chociaż, może to prawda? Może ja lubię tylko Aśkę i Łukasza, a innych dzieci nie? I Platona? Nie wiem, nie próbowałam. I raczej niech tak zostanie. Na dziś starczy mi tego szczęścia, co to je mam.

To prawda, z wielu rzeczy musiałam zrezygnować. Inne dostałam w zamian. Uczciwie przyznam, że nie wszystkie spośród nich lubię. Na przykład te nocne pobudki… Chociaż są też takie, które lubię więcej niż bardzo. Taki Marcin na przykład.

To, co się wydarzyło, nauczyło mnie akceptowania rzeczywistości takiej, jaka jest. Pokazało, że koncepcje losu czy przeznaczenia, koncepcje dotyczące nas samych i naszego życia mogą okazać się równie interesujące, jak nasze własne. A czasem nawet o wiele bardziej interesujące. Że nie wszystko w życiu da się zaplanować czy przewidzieć. I że to może dobrze.

Leżałam, wpatrując się w ciemność. Dzieciaki spały już od dawna, Marcin na dwudniowym szkoleniu na drugim końcu Polski. W nogach łóżka miarowo pomrukiwał rudy kłąb sierści. Za oknem wiatr targał gałęziami. Pojutrze wyjeżdżamy na święta. Pierwsza wspólna Wigilia. Kto by pomyślał rok temu…

Przeraźliwy jazgot telefonu wyrwał mnie z błogiego rozmarzenia. Odruchowo sięgnęłam po słuchawkę.

Ktoś po drugiej stronie najpierw uparcie milczał, a później rozłączył się bez słowa.